나는 입이 없다 그리고 나는
비명을 질러야 한다

THE TOP OF THE VOLCANO

나는 입이 없다 그리고 나는 비명을 질러야 한다

I Have No Mouth, and I Must Scream

할란 엘리슨 걸작선

잃어버린 몸

할란 엘리슨 지음 신해경, 이수현 옮김

아작

일러두기

1. 이 책은《The Top of the Volcano》를 세 권으로 나누어 옮긴 것입니다.
2. 모든 주석은 옮긴이의 것입니다.

차례

마노로 깎은 메피스토

Mefisto in Onyx

1993년 브람스토커상 수상

1994년 로커스상 수상

1994년 휴고상 노미네이트

1994년 네뷸러상 노미네이트

1994년 세계판타지문학상 노미네이트

한 번. 나는 그녀와 딱 한 번 잠자리에 들었다. 그 전에도 그 후에도 11년을 친구였는데, 그건 그저 한순간 정신 나간 섹스에 불과했다. 신년 전야에, 굳이 나가서 한 무더기 멍청이들과 어울리며 시끄럽게 굴고, 사실은 취해서 머저리들처럼 와와거리고 천천히 움직이는 낯선 사람들에게 토하고 허비해야 하는 것 이상의 돈을 써버릴 뿐이면서 즐겁게 시간을 보내는 척하지 않아도 되게, 우리 둘이서만 대여점에서 빌린 막스 브라더스 비디오를 보다가 벌어진 일이었다. 우리는 싸구려 샴페인을 좀 과하게 마셨고, 하포 막스를 보면서 웃다가 소파에서 굴러떨어지기를 너무 여러 번 했다. 우리는 동시에 바닥에 떨어졌고, 다음 순간에는 서로 얼굴을 문대고 있었으며, 내 손은 그녀의 스커트로 올라갔고 그녀의 손은 내 바지

마노로 깎은 메피스토   9

로 내려갔고….

하지만 딱 한 번이었단 말이다, 젠장! 별것도 아닌 섹스 한 번을 이용하려고 하다니! 그녀는 내가 달리 돈을 벌 방법이 하나도 없을 때만 다른 사람들의 정신에 관여한다는 사실을 알고 있었다. 아니면 내가 인간적으로 약해진 순간에 자신을 잊고 저질러버리거나.

그럴 때는 언제나 아주 안 좋았다.

세상에 존재했던 최고의 인물이라도, 예를 들어 성자 토마스 아퀴나스같이, 먹어치울 수 있을 만큼(내 어머니의 표현을 바꿔 쓰자면 그렇다) 맑고 깨끗한 정신의 소유자다 싶은 굉장한 사람을 고르더라도 그 사람의 생각 속으로 들어갔다가 빠져나오면 소독약으로 오래오래 샤워를 하고 싶어질걸. 내 말 믿으라고.

내가 누군가의 심상 속 유람을 할 때는 할 수 있는 일이 달리 없고, 다른 해결책이 없을 때라는 말을 믿어달란 말이다….
아니면 인간적으로 약해진 순간에 깜박하고 저지른다는 것도.
예를 들자면 IRS가 내 발에 불을 붙이고 있다거나, 아니면 강도당하고 살해까지 당하기 직전이라거나, 아니면 데이트 중인 여자가 다른 사람의 더러운 주삿바늘을 쓰거나 철저한 AIDS 예방책을 취하지 않고 여러 사람과 자고 다녔는지 여부를 알아내야 할 때라거나. 아니면 함께 일하는 사람이 내가 실수를 하고 사장에게 안 좋은 모습을 보여서 다시 실업자가 되게 만들 함정을 궁리하고 있다거나, 아니면….

그 후에 몇 주 동안은 만신창이 꼴이다.

내부자 거래용 잡동사니 좀 긁어모으겠다고 심상 속을 여행했다가 번 돈은 없고 그 남자의 부정으로 진흙투성이가 되어 빠져나오면 며칠씩은 괜찮은 여자의 눈을 들여다볼 수가 없다. 모텔 데스크 직원에게 방이 다 찼다고 정말 미안하다는 소리를 들었지만 다른 모텔을 찾으려면 50킬로미터를 더 운전해야 해서 그 직원 머릿속에 들어갔다가 '검둥이'라는 말이 잔뜩 들어간 네온사인이 밝혀져 있는 것을 발견하고 그 개새끼를 코피 나게 후려쳐 버리면 대개 그 후 3, 4주는 숨어 지내야 한다. 버스를 놓치기 직전이라 운전사 이름이라도 톰인지 조지인지 월리인지 알아내서 잠시만 기다려달라고 외치려고 그 머릿속을 유람했다가는, 그 남자가 의사에게 좋다고 듣고는 지난달 내내 먹어댄 마늘 냄새에 얻어맞고 헛구역질이 나는 데다가, 거기서 빠져나왔을 때는 버스만 놓친 게 아니라 속까지 안 좋아서 지저분한 길바닥에 주저앉아 뒤틀린 속을 가라앉혀야 한다. 혹시 나를 속여서 싸게 고용하려는 게 아닌가 확인하려고 고용주 후보의 마음속을 들여다봤다가는 그 남자가 엄청난 산업 부정 은폐에 가담하고 있음을 알게 된다. 이런저런 요령을 써서 싸게 만든 쇠고리나 태핏이나 짐벌이 산을 오르다가 제 기능을 못 해서 불쌍한 주인을 수천 미터 아래 곡소리 나는 파멸로 떨어뜨려서 수백 명을 죽인 사건이다. 그걸 알고 그 자리를 받아들이려고 해보라. 아무리 한 달 동안 집세를 못 냈다고 해도, 그럴 수는 없다.

그러니 이 규칙은 절대적이다. 나는 내 발이 튀겨질 때, 골목길을 돌고 또 돌아도 내 뒤를 쫓아오는 그림자가 계속 따라붙을 때, 물이 새는 샤워 꼭지를 수리하려고 고용한 작자가 바보 같은 미소를 지으며 예상가보다 360달러나 높게 부를 때만 남의 생각에 귀를 기울인다. 아니면 인간적으로 약해졌을 때만.

하지만 그 후에는 몇 주 동안 만신창이란 말이다. 몇 주 동안.

직접 유람해보기 전에는 사람들이 정말로 진짜로 어떤지 알 수가 없기 때문이다. 알 수가 없다. 절대로 알 수가 없다. 아퀴나스에게 나 같은 능력이 있었다면 아주 빨리 은둔자가 되어 가끔 양이나 고슴도치의 정신만 들여다보고 살았을 것이다. 그것도 인간적으로 약해진 순간에만.

내 평생을 통틀어 내가 "마음을 읽을" 수 있다는 사실을 아는 사람, 내가 그 정도로 가까워질 수 있었던 사람은 열한 명 내지 열두 명밖에 안 되는 이유도 그래서다. 내가 기억할 수 있는 한 나는 다섯 살이나 여섯 살 때부터, 어쩌면 그보다 더 어렸을 때부터 마음을 읽었는데 말이다. 그중에서 그 사실을 나에게 나쁘게 이용하거나, 나를 이용하려 하거나, 내가 한눈팔고 있을 때 죽이려 덤빈 적이 없는 사람은 세 명이었다. 그 셋 중 두 명은 내 어머니와 아버지로, 만년에 아기인 나를 입양한 상냥한 흑인 노인 한 쌍인데 지금은 돌아가셨으며(아마 저세상에서도 아직 나를 걱정하고 계실 것이다) 정말 정말 그리운 분들이다. 특히나 이런 순간에는 더 그렇다. 다른 여덟, 아홉 명은 내가 1킬로미터 이내에도 들어가지 못하게 하거나(한 명은 아예 안전해지려고 다른 나라로 이사하기까지 했는데, 그 여자의 생각들은 본인이 생각하는 것보다 훨씬 형편없이 지루하고 순진했다), 소식을 끊거나, 내가 다른 데 정신이 팔렸을 때 무거운 물건으로 내리쳐 죽이려 하거나(아직도 비가 오기 이틀 전이면 어깨가 죽도록 쑤신다) 아니면 나를 이용해서 돈을 벌어보려고 했다. 내가 그 능력을 써서 떼돈을 벌 수 있었다면 대체 왜 대학을 떠나서 어른이 되기를 무서워하는 나이 많은 대학원생처럼 근근이 살고 있겠냔 말이야. 그 정도는 상식적으로 알 수 있잖아.

그 사람들은 멍청한 머저리들이었지.

내 능력을 알고도 나에게 못되게 굴지 않은 셋 중에서 엄마와 아빠를 뺀 마지막 사람이 앨리슨 로슈였다. 5월 한중간, 수요일 오후 한중간, 앨라배마 주 클랜튼 한중간에서 내 옆 의자에 앉아서 올 아메리칸 버거에 케첩을 짜면서 그 망할 신년 전야의, 하포와 그 형제들을 보며 치렀던 성적인 사건을 대가로 요구를 하고 있는 앨리슨 말이다. 요리사를 제외하면 식당에는 우리 둘뿐이었고, 앨리슨은 내 답을 기다리고 있었다.

"차라리 내 바지에 스컹크 스프레이를 뿌리겠어."

나는 그렇게 대답했다. 앨리슨은 냅킨을 한 장 뽑아서 깨가 뿌려진 빵에 튀어나온 붉은 케첩을 닦고 포마이카 조리대를 정돈했다. 그리고 짙고 빛나는 속눈썹 아래로 나를 쳐다보았다. 짜증스러운 표정과, 피고측의 반항적인 증인에게 풀어놓으면 죽여주는 효과를 발휘했을 보라색 눈동자. 앨리슨 로슈는 제퍼슨 카운티의 지방검사 차장으로 앨라배마 주 버밍험에 사무실을 두고 있었다. 우리가 비밀리에 만나서 올 아메리칸 버거를 먹고 있는 클랜튼과 가까운 곳이었다. 샴페인을 좀 많이 마시고, 빌려온 1930년대 흑백 비디오 코미디를 보며 흑백 섹스를 나눈 아주 바보 같았던 신년 전야로부터 3년 후였다.

11년간 친구였다. 그리고 한 번, 딱 한 번이었다. 인간적으로 약해졌을 때 어떤 일이 일어나는지에 대한 탁월한 예였다. 훌륭한 섹스가 아니었다는 말은 아니다. 훌륭하기야 했지. 말도 못하게 좋았다. 하지만 우린 다시는 섹스를 하지 않았다. 그리고 다음 날 아침에 눈을 뜨고 터져버린 정어리 캔을 보듯 서로를 바라보며 동시에 아 이런, 이라고 말해버린 순간 이후 다시는 그 화제를 꺼내지 않았다. 앨리슨의 기묘한 전화를 받고 나서 중간에서 만나려고 몽고메리에서부터 차를 몰고 와서 만난 이 지저분한 식당에서의 이 기념할 만한 오후 이전까지는 한 번도 말을 꺼내지 않았다.

요리사인 올 아메리칸 씨가 자기 카운터에 흑인이 앉았다는 사실을 좋아하는지 여부는 알 수 없었다. 하지만 나는 그의 머릿속에서 멀리 떨어져서 원하는 대로 생각하게 놔두었다. 바깥에서는 시대가 변했을지 몰라도 내부 심상은 오염된 채로 남아 있으니.

"그 사람과 얘기나 나눠 달라는 것뿐이야." 앨리슨이 말하며 '그' 표정을 지었다. 나는 앨리슨의 그 표정에 죽어난다. 아주 솔직하지도 않지만, 그렇다고 아주 의뭉스러운 것도 아닌 그 표정은 우리가 침대에서 보낸 그 하룻밤의 기억을 불러낸다. 그리고 딱 그날 밤에 우리가 바닥에서, 소파에서, 식당과 주방 사이 커피 카운터에서, 욕조에서 보낸 부분과 삼나무와 순결의 냄새가 강하게 풍기던 키 큰 옷장 안에서 앨리슨의 끝없는 구두들 사이에 뒤엉켜 보낸 19분의 기억도 불러낼 만큼만 의뭉스러웠다. 앨리슨은 나에게 그 눈빛을 던지고, 그 기억의 어떤 부분도 낭비하지 않았다.

"난 그 작자와 얘기하러 가고 싶지 않아. 그놈이 인간쓰레기고, 나에겐 애트모어까지 내려가서 그 미치광이 개새끼의 병든 마음에 뛰어드는 거 말고도 할 일이 많다는 점을 빼더라도 말이야. 1990년에 해체해버린 원래 '옐로 마마'*도 더해서 그 전기의자에서 죽은 160명, 170명쯤 중에서 130명 정도는 유색인 신사였다는 점을 상기시켜줄까. 지금 이 순간에 네 왼쪽에 있는 커피보다 많이 밝은 색깔은 아니었다 이거야. 물론 그 커피라는 건 날 말하는 거고, 내 몸으로 흑인성을 만끽하고 사는 특이하게 교육을 잘 받은 아프리카계 미국인으로서, 홀먼 교도소 같은 인종차별 '교정 시설'에 방문할 만큼 미치진 않았어. 고맙게도."

"말 다 끝났어?" 앨리슨은 입을 닦으며 물었다.

"그래. 끝났어. 사건 종결이야. 다른 사람 찾아."

앨리슨은 마음에 들어 하지 않았다. "다른 사람이 없어."

"분명히 있을 거야. 어딘가에. 듀크 대학에 있는 연구 파일

---

* 앨라배마의 전기의자에 붙은 별명

을 확인해봐. 포틴 소사이어티에 전화해봐. 멘사라든가, 제퍼디라든가, 900번대 점성술 영매 핫라인이라든가. 어딘가 반쯤 노망한 상원의원 중에 지난 5년간 이런 종류의 거지 같은 연구에 돈을 대자는 입법안을 주의회에 통과시키려 들었던 보좌관을 둔 사람이 하나쯤 있지 않겠어? 러시아인들은 어떨까… 사악한 제국은 무너졌으니까, 키를리안 오라나 그놈들이 작업하던 뭔가에서 거둔 성공에 대해 한마디쯤 끌어낼 수 있을 거야. 아니면….”

앨리슨은 있는 힘껏 고함을 질렀다. “그만해, 루디!”

요리사가 그릴을 닦던 주걱을 떨어뜨렸다. 그는 주걱을 다시 집어 들고 우리를 쳐다보았는데, 그 얼굴에는(마음을 읽은 게 아니다) 이 백인년이 한 번만 더 소리를 지르면 경찰을 부르겠다고 쓰여 있었다.

내가 요리사에게 달갑지 않은 눈빛을 던지자, 그는 퇴근 후에 몰려올 사람들을 위한 준비 작업으로 돌아갔다. 하지만 그의 등이 당기는 모양과 머리 각도는 이 일을 그냥 지나치지 않겠다고 말하고 있었다.

나는 앨리슨 쪽으로 몸을 기울이고 최대한 진지하게, 그리고 정말 조용하고 부드럽게 말했다. “내 좋은 친구 앨리, 내 말 들어. 넌 오랫동안 내가 믿을 수 있는 얼마 없는 친구였어. 우리 사이엔 쌓인 시간이 있고, 넌 단 한 번도 내가 괴물처럼 느껴지게 굴지 않았어. 그러니 좋아, 널 믿어. 나에게 말도 못하게 욕이 나오는 고통을 일으키는 문제에 있어서 널 믿어. 날

죽일 수도 있는 문제에서 말이야. 넌 한 번도 날 배신한 적 없고, 날 이용하려 든 적도 없었어.

지금까지는 그랬어. 이번이 처음이야. 그리고 넌 혹시 네가 가진 돈을 도박으로 다 잃었는데 깡패들에게 백만 달러를 빚졌다고 하면서 깡패들에게 총 맞아 죽지 않게 베가스나 아틀랜틱 시티로 여행 가서 게임에 이길 수 있도록 우쭐거리는 포커 플레이어들 몇 사람 마음속을 유람해 달라고 한다 해도 이것보다는 합리적이라는 걸 인정해야 해. 실제로 그런 소릴 한다면 그것도 꽤 소름 끼치겠지만, 그것도 지금 이것보다는 이해하기 쉬울 거야!"

앨리슨은 쓸쓸한 얼굴이었다. "다른 사람이 없어, 루디. 부탁이야."

"이게 도대체 무슨 일이야? 말 좀 해봐. 넌 뭔가를 숨기고 있어. 아니면 뭔가 말을 하지 않거나, 거짓말을…."

"난 거짓말 안 해!" 앨리슨은 벌써 두 번째로 갑자기, 완전히, 심하게 화를 냈다. 그녀의 목소리가 하얀 타일 벽에 튀었다. 요리사는 그 소리에 몸을 홱 돌리고 우리 쪽으로 한 발자국 다가왔고, 난 그의 심상 속에 쓱 들어가서 물결치는 인조 잔디를 매만지고 폭풍운을 걷어낸 후 잠시 담배 한 대 피우러 나가면 어떻겠냐고 제안했다. 다행히도 이 늦은 오후에 올 아메리칸 버거에는 다른 고객이 없었고, 그래서 요리사는 밖으로 나갔다.

"제발 진정 좀 해줄래?" 내가 말했다.

앨리슨은 종이 냅킨을 구겨서 공처럼 뭉쳤다.

앨리슨은 거짓말을 하고, 숨기고, 뭔가를 감추고 있었다. 텔레파시 능력자가 아니라도 그 정도는 알 수 있었다. 나는 둔하고 조심스러운 불신을 담아 앨리슨을 보면서 기다렸고, 마침내 그녀가 한숨을 내쉬자 생각했다. '이제 나오겠군.'

"내 마음을 읽고 있어?" 앨리슨이 물었다.

"날 모욕하지 마. 우린 서로를 안 지 오래됐잖아."

앨리슨은 분한 얼굴이었다. 눈동자의 보라색이 짙어졌다. "미안해."

하지만 그녀는 말을 잇지 않았다. 바로 측면 공격이 올 줄 알았는데 말이다. 나는 기다렸다.

잠시 후에 그녀는 조용히, 아주 조용히 말했다. "난 그 사람과 사랑에 빠졌나 봐. 그 사람이 결백하다고 할 때 난 그 말을 믿어."

이건 예상 못 했다. 나는 대꾸조차 할 수 없었다.

믿을 수가 없었다. 존나 못 믿을 소리였다. 앨리슨은 바로 그 헨리 레이크 스패닝을 살인으로 기소한 지방검사 차장이었다. 살인사건 하나도 아니고, 어쩌다 우발적으로 벌어진 살인도, 토요일 밤에 한순간 열이 치솟아 죽였다가 일요일 아침에 깊이 뉘우치는 그런 살인도 아니었다. 그런 살인이라 해도 앨라배마 주권국에서는 전기의자에 앉을 수 있었지만, 이 경우는 그게 아니라 앨라배마 역사에서, 영광스러운 남부 역사에서, 어쩌면 미합중국 역사에서 가장 불쾌하고 역겨운 연쇄

살인이었다. 어쩌면 무고한 남자와 여자와 아이들의 헛된 피에 허리까지 잠겨 있는 끔찍한 인간 우주의 역사 전체에서도 최악일지 몰랐다. 헨리 레이크 스패닝은 괴물이었고, 걸어 다니는 질병이었으며, 양심도 없고 우리가 좋은 의미로 인간이라고 부를 만한 존재와 닮은 구석이라곤 없는 살인 기계였다.

헨리 레이크 스패닝은 여섯 개 주를 가로지르며 살육을 해댔다. 경찰은 헌츠빌의 어느 슈퍼마켓 뒤에 있는 대형 쓰레기통 안에서 그자를 잡았는데, 당시에 그는 65세 청소원 여성의 남은 부분에 타블로이드 신문들조차도 형언할 수 없다는 말 외에는 명확하게 서술하지 않는 불쾌하고 비인간적인 짓을 하고 있었다. 그리고 어떻게인지 그는 경찰들에게서 벗어났다. 그리고 어떻게인지 저인망에서도 빠져나갔다. 그리고 어떻게인지 범인 수색의 책임을 맡은 경위가 어디에 사는지 알아냈다. 그리고 어떻게인지 그 경위가 바리케이드를 치고 있을 때 그 동네에 들어가서 그 아내와 두 아이의 배를 갈랐다. 가족이 키우는 고양이까지 죽였다. 그런 다음에는 버밍험과 디케이터에서 몇 명 더 죽였고, 그 무렵에는 완전히 정신이 나가 있어서 경찰에게 다시 잡혔는데, 이 두 번째에는 경찰도 그놈을 단단히 잡고 재판까지 끌고 갔다. 그리고 앨리슨이 이 밑바닥 인생 괴물을 담당했다.

그리고 아, 그 얼마나 굉장한 서커스였는지. 그자는 두 번째로 제퍼슨 카운티에서 잡혔고, 이번에는 가장 구역질 나는 살인 세 건의 현장에서 제대로 잡혔지만, 앨라배마의 67개 카운티 중에서 22개 카운티에서 살인을 저질렀다(그자가 범인일 수밖에 없는 것이, 역겨울 정도로 범행수법이 비슷했다). 그리고 모두가 자기네 관할에서 놈을 재판에 세우고 싶어 했다. 게다가 그놈이 총 56건의 사망자 수를 내며 살해하고 다닌 다른 다섯 개 주도 있었다. 모든 주가 범인 인도를 받고 싶어 했다.

그래서 똑똑하고 신속하며 일처리 매끄러운 검사 앨리는 이렇게 했다. 어떻게인지 법무장관과 터놓고 이야기하는 자리를 마련해서 그 보라색 눈이라는 무기를 장관에게 써먹고, 어떻게인지 장관의 귀를 붙잡아서 법적인 전례를 만들도록 했다. 앨라배마 주 법무장관은 앨리슨 로슈가 스패닝에 대한 다수의 기소장을 통합, 확보하여 앨라배마에서 일어난 29건의 살인을 한 번에 재판할 수 있도록 허락했다. 앨리는 주 최고 법원들에 세심한 서류를 제출하여 헨리 레이크 스패닝이 사회에 너무나 뚜렷하고 현재적인 위험이므로 검찰 측은 승자 독식 재판 관할지 통합을 시도하는 모험을(큰 모험이다!) 무릅쓰겠다고 했다. 그런 다음에 투표를 갈망하는 다른 스물한 개 카운티의 검사들을 모두 달래고, 모두의 눈이 부실 만한 재판을 펼쳤다. 앨리가 통합안을 내놓은 순간부터 다중 기소장의 적법성에 대해 꽥꽥거리던 스패닝의 변호사마저도 말을 잃을 정도였다.

그리고 앨리는 29건의 기소 조항 모두에 대해 빠른 유죄 평결을 얻어냈다. 배심원 평결 다음에 이어지는 판결 내용에서도 멋진 결과를 얻었고, 다른 다섯 개 주에서 일어난 27건의 살인사건도 노골적으로 똑같은 트레이드마크를 붙이고 있다는 점을 증명했다. 그러고 나니 56건의 살인사건을 두고 스패닝을 "옐로 마마"로 보낸다는 선고밖에 남지 않았다.

주 전체에서 여론 조사가 지지하고 유력 인사들은 앨리를 더 높은 자리로 보내야 한다고 중얼거리는 가운데 스패닝은 홀먼 교도소의 신형 전기의자에 앉을 예정이었다. 매사추세츠 보스턴의 프레드 A. 로이터 어소시에이츠가 만들어 240분의 1초에 2,640볼트의 순수하게 불꽃 튀는 죽음을 전하는 의자로, 두뇌가 감지하는 데 걸리는 40분의 1초라는 시간보다 여섯 배가 빠르고, 두뇌를 파괴하는 데 드는 700볼트의 세 배가 넘는, 내 의견을 말하자면 그것은 헨리 레이크 스패닝 같은 고름 덩어리에는 너무 인도적인 퇴장 방법이었다.

그래도 우리가 운이 좋다면, 그리고 예정된 사망일은 아주 가까웠으니, 우리가 운이 좋다면 곧, 세상에 조물주와 정의와 자연질서와 다른 모든 좋은 것들이 있다면 헨리 레이크 스패닝이라는 이 오물, 이 오염물, 오직 파괴하기 위해서만 산 이 물건은… 누군가가 꽃밭에 뿌릴 잿가루로 끝날 터였다. 그 정도가 이 악귀가 인류에게 쓸모가 있을 유일한 기회일 것이다.

그게 내 친구 앨리슨 로슈가 나보고 앨라배마 애트모어에 있는 홀먼 교도소에 가서 "얘기를" 나눠보라는 남자였다. 사형수 감방에 앉아서 그 미쳐버린 머리통에 난 털을 박박 깎고 바지가 잘린 채 혀가 양 내장처럼 시커멓게 튀겨지기만 기다리는…. 내 친구 앨리슨은 내가 그 홀먼 교도소에 가서 귀상어

정도를 빼면 살해를 위해 만들어진 가장 끔찍한 생물 중 하나
와 "얘기를 나누기"를 원했다. 귀상어 쪽이 헨리 레이크 스패
닝보다는 인간적인 품위를 훨씬 많이 지니고 있을 텐데도 말
이다. 텔레파시 능력자 씨, 가서 잡담 좀 나누고, 그놈의 심상
에 들어가서 마음을 읽어. 그 놀랍고도 전설적인 초감각적 인
지 능력을 써봐. 내 평생 나를 쓸모없는 부랑자로 만든 이 훌
륭하고 멋진 능력을 발휘하라 이거지. 아니, 정말로 부랑자라
는 건 아니다. 나에겐 괜찮은 아파트도 있고, 안정적이진 않
아도 괜찮은 생계를 꾸리고 있다. 그리고 난 나보다 큰 문젯거
리를 안은 여자와는 절대 얽히지 말라는 넬슨 올그런의 경고
를 따르려고 하는 편이다. 가끔은 내 차가 있을 때도 있었다.
지금은 그렇지가 않아서 내 카마로는 압류당했고, 해리 딘 스
탠튼이나 에밀리오 에스테베즈의 영화 캐릭터에게 빼앗긴 것
도 아니었지만, 어쨌든 부랑자라는 건 말하자면… 앨리가 뭐
라고 하더라? 아 그렇지, 내가 "내 강력하고 온전한 잠재력을
깨닫지 못하고 있다"는 의미에서 부랑자, 내가 일자리를 계속
유지하지 못하고, 불쾌한 휴식기를 계속 가지며, 나 같은 가
난한 검둥이 청년이 기대할 수 있는 것보다 훨씬, 세실 로즈
본인이라도 가슴을 펴고 자랑스러워할 만큼의 로즈 장학생 교
육을 받았음에도 그렇다는 의미에서 부랑자다. 그래 나는 대
체로 부랑자다. 뛰어난 로즈 장학금 교육을 받고 친절하고 영
리하며 사랑 넘치는 부모님(양부모님이긴 하지만… 아니지, 특
히나 양부모니까 더욱)을 두고도 말이다. 그분들은 유일한 자식

22

이 편안한 삶을 누리지도 못하고 평범한 결혼을 하지도 못하며 이 특별한 개인적 공포를 물려주지 않을까 두려워하는 일 없이 자식을 키울 수가 없어서 떠돌아다니는 괴짜로 살게 되리라는 슬픈 사실을 알고 돌아가셨다. 내가 가진 노래와 이야기 속에서는 놀랍게 그려지는 이 능력, 나 말고는 아무도 갖고 있지 않은 것 같은 이 능력은 분명 다른 사람이 어딘가에, 언젠가는, 어떻게인가 존재할 텐데! 가라, 불가사의 중의 불가사의 씨, 현대 세계의 반짝이는 검은 칼리오스트로*, 잘 속는 멍청이들과 비행접시를 믿는 얼간이들이 최소 50년간 존재한다는 사실을 증명하려고 애썼던 이 멋지고 훌륭한 능력을 발휘하러 가라. 아무도 나처럼 이 능력을 고립시키지 못했다. 나, 유일하게 고립된 나. 고립에 대해 말해볼까, 형제들이여. 여기 내가 있다. 여기 나 루디 패리스가 있어…. 그저 평범한 남자, 가끔 이 훌륭하고도 믿기 힘든 ESP**로 몇 푼 벌면서 30년밖에 안 된 심상 유람 인생에서 지금까지 13개 주 26개 도시 주민으로 산 나, 루디 패리스, '난 네 마음을 읽을 수 있어' 씨가 세상 절반에게 겁을 준 살인자의 마음속에 들어가 보라는 요청을 받고 있다. 그것도 하필이면 내가 안 된다고 말할 수 없는 유일한 사람에게서. 아, 이 자리에서 말해두는데, 난 안 된다고 하고 싶었다. 매 순간 안 된다고 말하고 있었다.

* 이탈리아의 여행가이자 사기꾼, 신비주의자이자 연금술사였던 주세페 발사모의 별명
** Extrasensory perception, 초감각적 지각

뭐라고? 하겠냐고? 그럼, 물론이지. 홀먼 교도소에 가서 그 병든 개새끼의 심상 속을 유람해볼게. 그러고말고. 어차피 둘 중 하나였다. 가망이 거의 없거나, 아예 없거나.

이 모든 생각이 기름진 더블 치즈버거 하나와 커피 두 잔이 놓인 공간에서 지나갔다.

최악은, 앨리가 어떻게인가 그놈과 얽혔다는 점이었다. 앨리가! 어느 골빈 여자도 아니고… 앨리가 말이다. 믿을 수가 없었다.

여자들이 감옥에 있는 남자들과 얽히고, 그들의 "마법 주문"에 떨어지는 일이 드물지는 않았다. 서신 교환으로 시작해서 면회를 가고, 사탕과 담배를 보내주고, 부부 방문을 하고, 노새 노릇을 하면서 탐폰도 들어가지 않을 곳에 마약을 밀수해 들어가고, 감옥에 쓰는 편지는 점점 더 특이해지고, 점점 더 친밀해지고, 관능적이 되어가고 점점 더 감정적으로 종속되고… 그렇게 대단한 일도 아니었다. 그 현상만 다룬 정신의학 서적도 존재한다. 경찰에게 열광하는 여자들에 대한 논문과 나란히 말이다. 정말로 대단한 일이 아니다. 매년 수백 명이 그런 남자들에게 편지를 쓰고, 면회를 가고, 구름 속 성을 쌓고, 성교도 하고, 그중 최악의 남자들도, 그러니까 강간범과 여자 때리는 놈들과 어린아이 괴롭히는 놈들, 저질 중의 저질인 반복적인 소아성애 범죄자들, 살인자들과 식권을 빼앗겠다고 나이 많은 여자들의 머리를 짓뭉갠 노상강도들, 테러리스트와 사기꾼들이… 어느 화창한 날에, 분홍빛 구름이 떠다니는 날에 이런 미치광이들이 감옥 벽 안에서 나와서 자유의 몸이 되어 9시부터 5시까지 일하는 정직한 남자가 될 거라믿는 척한다. 고결한 기사 갤러해드*로 변신할 것처럼 말이다. 매년 수백 명의 여자가 그런 자들과 결혼해서 순식간에 약삭빠르고 불성실하며 거짓말이나 일삼는 더러운 인간말종들에게 속았음을 알게 된다. 자기들이 가끔 보내는 시간을, 간간이 보내는 바깥에서의 자유를 사람들을 속이고, 훔치고, 쥐어짜고, 속여서 도구로 삼고, 마지막 1센트까지 갈취하고 행복한 집도 멀쩡한 정신도 두 번 다시 믿거나 사랑할 능력도 앗아가는 데 쓰는 습관에 중독된 그런 놈들에게 말이다.

하지만 이 사람은 가난하고 교육도 못 받은 순진하고 미숙한 여자가 아니었다. 앨리슨이었다. 법적으로 불가능한 일을, 즉 다른 다섯 개 주의 법무장관을 구슬려서 주 경계선을 넘어서 수십 장의 기소장을 통합함으로써 '기괴한 법리학'에 다가간다고 하는 일을 달성하기 직전이었다! 한 번도 이루어진 적이 없는 일이다. 그리고 이제는 아마 영원히 영원히 이루어지지 않으리라. 하지만 앨리슨은 그런 일을 달성할 수 있었단 말이다. 법정 관계자가 아니라면 그게 어떤 산봉우리인지 알 수가 없을 것이다!

그러니까 그 앨리슨이 지금 여기에서 나에게 이런 개소리

---

* 아서 왕 전설에 등장하는 원탁의 기사로, '결코 타락하지 않는' 고결한 기사로도 알려져 있다.

를 하고 있다. 나를 백 번은 지지해준 내 제일 친한 친구 앨리. 어디 바보도 아니고, 강철같은 눈빛을 한 '자살 계곡의 보안관', 마흔이 넘어 순진할 나이도 지났고, 볼 장 다 봐서 군세면서도 냉소적이지는 않고, 단단하지만 모질지 않은 실용적인 여성이 말이다.

"난 그 사람과 사랑에 빠진 것 같아." 그 앨리슨이 말했다.

"그 사람이 결백하다고 할 때 난 그 말을 믿어." 그렇게 말했다.

나는 앨리슨을 쳐다보았다. 시간은 흐르지 않았다. 아직 우주가 드러누워 죽기로 결정한 그 순간이었다. 그리고 나는 말했다. "그러니까 네가 정말로 이 미덕의 화신이 56건의 살인에 책임이 없다고 확신한다면… 56건이라는 것도 우리가 아는 숫자만이고, 열두 살 때부터 저질렀던 모양이니 대체 얼마나 더 죽였을지 알 수가 없지만… 게다가 같이 앉아서 소름 끼쳐 하면서 나한테 그놈에 대해 온갖 이야기를 했던 건 기억해? 아무튼, 네가 전기의자에 보내려고 11주를 보낸 이 남자가 지구의 절반을 죽여댄 범죄를 저지르지 않았다는 데 그렇게 확신이 있다면, 그렇다면 내가 왜 애트모어까지 차를 몰아 홈먼 교도소에 가서 그 멋진 남자 머릿속에 뛰어들어야 하는데?

네 '여자의 직감'이 그놈이 뽀득뽀득하게 깨끗하다고 말해주는 거 아니야? '진정한 사랑'이 충분히 확실한 걸음걸이로 사랑스러운 엉덩이를 흔들며 꽃길을 걷는 거 아니냐고?"

"재수 없게 굴지 마!"

"다시 말해볼래?" 나는 존나 믿기지 않는 기분으로 대꾸했다.

"그렇게 입만 산 건방지고 재수 없는 놈처럼 굴지 말라고 했다!"

이제 나는 제대로 화가 났다. "그래, 내가 재수 없게 굴면 안 되지. 난 네 조랑말이고 과시용 애완견이고 귀여운 속임수용 독심술사 괴짜지! 콜먼까지 차를 몰고 가, 패리스. 지옥에서 똑바로 시골 흰둥이들 사이로 들어가면 돼. 다른 검둥이들과 같이 사형수 감방에 궁둥이 붙이고 앉아서 지난 3년간 거기 갇혀 있던 흰둥이 하나랑 얘기 좀 나눠봐. 씨발 뱀파이어의 왕과 사이좋게 앉아서, 그 쓰레기통 같은 머릿속에 들어가서 그놈이 뇌라고 부르는 끓는 똥구덩이에 뭐가 있는지 읽어봐. 아이고 얼마나 즐거울까. 나한테 이런 일을 부탁하다니 믿을 수가 없네. 그러고는 그놈이 널 곤란하게 만드는 건 아닌지 알아보라 이거지. 난 그러기만 하면 되는 거야. 맞아? 재수 없게 구는 대신 말이지. 내가 제대로 알아들었나? 내가 네 말뜻을 제대로 읊었어, 친구?"

앨리슨이 일어섰다. 앨리슨은 패리스 이 개새끼야! 소리조차 하지 않았다.

그저 있는 힘껏 때렸다.

내 입가에 제대로 스트레이트를 먹였다.

윗니가 아랫입술을 파고들었다. 피 맛이 났다. 머리가 교회 종처럼 울려댔다. 나는 그 망할 의자에서 떨어졌던 것 같다.

눈에 초점을 다시 맞췄을 때 앨리슨은 그 자리에 그대로 서서 몸 둘 바를 모르고, 실망하고, 미친 듯이 화가 나는데, 나를 죽인 건 아닐까 걱정하는 얼굴이었다. 동시에 그 모든 게 다 있었다. 더해서 내가 자기 장난감 기차를 부순 것 같은 얼굴이기도 했다.

"알았어." 나는 진력이 나서 말하고는, 내 엉덩이 뒷주머니까지 내려갈 한숨으로 말을 끝맺었다. "알았어, 진정해. 보러 갈게. 한다고. 걱정하지 마."

앨리슨은 앉지 않았다. "다쳤어?"

"설마 그럴 리가." 나는 얼굴에 미소를 띠려 했지만 실패했다. "뇌를 흔들어서 무릎에 떨어뜨린다고 다치기야 하겠어?"

앨리슨은 내가 카운터에 불안정하게 매달려서 의자에 비틀비틀 앉는 동안 옆에 서 있었다. 똘똘 뭉친 종이 냅킨을 꼭 쥐고, 얼굴에는 자기도 바보가 아니라고, 우린 오랫동안 서로를 알고 지냈고 전에는 한 번도 나에게 이런 부탁을 한 적이 없지 않냐고, 우리가 정말 친구이고 내가 자기를 사랑한다면 나도 자신이 깊은 고통에 시달리고 있음을 알 것이라고, 자신이 갈등에 시달리고 있으며, 알아야 한다는 사실을, 의혹의 여지 없이 알아야 한다는 사실을 알 거라고 말하는 표정을 짓고 있었다. 그러니 신의 이름으로(앨리슨은 믿고 나는 믿지 않지만 아무래도 상관없는 그 신 말이다) 이 일을 해달라, 그냥 이 일을 해주고 더는 헛소리를 하지 말아 달라는 표정이었다.

그래서 나는 어깨를 으쓱이고 갈 곳 없는 사람처럼 두 손을 펼치며 말했다. "어쩌다가 이런 상황에 빠졌어?"

앨리슨은 절대 비웃어선 안 될 비극적이고 마음 따뜻해지는 사연의 첫 15분을 선 채로 늘어놓았다. 나는 15분이 지나고 나서 말했다. "제발 좀 앉아, 앨리! 손에 기름 묻은 냅킨을 쥐고 그렇게 서 있으니까 정말 바보 같아."

십 대 청소년 한 쌍이 들어왔다. 우리의 4성급 요리사는 담배를 다 피우고 돌아와서 든든하게 자리를 차지하고 깔개 위를 걸어 다니며 미국적이기 그지없는 동맥 경화 음식을 담고 있었다.

앨리슨은 멋들어진 서류가방을 집어 들더니 한마디 말도 없이 고갯짓으로 최대한 멀리 가자는 뜻을 전했다. 우리는 창가 2인석으로 자리를 옮겨서, 부주의하고 무모한 유색인 남성이 비밀스럽고 설득력 있으며 영리하고 호색적인 다른 피부색의 여성에게 흔들렸을 때 가능한 다양한 사회적 자살 방법에 대한 논의를 재개하기로 했다.

그러니까, 대충 이렇다.

저 서류가방을 봐라. 이 앨리슨 로슈가 어떤 앨리인지 알고 싶은가? 주의를 기울여봐라.

뉴욕에서 광고 중역이 되고 싶은 누군가가 돈다발을 던져가며 세상에 방귀 좀 뀌려면, 자기 피부색에서 벗어나고 싶으면, 세상에 뭔가 보여줘야 하면, 모두에게 자기가 뭔가 있다는 걸 보여줘야 하면 제일 처음 하는 일이 시내 중심가의 바니스 백화점에 가서 버버리 코트를 하나 사고, 벨트는 가볍게 뒤에 늘어뜨리고 코트 앞을 열어젖힌 채 사무실을 일주하는 것이다.

(반면) 댈러스에서는, CEO의 부인이 경영진 부부 여섯에서 여덟 쌍과 함께 격의 없는 척 친근한 식사를, 그러니까 지정석도 없고 앙트레 포크도 없고 다른 격식도 없는 식사를 누릴 때면, 그러니까 여기에서 우리는 콩코드 대신 버진에어를 타는 여자를 말하는 건데, 그렇게 당당한 사람은 오레포스 그릇은 쓰지도 않고, 코스타보다 그릇을 내놓고 신경도 안 쓸 수 있다.

그렇게 당당한 사람이란, 그렇게나 자신을 편안하게 여기는 사람이란 불쌍하고 멍청한 누군가가 아르마니 수트를 입고 잰체한다고 비웃을 필요도 없고, 침실을 로라 애슐리로 꾸며놓았다고 비웃지도 않으며, 누가 TV 가이드에 글을 쓴다고 신경 쓰지도 않는다. 무슨 말인지 알겠는가? 앨리슨 로슈 같은 사람이란, 저 서류가방만 한 번 보면 앨리슨이 얼마나 강한 사람인지 알 만큼 알게 된다. 저 가방은 하트만이 아니라 아틀라스란 말이다. 이 점을 이해해야 한다. 앨리슨은 하트만 가방을, 가방 중 최고의 가방인 그 황홀한 캐나다 수입산 벨트 가죽을 살 수 있다. 아마 950달러쯤은 할 텐데, 그 가방은 오레포스나 버버리, 뿔닭의 가슴살, 무통 로칠드의 1492년산이나 1066년산 아니면 언제든 제일 비싼 년도 와인, 벤틀리 대신 롤스로이스를 모는 것과 맞먹는 신호로 작용한다…. 그러나 앨리슨은 그런 식으로 보여줄 필요가 없고 과시할 필요가 없기에, 이런 아틀라스 가방을 가지고 다닌다. 부동산 판매인으로 일하는 이혼녀라면 다 가지고 다니는 마크 크로스나 시시한 루이비통도 아니고, 아틀라스를 말이다. 아일랜드 수제 가죽, 관습대로 무두질한 소가죽을 IRA 폭파범이 아일랜드에서 손으로 무두질한, 아주 고급스러운 가방이다. 그저 좀 절제했을 뿐이다. 저 서류가방이 보이는가? 왜 내가 하겠다고 했는지 이제 알겠어?

앨리슨은 발치의 카운터벽에 기대두었던 그 가방을 집어 들었고, 우리는 요리사와 십 대 커플에게서 멀리 떨어진 창가 2인석으로 갔으며, 앨리슨은 빤히 보다가 내 마음가짐이 갖춰졌다는 확신이 들자 하던 이야기를 이었다.

앨리슨은 벽에 걸린 기름 낀 대형 시계로 이후 23분 동안, 앉은 자세로 이야기했다. 정확하게는 다양한 앉은 자세였다. 앨리슨은 창밖에 보이는 세상이 달갑지 않아 더 좋은 지평을 바라는 사람처럼 의자에서 계속 이리저리 움직였다. 이야기는 열세 살에 있었던 윤간으로 시작해서 마구잡이로 흘러갔다. 두 번의 망가진 위탁 가정, 대리 아빠들의 가벼운 애정, 행복의 대안으로 완벽한 학교 성적을 받기 위해 열심히 했던 공부, 존 제이 법대 고학, 20대 후반에 시도했던 행복한 결혼의 불완전한 결말, 그리고 앨라배마에까지 오게 된 길고 비참한 법조인으로서의 성공. 뭐 앨라배마보다 더 나쁜 곳도 있었을 테지만.

나는 앨리슨을 오래 알고 지냈고, 우리는 몇 주, 몇 달 이상을 함께 보내기도 했다. 막스 브라더스 영화를 보며 보냈던 신년 전야는 말할 것도 없고 말이다. 그런데 지금 이야기는 대부분 못 들은 내용이었다. 전혀 듣지 못했던 내용이었다.

우습지 않은가. 11년을 알았단 말이다. 그러니 내가 뭐라도 짐작하거나 의심했을 줄 알겠지. 대체 상대에 대해 사실은 아무것도 모르면서, 친구라고 생각하게 되는 이유는 뭘까?

우린 뭘까, 꿈속을 걷는 걸까? 바꿔 말하면, 도대체 우린 무슨 생각을 하고 사는 거지?!

그리고 어쩌면 이 모든 앨리슨에 대해, 진짜 앨리슨에 대해 들을 이유가 하나도 없었을지도 모른다. 그러나 지금 앨리슨은 나에게 가고 싶지 않은 곳에 가서, 죽도록 무서운 일을 해달라고 부탁하고 있었고, 그래서 최대한 정보를 제공하고 싶어 했다.

그리고 보니 불현듯 같은 11년 동안 앨리슨도 루디 패리스가 왜, 무엇을 위하여 이렇게 사는지 제대로 명료하게 이해하지 못했다는 생각이 떠올랐다. 그 점에서는 나 자신이 미웠다. 감추고 망설이고 조각조각 파편만 알려주고, 정직했다간 아프겠다 싶으면 매력을 악용하고… 나는 머리가 잘 돌아가고 이해가 빠른 사람이었다. 그리고 나는 앨리슨의 고통과 고역에 해당하는 모든 요소를 묻어 버렸다. 솔직하게 앨리슨과 어울릴 수도 있었을 텐데, 앨리슨의 우정을 잃을까 겁에 질린 채로 남아 있었다. 나는 결코 무제한의 우정이라는 신화를 믿을 수가 없었다. 그건 너무나 빠르게 흐르는 차가운 강물에 허리까지 잠겨서 서 있는 것 같았다. 그것도 미끄러운 돌을 밟고서 말이다.

앨리슨의 이야기는 스패닝을 기소한 시점까지 왔다. 모든 증거를 너무나 철저하고 신중하고 빈틈없이 모으고 조사하고 분류하고, 눈부시게 사건을 지휘하고, 배심원단이 29건 모두에 대해 유죄 판결을 냈다. 곧 56건 전체에 대해서도 그렇게 될 것이다. 1급 살인. 계획된 1급 살인. 특별히 불쾌한 상황에서 계획된 1급 살인. 29건 전체에 대해 그렇게 판결이 났다. 한 시간도 걸리지 않았다. 점심 휴식조차 없었다. 배심원단이 모든 혐의에 유죄 평결을 가지고 돌아오는 데 51분이 걸렸다. 살해된 사람 한 명당 1분도 걸리지 않은 셈이었다. 앨리슨이 그런 일을 해냈다.

변호사는 56번째 살해(앨라배마에서는 29번째 사건에 불과했지만)와 헨리 레이크 스패닝 사이에는 직접적인 연결고리가 인정되지 않았다고 반론했다. 최후의 희생자였던, 교구 학교에 다니다가 버스를 놓치고는 디케이터에 있는 집에서 2킬로미터도 떨어지지 않은 곳에서 스패닝에게 걸려든 10살짜리 거닐라 애셔의 갈가리 찢어진 몸뚱이 옆에 무릎을 꿇고 내장을 빼다가 잡힌 게 아니지 않냐고 말이다. 그렇다, 붉게 물들어 끈적해진 손에 캔 따개를 들고 무릎을 꿇은 채는 아니었다. 하지만 범행수법은 같았고, 당시 디케이터에 있었으며, 헌츠빌에서 저지른 사건으로 도망치는 중이었다. 헌츠빌의 쓰레기통에서 그 나이 든 여자에게 같은 짓을 하다가 잡혔던 때 이후로 말이다. 그러니까 그들은 아직 김이 오르는 거닐라 애셔의 시체에 매끈하고 가느다란 손을 넣고 있는 스패닝을 잡지는 못했다. 그래서 어쩌라고? 스패닝이 연쇄살인범이고, 괴물이며, 그 방식이 너무나 역겨워서 신문들조차도 '교살자'니 '뒷마당 도살자'니 하는 잘난 별명을 붙일 엄두를 내지 못하는 파괴적인 악몽이라는 사실을 이보다 더 확신할 수가 없는데 말이다. 배심원단은 51분 만에 속이 안 좋은 얼굴로, 마치 자기들이 보고 들은 모든 것을 머릿속에서 몰아내려고 애를 쓰고 또 쓰겠지만 절대 그럴 수 없으리라는 사실을 알고 이번 사건에서만은 시민의 의무에서 벗어나게 해달라고 신에게 빌었다는 듯한 얼굴로 돌아왔다.

그들은 발을 끌며 돌아와서 망연자실한 법정에 말했다. 이봐, 이 끈적끈적한 구더기 덩어리를 의자에 앉히고 시나몬 토스트에 얹어서 아침 식사로 내놓기 딱 좋을 정도로 튀겨버려, 라고. 그것이 내 친구 앨리슨이 사랑에 빠졌다고 말하는 남자였다. 이제는 결백하다고 믿게 되었다는 남자였다.

이건 정말 미친 짓이었다.

"그래서 어쩌다가 그, 어, 그러니까 그런…?"

"어쩌다가 그 남자를 사랑하게 됐냐고?"

"그래. 그거."

앨리슨은 잠시 눈을 감고, 다루기 힘든 단어 떼를 잃어버렸는데 어디에서 찾아야 할지 모르겠다는 듯 입술을 오므렸다. 나도 앨리슨이 사생활을 중시하는 사람이고, 아주 중요한 과거를 간직하고 있다는 정도는 알았다. 지금까지는 그 강간 사건이나 어머니와 아버지 사이에 솟아난 얼음산, 7개월짜리 결혼에 대해 알지 못했지만 말이다. 잠시 남편이 있었다는 정도는 알았다. 그러나 무슨 일이 일어났는지는 몰랐다. 그리고 위탁 가정에 대해서도 알기는 했지만, 그게 얼마나 형편없었는지는 몰랐다…. 그렇다 쳐도, 지금 앨리슨에게서 이 광기가 어디에서 왔는지 알아낸다는 건 예수님의 손목에 박힌 못을 입으로 빼내려는 것과 같았다.

마침내 앨리슨이 말했다. "난 찰리 월보그가 뇌졸중으로 쓰러졌을 때 사건을 넘겨받았고…."

"기억나."

"월보그는 검찰 최고의 기소자였고, 디케이터에서 경찰이…." 앨리슨은 멈칫하고 힘들어하다가 말을 이었다. "…스패닝을 잡기 이틀 전에 월보그가 쓰러지지만 않았더라면, 모건 카운티가 이런 거대한 사건에 대해 걱정하다 못해 버밍험에 있는 우리에게 스패닝을 넘기지만 않았더라면… 모든 일이 너무나 빨리 일어나서 아무도 그 사람과 이야기를 나누지 못했고… 그 근처에라도 간 사람은 내가 첫 번째였어. 다들 그 사람에게, 다들 생각한 그 사람의 정체에 너무 겁에 질려 있었으니까…."

"다들 환각에 빠져 있었다는 거야?" 나는 재수 없게 굴었다.

"닥쳐."

"내가 첫 면담을 나눈 이후 단조롭고 고된 일처리 대부분은 검찰에서 했어. 나에게는 큰 기회였지. 그리고 난 그 기회에 매달렸어. 그래서 첫 면담 이후 난 스팽키와 실제 시간을 별로 보내지 못했어. 가까이 접근한 적도 없었고, 그 사람이 실제로 어떤 사람인지 이해도….”

내가 말했다. “스팽키? 대체 ‘스팽키’는 누구야?”

앨리슨은 얼굴을 붉혔다. 홍조가 콧구멍 양옆에서 시작되어 눈을 향해 올라가더니 머리카락이 있는 곳까지 번졌다. 11년을 알고 지내면서 이런 모습은 몇 번밖에 보지 못했고, 그중 한 번은 앨리슨이 오페라에서 방귀를 뀌었을 때였다. 〈람메르무어의 루치아〉였지.

나는 다시 말했다. “스팽키라고? 이거 당황스러운데. 그 남자를 스팽키라고 불러?” 홍조가 짙어졌다. “〈악동클럽〉에 나오는 뚱뚱한 애처럼 말이지…. 맙소사, 믿기지가 않는다!”

앨리슨은 나를 노려보기만 했다.

웃음이 치밀어올랐다.

얼굴이 실룩거리기 시작했다.

앨리슨은 다시 일어섰다. “관둬. 관두라고, 알았어?” 앨리슨은 테이블에서 문을 향해 두 걸음을 디뎠다. 나는 웃음을 터뜨리지 않으려고 노력하며 그 손을 잡고 다시 끌어당겼다. “알았어 알았어 알았다고…. 미안해…. 정말 진짜 진심으로 미안해…. 떨어진 우주 실험실에 맞을 확률에 맹세코 정말 100퍼센트 절대적으로 미안해…. 하지만 너도 인정은 해야지…. 그런 식으로 불시에… 이봐, 앨리… 스팽키라니!?! 적어도 쉰여섯 명을 죽인 남자를 스팽키라고 불러? 왜 미키나 프로기나 알팔파는 아니고…? 벅횟이라고 부르지 않는 건 이해가 가. 그건 날 위해 아껴둘 수도 있어. 하지만 스팽키???"

곧 앨리슨의 얼굴도 실룩거리기 시작했다. 조금 더 지나자 앨리슨은 웃지 않으려고 안간힘을 쓰면서도 미소를 짓고 있었고, 또 조금 지나자 깔깔거리며 빈손으로 나를 때려댔다. 그러더니 손을 풀고는 제대로 웃음을 터뜨렸다. 그리고 1분쯤 지나자 다시 자리에 앉았다. 그리고 똘똘 뭉친 냅킨을 나에게 던졌다.

"그 사람이 어렸을 때 별명이야. 뚱뚱한 아이여서 다들 놀렸대. 아이들이 어떤지 알잖아…. 그 아이들은 텔레비전에서 〈악동클럽〉을 방영했기 때문에 스패닝을 '스팽키'로 변질시켰고… 아, 입 다물어, 루디!"

나는 겨우 웃음을 그치고, 달래는 몸짓을 했다.

앨리슨은 분개해서 내가 더는 바보 같은 개그를 날리지 않을 거라는 확신이 들 때까지 조심스럽게 지켜보다가 다시 말했다. "페이 판사가 선고를 내린 후, 난 검찰에서 스패… 헨리의 사건을 항소심 단계까지 처리했어. 헨리의 변호사들이 애틀랜타 11번 순회재판구에 항소했을 때 감형에 반대한 것도 나였지.

항소심에서 3대 0으로 지고 나자 난 헨리의 변호사들이 앨라배마 대법원에 상고하는 걸 도왔어. 그리고 대법원에서 항소 요청을 거부하자, 다 끝났다고 생각했지. 주지사 탄원을 제외하면 더 해볼 일이 없다는 걸 알았거든. 하지만 주지사에게는 탄원이 들어가지 않았어. 그래서 난 이걸로 끝이라고 생각했어.

그런데 3주 전 대법원이 항소를 거부했을 때, 난 헨리에게 편지를 한 통 받았어. 다음 주 토요일이 처형일로 잡혀 있는데, 왜 날 보고 싶어 하는지 이해할 수 없었지."

나는 물었다. "그 편지는… 어떻게 너에게 가게 된 거야?"

"헨리의 변호사 한 명이 전해줬어."

"변호사들은 포기한 줄 알았는데."

"나도 그런 줄 알았어. 증거가 너무 압도적이었거든. 변호사 여섯 명은 물러날 핑계를 찾아냈지. 어떤 변호사에게든 좋은 홍보거리가 아니었으니까. 헌츠빌 윈딕시 주차장에 있었던 목격자 수만 해도… 50명은 됐을 거야, 루디. 그리고 모두가 같은 장면을 봤지. 몇 번을 줄 세워 보여줘도 모두 헨리를 지목했어. 20명, 30명, 필요하다면 50명까지도 퍼레이드를 할 수 있었을 거야. 그리고 나머지는 다…."

나는 한 손을 들어 올렸다. 안다고, 허공에 손바닥을 들어서 말했다. 다 앨리슨이 말해준 내용이었다. 내가 토하고 싶어질 때까지, 소름 끼치는 세부사항을 다 말해줬었다. 어찌나 생생하게 전해줬는지 내가 직접 저지른 일처럼 느껴질 정도였다. 그에 비하면 내 텔레파시 현기증도 유쾌했다. 어찌나 속이 뒤집히는지 생각조차 할 수 없을 정도였다. 인간적으로 약해진 순간이라 해도.

"그래서 변호사가 너에게 편지를 전했고….."

"너도 누군지 알 거야. 래리 볼란이라고, 미국시민자유연맹에 있던 변호사야. 예전에는 몽고메리에서 앨라배마 의회 법률 고문으로 일했지. 대법원에도 두 번인가, 세 번인가 있지 아마? 굉장한 사람이야. 그리고 쉽게 속지 않는 사람이기도 해."

"그런데 그 사람이 이 모든 일에 대해 어떻게 생각하길래?"

"헨리가 결백하다고 생각해."

"모든 사건에 대해서?"

"전부 다."

"하지만 사건 하나에만 사심 없는 무작위 증인이 50명이나 있었어. 네가 방금 말했잖아. 50명이라고. 50명으로 퍼레이드도 할 수 있었다면서. 그 사람들이 다 단호하게 헨리를 지목했어. 마지막에 잡았을 때 디케이터에서 죽은 그 학생도 포함해서 다른 55건과 동일한 수법이었고. 그런데 래리 볼란이 헨리가 범인이 아니라고 생각한다고?"

앨리슨은 고개를 끄덕였다. 우스꽝스럽게 입술을 오므리고는, 어깨를 으쓱이고, 고개를 끄덕였다. "아니래."

"그러면 살인자는 아직 돌아다니고 있다는 거야?"

"볼란은 그렇게 생각해."

"넌 어떻게 생각하는데?"

"나도 같은 생각이야."

"맙소사, 앨리. 무슨 소리야! 넌 쉬는 시간까지 일했어! 살인자가 아직 바깥에 돌아다니고 있다지만, 스패닝이 감옥에 있었던 3년 동안은 스패닝 비슷한 살인사건이 하나도 없었잖아. 그건 뭐라고 할 건데?"

"그건 누군지는 몰라도, 그 사람들을 다 죽인 게 누군지는 몰라도 우리보다 훨씬 똑똑하다는 뜻이야. 완벽한 백수에게 자기 범죄를 뒤집어씌우고는 다른 주로 달아나서 잘살고 있거나, 아니면 여기 앨라배마에 조용히 도사린 채 기다리며 지켜보고 있다는 뜻이지. 웃으면서 말이야." 앨리슨의 얼굴이 비참함에 축 처지는 것 같았다. 앨리슨은 울기 시작했다. "나흘 후면 웃음을 거둘 수 있을 거고."

나흘 후면 토요일 밤이다.

"좋아, 진정해. 나머지 얘길 계속해줘. 볼란이 찾아와서 스패닝의 편지를 읽어달라고 애걸했고, 그리고…."

"애걸하지 않았어. 그저 나에게 편지를 주면서 헨리가 무슨 말을 썼는지는 자기도 모르지만, 날 오래 알고 지냈다고, 내가 공정하고 품위 있는 사람이라고 생각한다고, 그러니 우정의 이름으로 그 편지를 읽어주면 고맙겠다고 했지."

"그래서 그 편지를 읽었구나."

"읽었어."

"우정이라. 볼란과 좋은 친구 사이였나 본데. 너와 내가 좋은 친구 사이였던 것처럼?"

앨리슨은 깜짝 놀라서 나를 쳐다보았다.

나도 나를 놀라서 쳐다본 것 같다.

"대체 그건 어디서 튀어나온 소리람." 내가 말했다.

"그러게. 대체 어디서 튀어나온 소리야?" 앨리슨이 바로 되받아쳤다. 나는 귀가 시뻘게졌고, 어떻게 앨리슨이 우리가 막스 브라더스 관람 중에 저지른 짓은 지렛대로 써도 괜찮은데 내가 그 문제로 짜증을 내는 건 괜찮지 않냐고 말할 뻔했다. 다행히 나는 입을 다물었고, 이번만은 어떻게 넘어갈지 알았다. "굉장한 편지였나 봐."

앨리슨이 이 모든 일이 정리된 후에 내 멍청한 발언에 대해 어느 정도 갚아줘야 할지 가늠하는 동안 긴 정적이 흘렀다. 그리고 머릿속에서 결산을 끝낸 앨리슨은 그 편지에 대해 말했다.

그 편지는 완벽했다. 살인자를 전기의자에 앉히려는 복수자의 관심을 끌 수 있는 편지라면 오직 그 편지뿐이리라. 그 편지는 56이 마법의 숫자가 아니라고 했다. 많고도 많은 다른 주에 풀리지 않은 사건이 많고도 많다고 했다. 미아와 가출 청소년들, 설명하기 힘든 실종 사건들, 노인들, 봄방학에 새러소타에 가려고 히치하이크하는 대학생들, 야간 금고에 낮의 수입을 넣으러 갔다가 저녁 식사에 나타나지 않은 가게 주인들, 비닐봉지에 담겨 온 사방에 조각조각 흩어진 창녀들, 그리고 번호가 붙지도 않고 이름이 붙지도 않은 죽음 죽음 죽음들. 그 편지는 56건은 시작에 불과하다고 했다. 그리고 다른 누구도 아닌 앨리슨 로슈가, 내 친구 앨리가 홀먼 교도소에 와서 자기와, 그러니까 헨리 레이크 스패닝과 이야기를 나눠준다면 그 모든 미해결 사건을 다 해결하도록 돕겠다고 썼다. 국가적인 명성. 미해결 사건의 복수자. 최고의 미스터리들을 해결. "그래서 넌 그 편지를 읽고 홀먼에…."

"처음에는 아니었어. 바로 가진 않았지. 난 헨리가 유죄라고 믿었고, 3년 넘게 그 사건을 다루다 보니 헨리가 빈자리를 메꿀 수 있다고 말한다면 그럴 수 있는 게 확실하다고도 생각했어. 하지만 마음에 들지 않았지. 법정에서 난 피고석에 있는 그 사람 근처에만 가도 늘 불안했어. 그 사람 눈이 말이야, 절대 나에게서 떨어지질 않는 거야. 파란 눈이었어, 루디. 내가 그 얘길 했던가…?"

"아마도. 기억은 안 나. 계속해."

"그렇게 파란 눈은 본 적이 없어…. 음, 솔직히 말하면 난 그냥 그 사람이 무서웠어. 난 그 사건에 정말 간절히 이기고 싶었어, 루디. 넌 절대 모를 거야…. 그냥 나나 내 경력이나 정의를 위해서도 아니고, 그 사람이 죽인 모든 사람에 대한 복수를 위해서도 아니고, 그저 그 남자가 그 새파란 눈으로, 재판이 시작된 순간부터 내내 날 쳐다보던 그 파란 눈으로 거리를 돌아다닌다는 생각만 해도…, 그 남자가 풀려난다는 생각만 해도 울부짖는 개처럼 사건을 몰아치게 되더라. 난 빨리 그 남자를 치워버려야 했던 거야!"

"그런데 그 공포를 극복했구나."

앨리슨은 내 말에 실린 날카로운 조소를 좋아하지 않았다. "맞아. 난 마침내 '내 공포를 극복'하고 그 남자를 만나러 가기로 했지."

"그래서 그놈을 봤고."

"그래."

"그리고 그놈은 다른 살인에 대해 조또 몰랐겠지. 그렇시?"

"그래."

"그렇지만 말을 잘했겠지. 눈은 파랗고도 파랬고."

"그래, 이 재수야."

나는 클클 웃었다. 누구나 누군가에게는 바보다.

"이건 또 얻어맞지 않게 아주 조심스럽게 물어봐야겠는데 말이야. 그놈이 허풍을 쳤고 거짓말을 했다는 것, 긴 미해결 범죄 명단 같은 건 없다는 걸 알았을 때 왜 바로 일어서서 서류가방 챙겨 들고 뛰쳐나오지 않은 거야?"

앨리슨의 답은 간단했다. "잠시만 있어 달라고 애걸하더라고."

"그게 다야? 애걸했다고?"

"루디, 그 사람에겐 아무도 없었어. 아무도 있었던 적이 없어." 앨리슨은 마치 내가 돌로 만들어졌다는 듯 쳐다보았다. 현무암 조각이나 흑요석 동상, 흑석류석을 깎아 만든 사람 모양, 검댕과 재를 뭉쳐서 만든 기둥을 보듯이 말이다. 앨리슨은 어떤 방법으로도, 아무리 가련하거나 용감하게 표현하더라도 내 돌 같은 표면을 꿰뚫을 수 없을까 봐 두려워했다.

그러더니 앨리슨은 내가 결코 듣고 싶지 않았던 말을 했다.

"루디…."

앨리슨이 말하리라고는 상상도 하지 못했던 말을 했다. 백만 년이 지나도 그런 일은 없을 줄 알았던 말을.

"루디…."

앨리슨은 나에게 할 수 있는 가장 끔찍한 말을, 연쇄살인범과 사랑에 빠졌다는 것보다 더 지독한 말을 했다.

"루디… 안으로 들어가서… 내 마음을 읽어…. 네가 알아야해. 네가 이해해줘야 해… 루디…."

앨리슨의 표정이 내 마음을 죽였다.

나는 안된다고, 제발 그러지 말라고, 그것만은 아니라고, 부탁이니 그것만은, 그것만은 시키지 말라고, 나에게 그런 부탁을 하지 말라고, 제발, 난 들어가고 싶지 않다고, 우린 서로에게 정말 많은 의미가 있지 않냐고, 난 네 심상을 알고 싶지 않다고 말하려고 했다. 날 더러운 사람으로 만들지 마, 난 관음증이 아니야, 널 엿본 적 없어, 네가 샤워하고 나오는 모습을 훔쳐본 적도 없고, 옷을 벗는 순간이나 섹시한 순간을 흘끔거린 적도 없어…. 네 사생활을 침해한 적 없어. 그런 짓은 안 한다고…. 우린 친구고, 난 다 알 필요가 없고, 네 마음속에 들어가고 싶지 않아. 누구의 마음속에든 들어갈 수 있지만 그건 언제나 끔찍해…. 제발 내가 널 싫어하게 될지 모르는 것들을 보게 하지 말아줘. 너는 내 친구야. 제발 나에게서 그걸 빼앗지 말아줘….

"루디, 부탁이야. 해줘."

아, 예수님 부처님 알라신이시여, 앨리슨이 그 말을 또 했어!

우리는 그 자리에 앉아 있었다. 우리는 그렇게 앉아 있었다. 그리고 계속 앉아 있었다. 나는 두려움에 차서 쉰 목소리로 말했다. "그냥… 그냥 나한테 말해줄 순 없어?"

앨리슨의 눈이 돌을 바라보았다. 돌로 만들어진 남자를. 나를. 그리고 내가 무심코 할 수 있는 일을 하게끔 부추겼다. 파우스트를 유혹하는 메피스토, 아니 메피스토펠레스, 메피스토펠레, 메포스토필리스처럼 나를 유혹했다. 검은 돌로 빚어진 파우스투스 박사가, 마음을 읽는 마법 능력을 지닌 교수가 윤기 흐르는 숱 많은 속눈썹과 보라색 눈동자와 갈라진 목소리와 손을 얼굴에 올리고 고개를 기울이는 애원의 몸짓과 가련하게 비는 제발이라는 말 한마디와 오직 나에게만 존재하는 모든 죄책감에 넘어갔다. 일곱 악마 중에서도 메피스토는 "빛을 사랑하지 않는" 자였으니.

나는 그것이 우리 우정의 종말임을 알고 있었다. 그러나 앨리슨은 나에게 도망칠 구석을 남겨주지 않았다. 마노로 깎은 메피스토여.

그래서 나는 앨리슨의 심상에 뛰어들었다.

나는 그곳에 10초도 머물지 않았다. 내가 알 수 있는 모든 것을 알고 싶지는 않았다. 그리고 앨리슨이 나를 정말로 어떻게 생각하는지는 절대로 알고 싶지 않았다. 그 안에서 퉁방울 눈에 발을 끌며 걷는 입술 두꺼운 깜둥이 캐리커처를 본다면 견딜 수 없을 터였다. 만딩고 남자, 게으름 검둥이 루디 패….

맙소사, 내가 무슨 생각을 하고 있었던 건지!

그 안에 그런 건 없었다. 전혀! 앨리슨에게 그런 건 전혀 없었다. 나는 그 안에서 미쳐버릴 것 같아서, 완전히 돌아버릴 지경이 되어서 10초도 버티지 못하고 나왔다. 그걸 막아버리고, 죽여버리고, 비워버리고, 버려버리고, 거부하고, 짓누르고, 꺼버리고, 가려버리고, 닦아내 버리고, 없었던 일처럼 해버리고 싶었다. 엄마와 아빠에게 갔다가 두 분이 섹스하는 모습을 보고 하나도 몰랐던 일로 해버리고 싶은 순간처럼 말이다.

그래도 이해하기는 했다.

그곳, 앨리슨 로슈의 심상 속에서 나는 어떻게 앨리슨의 심장이 그녀가 헨리 레이크 스패닝이 아니라 스팽키라고 부르는 남자에게 반응했는지 보았다. 그 속에서 앨리슨은 그 남자를 괴물의 이름이 아니라, 연인의 이름으로 불렀다. 나는 그 남자가 결백한지 아닌지 몰랐지만, 앨리슨은 그 남자의 결백을 알고 있었다. 처음에는 앨리슨도 그저 대화를 주고받았을 뿐이다. 고아로 자란 경험에 대해. 그리고 이용당하고 물건 취급당한 이야기에, 어떻게 다른 사람들이 그의 품위를 앗아가고 내내 두려움에 질려 있게 만들었는지에 대한 이야기들을 이해할 수 있었다. 어떻게 스팽키가 늘 혼자였는지도 이해했다. 도망쳐다닌 시간들. 야생동물처럼 잡혀서 이 집, 저 수용시설, 아니면 고아원에 처박히며 "널 위해서"라는 소리를 들어야 했던 일들. 말털 브러시와 잿물 비누, 회색 물이 가득한 양철통을 가지고 돌계단을 닦다가 손가락 사이의 부드러운 피부가 뻘겋게 벗겨지고 아파서 주먹을 쥘 수도 없었던 일.

앨리슨은 나에게 어떻게 자신의 심장이 반응했는지 말하려 했다. 그런 일에 적합하지 않은 언어로라도 설명해보려고 했다. 나는 그 비밀스러운 풍경 속에서 필요한 만큼 보고, 스패닝이 비참한 인생을 살았음에도 괜찮은 인간으로 성장했음을 알았다. 그 사실은 앨리슨이 스패닝과 얼굴을 맞대고, 증인석을 사이에 두지도 않고 적대적인 관계도 없이, 법정과 방청석과 몰래 돌아다니면서 스패닝의 사진을 찍는 타블로이드 기생충들 없이 대화를 나누자 드러났다. 앨리슨은 그의 고통을 알아보았다. 앨리슨 자신의 고통도, 그와 같지는 않아도 비슷했다. 그렇게 강렬하지는 않아도 같은 종류의 고통이었다.

앨리슨은 그를 조금 알게 되었다.

그리고 다시 만나러 갔다. 인간적인 연민에서. 인간적으로 약해진 순간에.

그러다가 마침내 앨리슨은 증거를 모조리 검토하기 시작했다. 그의 관점에서 보기 위해, 그의 상황 설명을 받아들여서. 그리고 모순점들이 있었다. 이제는 그게 보였다. 이제는 검찰의 마음으로 그 모순을 외면하고, 스패닝을 몰아붙일 방식으로 재구성하지 않았다. 이제는 그에게 아주 작은 진실의 가능성을 부여했다. 그리고 사건은 이전처럼 명백해 보이지 않았다.

그 무렵, 그녀는 그와 사랑에 빠졌음을 인정해야 했다. 그

온화한 성정은 꾸며낼 수 없는 것이었다. 거짓 상냥함이라면 충분히 겪어봐서 안다.

나는 기꺼이 앨리슨의 마음속을 떠났다. 그래도 최소한 나는 이해했다.

"그러면?" 앨리슨이 물었다.

그래, 그러면 이제 어쩌나. 이제 나는 이해했다. 그리고 금이 간 유리 같은 앨리슨의 목소리가 나에게 알렸다. 앨리슨의 얼굴이 나에게 알렸다. 내 마법 여행이 어떤 진실을 전해줬는지 밝히기를 기다리며 기대감에 입술을 벌리는 모습. 뺨에 손바닥을 대는 모습. 그 모든 것이 나에게 알렸다. 그리고 나는 말했다. "그래."

그다음에는, 우리 사이에 정적이 내려앉았다.

잠시 후에 앨리슨이 말했다. "난 아무것도 못 느꼈어."

나는 어깨를 으쓱였다. "느낄 게 없었을 거야. 몇 초 들어갔을 뿐이니까."

"다 보지 않은 거야?"

"응."

"그러기 싫어서?"

"그건⋯."

앨리슨은 미소 지었다. "이해해, 루디."

아, 그래? 정말 이해해? 그거 잘됐군. 그리고 내 목소리가 말했다. "아직 섹스는 안 했고?"

내가 앨리슨의 팔을 뜯어냈더라도 그보다는 덜 아팠을 것이다.

"오늘 네가 그런 질문을 던지는 게 두 번째야. 처음에도 썩 마음에 들진 않았지만, 이번에는 더 별로야."

"내가 네 머릿속에 들어가길 바란 건 너야. 내가 그런 여행을 하겠다고 한 게 아니라고."

"그래서 들어가 있었잖아. 충분히 둘러보고 알지 않았어?"

"그런 건 찾아보지 않았어."

"어찌나 소심하고 비겁하고 형편없는지…."

"아직 답을 못 들었습니다, 변호인. 답변은 간단히 예 아니오로 해주시죠."

"웃기지 마! 그 사람은 사형수 감방에 있어!"

"방법은 있어."

"네가 그걸 어떻게 알아?"

"친구가 하나 있었거든. 샌라파엘에. 타말이라고 하는 곳 말이야. 리치먼드에서 다리를 건너서, 샌프란시스코 약간 북쪽에."

"샌쿠엔틴 주립교도소 말이구나."

"그래, 거기."

"그 친구라는 사람은 펠리칸 베이에 있었던 거 아니었어?"

"다른 친구야."

"캘리포니아에서 감옥에 들어갔던 친구가 많기도 하다."

"인종차별 국가잖아."

"그런가 봐."

"하지만 샌쿠엔틴은 펠리칸 베이가 아니야. 그 둘은 전혀 달라. 타말에서 아무리 힘들어 봤자 초승달 도시에서는 더 지독하거든. 완전히 고립된 감옥이란 건 말이야."

"샌쿠엔틴에 있었던 '친구' 얘긴 한 번도 안 하더니."

"내가 한 번도 말 안 한 건 많아. 그렇다고 내가 모른다는 뜻은 아니지. 난 큰 사람이야. 많은 걸 품고 있고."

우리는 말없이 앉아 있었다. 나와 앨리슨, 그리고 시인 월트 휘트먼 세 명이서. 우리는 싸우고 있다고 생각했다. 같이 영화를 보고 토론하는 가짜 싸움이 아니라, 불쾌한 싸움이었다. 아주 불쾌하고 기억에 남을 싸움이었다. 이런 싸움은 아무도 잊지 못한다. 순식간에 지저분하게 변하고, 절대 주워 담지 못할 쓰레기 같은 말을 던지고, 절대 용서하지 않고, 우정이라는 장미에 궤양을 심어서 다시는 똑같아 보이지 않게 만드는 그런 싸움.

나는 기다렸다. 앨리슨은 더 말하지 않았다. 그리고 나는 명확한 대답을 얻지 못했지만, 헨리 레이크 스패닝이 앨리슨과 갈 데까지 갔다는 확신은 얻었다. 그리고 분석하고 해부해서 이름을 붙이기는커녕 보고 싶지도 않은 감정적 아픔을 느꼈다. '흘려보내.' 나는 생각했다. 11년 동안 한 번, 딱 한 번이었잖아. 그 일은 그대로 두고 모든 추한 생각들이 그렇듯 늙고 시들어 제대로 죽게 두자.

나는 말했다. "좋아. 그러면 난 애트모어로 갈게. 그 남자는 나흘 후에 구워질 테니까, 아주 가까운 미래에 해달라는 의미겠지. 아주 빨리. 이를테면 오늘." 앨리슨은 고개를 끄덕였다.

"그런데 난 어떻게 들어가지? 법대생이라고 해? 기자라고
해? 래리 볼란의 새 조수로 따라가? 아니면 너와 같이 들어
가? 뭐라고 해야 하는 거야, 가족 친구? 앨라배마 주 교정국
대리인? 내가 '희망 프로젝트'에서 나온 수감자 대리인이라고
꾸밀 수도 있겠지."

"그보다 훨씬 나은 방법이 있어." 앨리슨은 말했다. 예의
미소와 함께. "훨씬."

"그래, 분명히 그렇겠지. 왜 갑자기 걱정이 들지?"

앨리슨은 아직 미소를 떠올린 채로 아틀라스 가방을 무릎
에 올렸다. 가방을 열고, 풀이 붙지는 않았지만 닫혀 있는 작
은 종이봉투를 꺼내어 테이블 위로 나에게 밀었다. 나는 봉투
를 열고 내용물을 흔들어 꺼냈다.

영리했다. 아주 영리했다. 그리고 이미 필요한 곳에 내 사
진을 넣고 내일 목요일 아침으로 승인 날짜까지 찍힌 완벽한
진품이었다.

"어디 맞춰볼까. 목요일 아침이 사형수 감방 수감자들이 변
호사를 만나는 시간이야?"

"사형수 감방에서 가족 방문은 월요일과 금요일이야. 헨리
에겐 가족이 없어. 변호사 방문은 수요일과 목요일이지만, 오
늘은 장담할 수가 없었어. 너에게 연락하기까지 며칠이 걸렸
고…."

"난 바빴어."

"…어쨌든 수감자들은 수요일과 목요일 아침에 변호사와 상담을 해."

나는 서류와 플라스틱 카드를 톡톡 두드렸다. "이건 정말 영리한데 말이야. 내 이름과 내 잘생긴 얼굴이 이미 여기, 플라스틱 안에 들어가 있네. 이걸 준비한 지 얼마나 된 거야?"

"며칠 됐어."

"내가 계속 싫다고 했으면 어쩌려고?"

앨리슨은 대답하지 않았다. 그저 예의 그 표정만 다시 지었다.

"마지막으로 한 가지만." 나는 내가 아주 심각하다는 사실을 분명히 하기 위해 아주 가까이 몸을 기울이고 말했다. "시간이 얼마 없어. 오늘이 수요일이야. 내일은 목요일이고. 그런데 토요일 자정이면 그 사람들이 컴퓨터가 제어하는 쌍둥이 스위치를 누를 거야. 내가 그 사람 심상에 뛰어들었다가 네가 옳다는 사실을 알아내면, 그러니까 완전히 결백하다는 사실을 알아내면 그때는 어떻게 할 거야? 그 사람들이 내 말에 귀를 기울일까? 마법의 독심술을 지니고 맹렬히 떠들어대는 검둥이 말을 들을까?

그럴 것 같진 않은데. 그러면 어떻게 할 거야, 앨리?"

"그 부분은 나한테 맡겨." 앨리슨의 얼굴은 매서웠다. "네 말마따나, 방법은 있어. 도로도 있고 경로도 있고, 어디에서 사야 할지만 알면 번개도 구할 수 있지. 사법부의 힘. 다가오는 선거. 거둬들일 만한 은혜."

나는 말했다. "그리고 민감한 코 밑에 피울 비밀들?"

"넌 그냥 돌아와서 나에게 스팽키가 사실을 말하고 있다고만 해주면 돼." 내가 웃기 시작하자 앨리슨은 미소를 지었다. "그러면 일요일 0시 1분의 세상에 대해서는 내가 걱정할게."

나는 일어나서 서류들을 봉투에 다시 집어넣고, 그 봉투를 옆구리에 꼈다. 나는 앨리슨을 내려다보고 최대한 부드러운 미소를 보이며 말했다. "스패닝에게 내가 마음을 읽을 수 있다고 미리 말해두는 속임수는 쓰지 않았겠지."

"내가 그럴 리가 없잖아."

"안 그랬다고 말해줘."

"그 사람에게 네가 마음을 읽을 수 있다고 하지 않았어."

"거짓말."

"너 혹시…?"

"그럴 필요도 없었어. 네 얼굴에 빤히 보여, 앨리."

"그 사람이 알면 문제가 될까?"

"전혀. 난 그 망할 놈이 알건 모르건, 차갑건 뜨겁건 상관없이 읽을 수 있어. 3초만 들어가 보면 그놈이 다 저지른 짓인지, 가담만 한 건지, 하나도 안 한 건지 알게 될 거야."

"난 그 사람을 사랑한다고 생각해, 루디."

"그 말은 이미 했어."

"하지만 널 함정에 빠뜨릴 마음은 없어. 난 알아야 해…. 그래서 너에게 부탁하는 거야."

나는 대답하지 않았다. 나는 그저 미소만 보였다. 앨리슨이 그놈에게 말했다. 그놈은 내가 간다는 사실을 알고 있다. 하지만 잘된 일이었다. 앨리슨이 미리 알리지 않았다면 전화를 해서 알리라고 했을 것이다. 그놈이 경계하면 할수록 그 심상을 초토화시키기는 쉬워진다.

나는 빨리 배우는 사람이다. 배움이 빠른 수준을 훌쩍 넘어선다. 불가타 라틴어는 1주일에 떼고, 표준 약전은 사흘이면 외운다. 펜더 베이스는 주말 이틀이면 익히고, 애틀랜타 팰컨스의 플레이북은 한 시간이면 주파한다. 그리고 인간적으로 약해진 순간, 피가 쏟아지고 배가 뒤틀리는 월경이라도 겪는 듯한 기분일 때는, 2분이면 족하다.

사실 누군가가 부글부글 끓는 죄책감의 구덩이와 수치심에 십자가형 당한 시체들을 숨기려고 노력하면 할수록, 내가 그 사람들의 심상에 적응하는 속도는 더 빨라진다. 거짓말탐지기 검사를 받는 사람이 초조해져서 땀을 흘리기 시작하면 피부의 전기 반응이 올라가고, 피하려고 하면 할수록 더 수상하고 수상하고 수상해지다 못해 윗입술에 맺힌 땀만으로 채소밭을 적시겠다 싶어지듯이. 나에게 감추려고 하면 할수록⋯ 더 드러내게 되고⋯ 나는 더 깊이 들어갈 수 있게 된다.

아프리카 속담에 이런 말이 있다. '죽음은 북을 두드리며 오지 않는다.'

왜 그 순간 그 속담이 다시 떠올랐는지는 모를 일이다.

설마하니 감옥 행정에 훌륭한 유머 감각을 기대하는 사람은 없을 것이다. 그런데 홀먼 교도소에는 그게 있었다.

그들은 저주받을 괴물을 성처녀처럼 입혀놓았다.

하얀 면바지에 목까지 단추를 채운 하얀색 반소매 셔츠, 하얀 양말. 네오프렌인가 싶은 고무 밑창이 달린 발목 높이의 투박한 단화는 갈색이었지만, 그것도 오른쪽에 앨라배마 교도관 제복을 입은 덩치 큰 흑인 형제를 대동하고 경비문을 통과해서 다가오는 창백하고 순결한 모습과 충돌하지 않았다.

그 작업화는 충돌하지 않았고, 하얀 타일 바닥에 소리를 울리지도 않았다. 마치 살짝 떠서 다가오는 것 같았다. '아, 그래.' 나는 혼자 속으로 말했다. '과연 그렇군.' 이 구세주 같은 인물이라면 어떻게 앨리슨 같은 거칠고 똑똑한 사람마저 구워삶았는지 알 수 있었다. 그렇고말고.

다행히도, 밖에는 비가 내리고 있었다.

그렇지 않았다면 유리창으로 들어오는 햇살이 후광마저 둘러줬을 것이다. 그랬다면 나는 정신을 놔버렸을 것이다. 그 자리에서 웃음을 멈추지 못했을 것이다. 다행히도 밖에는 억수같이 비가 내렸다.

덕분에 클랜턴에서 차를 몰아오는 길은 내가 죽을 때 인생 최고의 순간으로 꼽을 리 없는 시간이 되었다. 알루미늄 시트 같은 물이 좍좍 퍼부었고, 나는 끝이 없는 샤워 커튼 속을 영원히 운전하면서 영영 뚫고 나가지 못할 것만 같았다. 65번 주간고속도로에서 배수로에 빠지기만 대여섯 번은 빠졌다. 내가 왜 그 도랑에 흐르는 찐득찐득한 진흙탕 속에 차축까지 묻어버리지 않았을까, 나도 절대 이해하지 못할 것이다.

하지만 나는 고속도로에서 미끄러질 때마다, 심지어 두 번인가는 완전히 360도 회전을 하면서 존 C. 헵워스에게 빌려온 낡은 포드 페어레인을 전복시킬 뻔 하고서도 계속 갔다. 뇌전증 발작처럼 털털거리며 미끄러지다가 옆길로 빠져서 곧장 미끄러운 잔디와 잡초밭으로 기어올라 시뻘건 앨라배마 진흙을 빨아들이다가도, 곧 지붕 못 같은 빗발이 두들겨대는 길고 검은 모루 위로 돌아갔다. 지금도 마찬가지지만, 나는 그것을 운명은 오직 천상에서 결정되어 있고 지상은 나를 엿먹일 허락을 받지 못했다는 신호로 받아들였다. 나에게는 꼭 가야 할 데이트가 있었고, 운명은 그 사실을 잘 알고 있었다.

그렇다 해도, 아무리 신통력의 보호를 받는다 해도… 나에게는 그게 분명했지만, 그렇다 해도 애트모어 북쪽으로 8킬로미터 떨어진 곳까지 왔을 때 나는 57번 출구를 타고 65번 고속도로를 벗어나서 21번 고속도로에 진입한 후, 베스트 웨스턴 모텔 앞에 차를 세웠다. 그렇게 남쪽에서 하룻밤을 지낼 생각은 없었지만(모빌 시에 치아가 멋진 젊은 여자를 하나 알기는 해도) 비는 때려 붓고 있었고 나는 그저 이 일을 마치고 자고 싶을 뿐이었다. 포드 페어레인처럼 변변찮은 차를 타고 털털거리면서 빗속을 뚫고 그 먼 길을… 그것도 헨리 스패닝을 앞에 두고 달리고 나니… 멈추고만 싶었다. 잠이라는 오래된 망각의 손길이 간절했다.

나는 체크인을 하고, 30분 동안 샤워기 밑에 서 있다가, 가지고 온 스리피스 정장으로 갈아입고 나서 프런트에 전화해서 홀먼 교도소로 가는 방향을 물었다.

그곳에서 차를 몰다가 달콤한 순간이 찾아왔다. 그 후로 오랫동안 그런 순간은 다시 찾아오지 않았고, 나는 지금도 그 순간을 지금처럼 기억한다. 그 순간에 매달린다.

5월, 그리고 6월 초에는 작란화가 만개한다. 숲 속과 삼림지대 늪에, 다른 때에는 눈에 들어오지도 않는 비탈이나 산기슭에 갑자기 노란색 자주색 난초들이 꽃을 피운다.

나는 운전을 하고 있었다. 비가 잠시 멎는 곳이 있었다. 태풍의 눈처럼 말이다. 조금 전까지만 해도 물이 쏟아졌는데, 다음 순간, 귀뚜라미와 개구리와 새들이 불평을 늘어놓기 전의 완벽한 적막이 찾아왔다. 사방이 캄캄했고, 내 전조등 불빛만이 허공을 찌르고 있었다. 그리고 비 온 후의 우물처럼 시원했다. 나는 운전을 하고 있었다. 잠에 빠지지 않으려고, 눈이 감기기 시작할 때 머리를 내밀 수 있도록 창문을 내렸는데 갑자기 5월에 피는 작란화의 달콤하고 섬세한 향기가 날아들었다. 왼쪽 멀리, 어두운 언덕 땅 어딘가 아니면 보이지 않는 나무들에 가려진 깊은 숲 속에서 시프리페디움 칼로세우스가 그 향기로 밤의 세상을 아름답게 만들고 있었다.

나는 속도를 늦추지도 않았고, 눈물을 참으려 하지도 않았다.

나는 그저 스스로를 연민하며 차를 몰았다. 그럴듯한 이유 하나 없이.

＊

한참, 한참 내려가서 플로리다 팬핸들 구석 가까이, 그 지역에 마지막으로 남은 진짜 훌륭한 바비큐가 있는 버밍험에서도 세 시간은 남쪽으로 내려가서, 홀먼에 다다랐다. 혹시 감옥에 한 번도 들어가 본 적이 없다면, 내가 지금부터 하려는 말은 온화한 타사다이 족이 듣는 초서의 대사처럼 이해가 가지 않을 것이다.

돌이 부른다.

인류 교화 시설에는, 그 '조직적인 교회'에는 이름이 붙어 있다. 가톨릭, 루터교, 침례교, 유대교, 이슬람교, 드루이드교의 훌륭한 사람들부터… 토르케마다 재판관과 충격적인 종교재판들을 불러온 종교사상들, 원죄와 성전, 종파간 폭력, 폭탄을 터뜨리고 사람을 죽이고 불구로 만드는 소위 "낙태 반대자"들에 이르기까지… '저주받은 곳'이라는 캐치프레이즈가 따라다닌다.

'신은 우리 편에 있다'처럼 발음하기 쉽지 않은가?

저주받은 곳.

라틴어로 하면 고약한 쓰레기장. 악이 일어나는 곳. 언제까지나 검은 구름 아래 존재하는 장소. 마치 제시 헬름스*나 스트롬 서먼드**가 운영하는 하숙집에 사는 것처럼 말이다. 큰

---

* 인종차별주의자로 유명한 상원의원

교도소는 그런 곳 비슷하다. 졸리엣, 댄모라, 아티카, 저지에 있는 라웨 주립, 루이지애나에 있는 앙골라라는 지옥구덩이, 옛 폴섬(새로 지은 곳 말고 예전 폴섬 말이다), Q(샌쿠엔틴), 그리고 오시닝도 있지. 그곳에 대해서 뉴스로만 접하는 사람들이나 "싱싱" 교도소라고 부르지, 그 안에 들어간 범죄자들은 그곳을 오시닝이라고 부른다. 또 컬럼버스에 있는 오하이오 주립교도소. 캔자스의 레번워스. 자기들끼리 힘든 감옥 형기에 대해 말할 때면 이야기하는 곳들. 펠리칸 베이 주립교도소의 '더 슈'***. 그 안에서는, 죄책감과 타락으로 벽돌을 바르고 인간 생명에 대한 존중이라곤 없이 범죄자들과 간수들 양쪽에 미움만 퍼진 그 오래된 구조물 속에서는, 벽과 바닥이 수십 년 동안 백만 명의 고통과 고독을 다 빨아들인 그곳에서는… 그 안에서는, 돌이 부른다.

저주받은 곳. 문을 통과하고 금속 탐지기를 통과하여 주머니 안에 든 물건을 카운터에 다 꺼내놓고 굵은 손가락들이 서류를 뒤적일 수 있게 서류가방을 열면 느낄 수 있다. 느껴진다. 신음과 채찍질, 그리고 피를 흘리다가 죽으려고 자기 손목을 물어뜯어 구멍을 내는 사람들.

그리고 나는 그것을 다른 누구보다 더 지독하게 느꼈다.

나는 최대한 막았다. 밤에 핀 난초 향기의 기억에 매달리려

** 인종격리정책을 주장했던 상원의원
*** 이 교도소에서 최악의 범죄자를 수용하는 Security Housing Unit의 약자 SHU를 Shoe로 적어서 농담처럼 말한다.

고 했다. 마구잡이로 누군가의 심상을 유람하는 것만은 피하고 싶었다. 안으로 들어갔다가 그자가 무슨 짓을 했는지 알고 싶지 않았다. 사람들이 잡은 죄목만이 아니라 그자를 정말로 여기에 넣은 죄 말이다. 스패닝에 대한 이야기가 아니다. 모든 죄수에 관한 이야기다. 여자친구가 매콤한 케이준 소시지가 아니라 브라트부어스트를 사 왔다는 이유로 걷어차 죽인 놈들 모두. 비밀스러운 목소리가 "저놈을 찢어버려!"라고 했다는 이유로 어린 복사(服事)*를 유괴해서 강간하고 저며버린, 성경 읊어대는 허연 벌레 같은 미치광이들 모두. 식권 몇 장 훔치겠다고 연금 수령자를 쏴버린 도덕관념 없는 약물중독자 모두. 한순간이라도 방어를 내리면, 방패를 풀어버리면, 아주 살짝이라도 의식을 내보내어 그중 한 놈과 접촉할지 몰랐다. 인간적으로 약해진 순간에.

그래서 나는 모범수를 따라 교도소장실로 갔고, 그곳에서 소장 비서가 내 서류와 내 얼굴이 들어간 작은 플라스틱 카드를 확인했으며, 그 여자는 계속 그 얼굴을 보았다가 내 얼굴을 올려다보았다가, 그 얼굴을 내려다보았다가 앞에 있는 내 얼굴을 보기를 반복하더니 참지 못하고 말했다. "기다리고 있었습니다, 패리스 씨. 어. 정말로 미합중국 대통령 밑에서 일하시나요?"

나는 미소를 지었다. "같이 볼링을 하는 사이죠."

---

* 사제의 미사 집전을 돕는 소년

그 여자는 그 말을 진지하게 받아들이고는 헨리 레이크 스패닝을 만날 회의실까지 바래다주겠다고 제안했다. 나는 교육을 잘 받은 유색인종 신사가 자기 삶을 쉽거나 어렵게 만들 수 있는 공무원에게 감사하는 방식으로 감사를 표한 후, 그녀를 따라 복도를 몇 개 지나고 교도관들이 지키는 강철못 박힌 문들을 통과하고, 행정동과 격리동과 중앙동을 통과하여, 벽에는 얼룩진 갈색 호두나무 판을 두르고 시멘트 바닥에는 하얀 타일을 깔고 보안창에는 하얀 휘장을 쳤으며 매단 천장에는 셀로텍스 방음판을 덧댄 정사각형의 회의실에 도착했다. 그곳에서 교도관이 우리를 맞이했다. 비서는 나 같은 사람이 미합중국 대통령과 볼링을 치다가 그날 아침에 에어포스원을 타고 도착한 인물이라는 사실에 완전히 만족하지 못한 채 작별을 고했다.

큰 방이었다.

나는 회의 테이블 앞에 앉았다. 길이가 3.5미터에 너비는 1미터가 좀 넘는 테이블로 반들반들하게 윤을 낸 호두나무, 아니면 참나무였다. 등이 판판한 의자들은 금속으로 만들어서 쿠션에 밝은 노란색 천을 씌웠다. 갓 결혼한 부부의 양철 지붕에 축복의 쌀이 쏟아지는 소리 같은 빗소리를 빼면 조용하기만 했다. 저 바깥 65번 주간고속도로에서는 어떤 운 없는 놈이 붉은 진흙 속으로 빨려 들어가고 있겠지.

"곧 올 겁니다." 교도관이 말했다.

"잘됐군요." 나는 대꾸했다. 왜 교도관이 나에게 그런 말을 하는지 알 수가 없었다. 애초에 내가 거기 왜 있는지도 몰랐으니 말 다했지. 나는 그 교도관이 영화를 볼 때 근처에 있으면 곤란한 부류일 거라 상상했다. 데이트 상대에게 모든 것을 설명하는 그런 사람 말이다. 마타모로스에서 철조망 아래를 파서 건너온 지 3주 된 불법 체류자 사촌 훔베르토에게 우디 앨런 영화를 미주알고주알 해석해주는 취업허가증 받은 멕시코 노동자처럼. 아니면 정신없는 토요일 오후에 요양소를 탈출해서 3층 멀티플렉스에 주저앉아서는, 같이 탈출한 옆 친구에게 클린트 이스트우드가 누구 엉덩이를 걷어찰 것이며 왜 그럴 것인지 설명하는 80대 노인처럼 말이다. 그것도 보청기를 끼고 목터지게 큰 소리로 떠드는 거지.

"최근에 뭐 괜찮은 영화 봤어요?" 나는 교도관에게 물었다.

교도관에게는 대답할 기회가 없었고, 나도 굳이 그 머릿속에 들어가서 알아보지 않았다. 바로 그 순간에 회의실 반대편에 있는 강철 문이 열리고 다른 교도관이 머리를 쓱 들이밀더니, '뻔한 일을 굳이 말해드리죠' 교도관에게 외쳤다. "사형수 갑니다!"

'자명한 일 반복해 말하기' 교도관이 고개를 끄덕이자 상대편 교도관의 머리가 다시 들어가더니, 문이 쾅 닫혔다. 내 옆에 있던 교도관이 말했다. "사형수 감방에서 누군가를 데려올 때는, 행정동과 격리실과 중앙동을 통과해야 합니다. 그래서 모든 곳을 잠그고 모두가 안으로 들어갑니다. 그러다 보니 시간이 좀 걸리죠."

나는 설명해줘서 고맙다고 했다.

"대통령 밑에서 일한다는 거 진짭니까?" 어찌나 정중하게 묻는지, 앨리슨이 만들어준 가짜 신분증은 다 집어치우고 솔직하게 대답해주기로 했다. "그래요. 같은 보치아 팀에 있죠."

"그래요?" 교도관은 이 새로운 스포츠 이름에 홀렸다.

내가 막 대통령은 사실 이탈리아 혈통이라는 사실을 설명하려는 찰나*, 보안문에 열쇠 돌아가는 소리가 들리더니 문이 바깥쪽으로 열리고, 아까 설명한 구세주 같은 하얀 형체가 어느 방향에서 재도 2미터가 넘을 듯한 교도관에게 이끌려 들어왔다.

후광 없는 헨리 레이크 스패닝이 발을 끌며 내 쪽으로 다가왔다. 수갑과 족쇄에 달린 쇠사슬은 양극산화기술로 처리한 넓은 강철 벨트에 용접되어 있었고, 네오프렌 고무 밑창은 하얀 타일 바닥에 어떤 소음도 일으키지 않았다.

나는 그 남자가 멀리서부터 걸어오는 모습을 지켜보았고, 그 남자는 나를 똑바로 마주 보았다. 나는 혼자 생각했다. '그래, 앨리는 저놈에게 내가 마음을 읽을 수 있다고 말했어. 흠, 내가 네 심상에 들어가지 못하게 하려고 어떤 방법을 쓸지 어디 보자.' 그러나 겉모습만으로는, 발을 끄는 모습이나 외모만으로는 그놈이 앨리와 섹스를 했는지 여부를 알 수가 없었다. 그래도 했을 게 틀림없기는 했다. 어떻게든. 아무리 큰 교도소 안이라 해도. 이 안이라 해도.

---

* 보치아는 그리스의 공 던지기에서 유래했고 이탈리아에서 성행했다.

그는 내 바로 앞에 멈춰 서서 의자 등에 두 손을 올리더니, 한마디도 하지 않고 미소만 지었다. 내 평생 누구에게서도, 심지어 우리 엄마에게서도 받아본 적 없는 상냥한 미소였다. 심지어 우리 엄마에게서도. '아, 그래. 그렇군.' 나는 생각했다. 헨리 레이크 스패닝은 내가 평생 만나본 그 누구보다도 능수능란하게 카리스마를 발휘하는 사람이거나, 낯선 사람에게 목이 베이는 경험도 팔 수 있을 정도로 매력적인 사기꾼이었다.

"이 사람만 두고 가도 됩니다." 나는 따라온 거대한 검은 괴물 같은 경비에게 말했다.

"그럴 순 없습니다."

"책임은 내가 다 지죠."

"죄송하지만, 전 내내 여기 이 방에 누군가가 함께 있어야 한다는 명령을 받았습니다."

나는 나와 함께 기다렸던 쪽을 쳐다보았다. "당신도 마찬가진가요?"

그는 고개를 저었다. "아마 둘 중 하나만 남으면 될 겁니다."

나는 얼굴을 찌푸렸다. "절대로 둘이서만 이야기해야 합니다. 내가 이 남자의 공식 변호사라면 어땠을까요? 우리만 내버려 둬야 하지 않았을까요? 변호사와 의뢰인 간의 대화는 비밀을 보장받지 않습니까?"

교도관 두 사람은 서로를 쳐다보더니 다시 나를 보고 아무 말도 하지 않았다. 갑자기 '뻔한 사실도 다시 말하는' 남자에겐 할 말이 없어졌고, 이두박근 우람한 덩치는 '명령을 받은'

몸이었다.

"내가 누구 밑에서 일하는지 들었습니까? 누가 날 보내서 이 남자와 대화하라고 했는지 들었어요?" 권위에 기대는 방식은 잘 통할 때가 많다. 두 사람은 '예, 그렇습니다, 들었습니다'라는 말을 몇 번인가 중얼거렸지만, 그래도 얼굴은 여전히 '죄송하지만 저희는 그 누구도 이 남자와 둘만 남겨둘 수 없습니다'라고 말하고 있었다. 내가 대통령 전용기가 아니라 예언자 전용기를 타고 왔다고 해도 소용없을 분위기였다.

그래서 나는 에라 모르겠다 하고 두 사람의 마음속으로 미끄러져 들어갔고, 전화선을 다시 잇고 지하 케이블을 변경하고 방광에 강렬한 압력을 넣는 데에는 힘이 많이 들지 않았다.

"그렇긴 하지만…." 첫 번째 교도관이 말했다.

"그래도 저희가…." 거인 교도관이 말했다.

그리고 1분 30초 만에 한 사람은 종적도 없이 사라졌고, 거인 교도관은 강철 문 바깥에 서서 이중유리를 끼우고 철조망을 집어넣은 보안창을 등으로 메우고 있었다. 그는 효율적으로 회의실에 들어오거나 나갈 수 있는 하나뿐인 출입구를 봉쇄하고 있었다. 마치 300명의 스파르타인이 테르모필라이에서 크세르크세스의 몇만 명 군대를 마주했을 때처럼 말이다.

헨리 레이크 스패닝은 조용히 서서 나를 바라보고 있었다.

"앉아요. 편하게."

내 말에 그는 의자를 끌어당기고 앉았다.

"테이블에 더 가까이." 내가 말했다.

수갑 때문에 약간 어려움을 겪기는 했지만, 그는 의자 앞 가장자리를 잡고 앞으로 긁어서 배가 테이블에 닿도록 당겼다.

백인치고도 잘생긴 남자였다. 멋진 코에 두드러진 광대뼈, 변기에 자동세정 알약을 던져넣었을 때 볼 수 있는 빛깔의 눈동자. 아주 보기 좋게 생긴 남자였고, 나는 그게 섬뜩했다.

드라큘라가 셜리 템플처럼 생겼다면 아무도 그 심장에 말뚝을 꽂지 못했을 것이다. 해리 트루먼이 살인마 프레디 크루거처럼 생겼다면 투표에서 절대 톰 듀이를 이기지 못했을 것이다. 조 스탈린과 사담 후세인은 다정한 친척 아저씨나 집안 친구처럼 생겨서 친절하고 마음씨 좋아 보였다. 그런데 어쩌다가 수백만 남자 여자아이들을 학살한 것처럼 말이다. 에이브러햄 링컨은 도끼 살인마처럼 생겼지만, 마음이 대륙만큼 넓었다.

헨리 레이크 스패닝은 TV 광고에서 보면 즉시 믿게 될 얼굴이었다. 남자들이라면 같이 낚시를 가고 싶어 할 테고, 여자들은 엉덩이를 쥐어보고 싶어 할 터였다. 할머니들은 보자마자 덥석 끌어안고, 아이들은 그 남자를 따라 오븐에 기어들어가리라. 그가 피콜로를 연주할 수 있었다면 쥐떼가 그 주위에서 춤을 추었을 것이다.

우리는 대체 어떤 멍청이들인가. 아름다움이란 표면에 불과하다. 표지로 책을 판단할 수는 없다. 그런데 청결함은 독실함과 나란히 놓인다. 성공을 위한 옷차림이 따로 있다. 우리는 얼마나 얼간이들인가.

그렇다면 내 친구 앨리슨 로슈는 어떻게 해석해야 하지?

그리고 왜 나는 그냥 그놈의 머릿속으로 미끄러져 들어가서 심상을 확인하지 않는 거지? 왜 시간을 끄는 거야?

나는 그놈이 무서웠다.

확인된 것만 56명을 죽인 소름 끼치고 역겨운 이 살인자가 내 앞에서 1미터밖에 떨어지지 않은 곳에 앉아서 나를 똑바로 마주 보고 있었다. 해리 트루먼도 톰 듀이도 가망 없었을 파란 눈과 부드럽고 온화한 금발이.

그런데 내가 왜 그놈을 무서워하냐고? 그야, 무서우니까.

이건 저주받을 멍청이 짓이었다. 나에게는 모든 무기가 다 있었고, 그놈은 수갑과 족쇄를 찼으며, 나는 한순간도 앨리슨의 말대로 그놈이 결백하다고 믿지 않았다. 빌어먹을, 경찰은 말 그대로 손을 피로 물들인 놈을 잡았다. 팔꿈치까지 피투성이였다. 결백 좋아하시네! '좋아, 루디, 안에 들어가서 한 바퀴 돌아보는 거야.' 그렇게 스스로를 타일렀지만, 나는 그러지 않았다. 그놈이 뭔가 말하기를 기다렸다.

그는 망설이는 듯, 온화하면서도 약간은 불안해 보이는 미소를 지으며 말했다. "앨리가 당신을 만나보라더군요. 와줘서 고마워요." 나는 그 남자를 쳐다보았지만, 안으로 들어가지는 않았다.

그는 나를 불편하게 만든 게 당황스러운 모양이었다. "하지만 겨우 사흘 만에 나에게 뭔가 해줄 수 있을 것 같진 않아요."

"무섭나요, 스패닝?"

그는 입술을 떨었다. "네, 그래요, 패리스 씨. 이보다 더 겁에 질릴 수 없는 상태죠." 눈이 촉촉했다.

"당신의 희생자들이 어떤 기분이었을지 짐작이 갈지도 모르겠네요. 어떻게 생각해요?"

그는 대답하지 않았다. 눈은 촉촉했다.

그는 잠시 나를 쳐다보기만 하다가 의자를 긁으며 일어섰다. "와줘서 고맙습니다. 앨리가 당신의 시간을 빼앗은 건 미안해요." 그는 돌아서서 걸어가기 시작했다. 나는 그 마음속에 유람을 들어갔다.

'신이시여 맙소사.' 그는 결백했다.

그중 어느 짓도 하지 않았다. 하나도. 의심할 여지조차 없었다. 앨리슨이 옳았다. 나는 그의 심상을 모조리 다 보았다. 주름 하나, 틈 하나 빠뜨리지 않았다. 모든 구멍과 샛길, 모든 도랑과 협곡을, 36년 전에 몬태나 주 그레이트 폴스 근처 루이스타운에서 태어난 순간까지 모든 과거를 다 보았다. 진짜 살인자가 내장을 꺼내고 쓰레기통에 버려둔 청소부의 시체를 들여다보다가 체포당했던 그 순간까지 그의 인생 모든 순간을.

나는 그의 심상 속 모든 순간을 다 보았다. 헌츠빌의 윈딕시에서 나오는 모습도 보았다. 주말을 보낼 식료품을 가득 채운 카트를 밀고 나오고 있었다. 그리고 나는 그가 주차장을 돌아서 망가진 종이상자와 과일 상자들이 흘러넘치는 대형 쓰레기통 쪽으로 향하는 모습을 보았다. 그 쓰레기통 어딘가에서 도와달라는 소리가 들렸다. 헨리 레이크 스패닝이 걸음을 멈추고, 제대로 들은 건가 확신하지 못한 채 몸을 돌리는 모습이 보였다. 그는 주차장 가장자리, 벽 바로 옆에 대놓은 자기 차를 향해 움직이기 시작했다. 금요일 저녁이라서 모두가 주말을 위해 장을 보고 있었고, 앞쪽에는 빈자리가 없었기 때문이다. 그리고 이번에는 아까보다 더 약한, 다친 고양이처럼 비참한 소리가 또 들렸다. 헨리 레이크 스패닝은 딱 멈춰 서서 주위를 둘러보았다. 그리고 우리 둘 다 뚜껑 열린 쓰레기통의 지저분한 녹색 강철벽 위로 솟아오르는 피 묻은 손을 보았다. 나는 그가 들어간 돈도 생각하지 않고, 그렇게 내버려뒀다간 누가 집어갈지 모른다는 생각조차 없이, 계좌에 11달러밖에 없으니 누군가가 그 식료품을 가로채면 며칠 동안 먹을 게 없다는 생각도 하지 않고 그 식료품을 팽개치는 모습을 보았다…. 그리고 그가 쓰레기통으로 달려가서 흘러넘치는 쓰레기 속을 들여다보는 모습을 보았고… 그 가엾은 노부인을 보고 느낀 구역질을 같이 느꼈으며… 그가 갈기갈기 찢기고 엉망이 된 그 몸뚱이를 위해 뭐라도 할 수 있을지 보려고 쓰레기통을 기어올라 안으로 뛰어들 때 같이 있었다.

그리고 노부인이 목구멍에 열린 상처로 피거품을 쏟아내며 숨을 몰아쉬고 죽어갈 때, 나도 그와 함께 울었다. 하지만 내가 모퉁이를 돌아 다가오는 누군가의 비명소리를 들었을 때, 스패닝은 듣지 못했다. 그래서 경찰이 주차장에 도착했을 때 그는 껍질이 벗겨진 애처로운 살덩이와 시커멓게 피에 물든 옷을 부여잡고 그 자리에 있었다. 그리고 보기 드문 연민과 인간성을 지녔다는 죄 외에는 결백했던 헨리 레이크 스패닝은 그제야 종이상자를 주우려고 쓰레기통 주위를 돌아다니던 중년의 여성들에게 그 모습이 어떻게 보였을지 이해했다. 그들은 노부인을 살해한 남자를 보고 있다고 생각했던 것을.

그리고 스패닝이 도망치고 도망치고 피하고 또 피하는 동안 나는 그와 함께 있었다. 그의 마음속 풍경에 함께 있었다. 경찰이 디케이터에서, 거닐라 애셔의 시체에서 10킬로미터도 더 떨어진 곳에서 그를 체포할 때까지. 그래도 그들은 그를 잡았고, 헌츠빌의 쓰레기통에서 목격한 사람들의 신원 확인도 확실했다. 나머지는 모두 정황 증거였다. 침대에 누워 회복 중인 찰리 월보그와 앨리슨의 사무실 직원들이 멋지게 짜 맞춘 증거들. 서류로 볼 때는 훌륭했다. 앨리슨이 그에게 가장 잔인한 스물아홉 건 겸 쉰여섯 건의 살인사건을 떨구기에 충분히 훌륭해 보였다.

그러나 그건 다 헛소리였다.

살인자는 아직 바깥에 있었다. 품위 있고 친절한 사람처럼 보이는 헨리 레이크 스패닝은, 정말로 그런 사람이었다. 친절하고, 품위 있고, 마음씨 고우며, 무엇보다도 결백한 사람이었다.

배심원단과 거짓말 탐지기와 판사와 사회복지사와 정신과 의사와 엄마 아빠는 속여도 루디 패리스를 속일 수는 없다. 다들 갈 수는 있어도 돌아올 수는 없는 어두운 곳을 정기적으로 여행하는 이 루디 패리스는.

그들은 사흘 후에 결백한 사람을 튀겨버릴 것이다.

내가 어떻게든 해야 했다.

앨리슨만을 위해서가 아니었다. 그것도 충분히 이유가 되기는 했지만, 자기가 망했다고 생각하고 겁에 질려 있으며 나같이 잘난 체하는 족속에게 헛소리들을 필요 없는 이 남자를 위해서 그래야 했다.

"스패닝 씨." 나는 그의 등에 대고 외쳤다.

그는 걸음을 멈추지 않았다.

"부탁입니다." 내 말에 그는 발을 끌기를 멈췄다. 쇠사슬이 작은 행운의 팔찌가 흔들리는 듯한 소리를 냈지만, 그는 몸을 돌리지 않았다.

나는 말했다. "난 앨리 생각이 맞다고 믿습니다. 놈들이 엉뚱한 사람을 잡았다고 믿어요. 그리고 당신의 복역이 잘못됐다고 믿고, 당신이 죽어선 안 된다고 믿습니다."

그러자 그는 천천히 몸을 돌리더니, 뼈다귀를 가지고 놀림만 당하던 강아지 같은 얼굴로 나를 응시했다. 들릴락 말락 한 속삭임이 흘러나왔다. "왜 그런가요, 패리스 씨? 앨리와 내 변호사 말고는 아무도 날 믿지 않는데, 왜 당신이 날 믿는 건가요?"

나는 내가 무슨 생각을 하고 있는지 말하지 않았다. 나는 내가 그 자리에 있었고, 그래서 결백하다는 사실을 안다고 생각하고 있었다. 그것만이 아니라, 나는 그가 진심으로 내 친구 앨리슨 로슈를 사랑한다는 사실도 알았다.

내가 앨리슨을 위해 하지 못할 일은 별로 없었다.

그래서 나는 이렇게 말했다. "난 당신이 결백하다는 걸 압니다. 누가 진범인지 아니까요."

그의 입술이 벌어졌다. 놀라움에 입을 딱 벌리는 그런 큰 움직임은 아니었다. 그저 입술만 벌어졌을 뿐이다. 그러나 그는 크게 놀란 상태였다. 그 불쌍한 남자가 이미 너무 오래 고통받았다는 사실을 알듯, 그 사실도 알 수 있었다.

그는 발을 끌며 돌아와서 자리에 앉았다.

"장난치지 마세요, 패리스 씨. 말씀하신 대로 전 무섭습니다. 죽고 싶지 않아요. 그리고 세상이 제가 그런… 그런 짓들을 했다고 생각하는 채로 죽기는 더더욱 싫습니다."

"장난 아니에요, 캡틴. 난 그 모든 살인사건으로 불타야 할 작자가 누군지 알아요. 여섯 주가 아니라 열한 개 주에서, 56명이 아니라 70명을 죽였죠. 그중 세 명은 놀이방에 있던 어린 여자애들이었고, 그 아이들을 돌보던 여자도 죽였어요."

그는 나를 빤히 바라보았다. 그의 얼굴에 공포가 떠올라 있었다. 나는 그 표정을 아주 잘 안다. 그 표정을 적어도 70번은 보았으니까.

"당신이 결백하다는 거 압니다. 진범은 나니까요. 당신을 여기 밀어 넣은 건 납니다."

인간적으로 약해진 순간에. 나는 모든 것을 보았다. 내가 갈 수는 있어도 돌아올 수는 없는 어두운 장소에 살기 위해 내 쫓은 것들을. 내 응접실 벽에 붙은 금고를. 콘크리트에 싸서 단단한 화강암 속으로 1킬로미터 넘게 파묻어놓은 120센티미터 두께 벽의 지하실을. 두꺼운 복합적층판을 적절한 경사로 세워 만든 방, 600에서 700밀리미터 두께의 호모겐 보호재와 맞먹는 강철과 플라스틱 혼합물로, 완벽한 결정구조로 키워내고 조심스럽게 통제하면서 불순물을 섞어서 현대전 탱크가 탄두를 날려도 몸을 털어 말리는 스파니엘견처럼 가볍게 털어낼 수 있도록 만드는 크리스털 아이언만큼 튼튼하고 단단한 그런 금고실을. 중국식 퍼즐 상자를. 그 숨겨진 방을. 미궁을. 내가 비명소리를 듣거나 피투성이 힘줄을 보지 않고, 애원하는 눈이 있던 자리에 남은 걸쭉한 눈구멍을 응시하지 않으려고 70명 모두를 보내버린 마음의 미로 안을 말이다.

그 교도소 안에 걸어 들어갔을 때, 나는 마음을 꼭꼭 걸어 잠그고 있었다. 나는 안전하기 그지없었다. 나는 아무것도 모르고, 아무것도 기억하지 못했으며, 아무것도 의심하지 않았다.

하지만 헨리 레이크 스패닝의 심상 속으로 걸어 들어간 순간, 그리고 스스로에게 그놈이 범인이라고 거짓말을 할 수가 없었던 순간, 나는 땅에 금이 가는 것을 느꼈다. 땅이 흔들리고 격변이 일어나며 발치에 균열이 지평선까지 뻗어가고, 용암이 부글거리며 솟아올라 흐르기 시작했다. 그리고 철벽이 녹아내리고, 콘크리트는 먼지로 변하고, 보호막은 사라져버렸다. 그리고 나는 괴물의 얼굴을 보았다.

앨리슨이 헨리 레이크 스패닝이, 내가 저지른 스물아홉 건의 살인으로 기소 중인 남자가 저질렀다는 이런저런 살육에 대해 말할 때 내가 현기증을 느낀 것도 당연했다.

앨리슨이 살인 현장을 대충 설명할 때 내가 모든 세부사항을 그릴 수 있었던 것도 당연했다. 내가 홀먼 교도소에 오지 않으려고 그토록 애를 쓴 것도 당연했다.

그곳에서, 그의 마음속에서, 나에게 활짝 열린 그 심상 속에서 나는 그가 앨리슨 로슈에게 품은 사랑을 보았다. 내가 한 번, 딱 한 번 잤던 내 친구 앨리슨….

사랑의 힘은 틈을 열 수 있다는 헛소리는 하지 말기 바란다. 그런 개소리는 듣고 싶지 않다. 나를 열어젖힌 것은 수많은 요소의 결합이었고, 아마도 그중 하나가 내가 그 두 사람 사이에서 본 사랑이었을 것이다.

나도 잘 알지는 못한다. 나는 빨리 배우는 사람이지만, 이건 순간이었다. 운명의 균열. 인간적으로 약해진 순간. 나는 어두운 장소로 가버린 내 일부에게 그렇게 말했다. 내가 한 짓은 인간적으로 약해졌을 때 한 짓이라고.

그리고 나를 패배자로, 괴물로, 지금의 거짓말쟁이로 만든 것은 내 '재능'이나 내 검은 피부가 아니라 바로 그 순간들이었다.

막 깨달았을 때, 나는 믿을 수가 없었다. 내가, 사람 좋은 루디가 그럴 리가 없었다. 평생 자기 자신 말고는 누구도 해친 적 없는 호감 가는 루디 패리스가 그럴 리 없었다.

다음 순간 나는 분노에 사로잡혔고, 내 분열된 두뇌 한쪽에 사는 그 역겨운 존재에게 맹렬히 화를 냈다. 내 얼굴에 구멍이라도 내고 축축하게 썩어가는 그 살인자를 끌어내어 곤죽으로 만들고 싶었다.

그다음 순간에는 구역질이 났다. 이 루디 패리스에게, 법을 준수하고 합리적인 괜찮은 인간인 루디 패리스에게 내가 한 모든 짓이 숨김없이 드러나자 거꾸러져서 토하고 싶었다. 그냥 루디도 교육 잘 받은 쓰레기나 겨우 면한 인간이긴 했지만, 살인자는 아니었단 말이다…. 나는 토하고 싶었다.

그러다가 마침내 나는 부정할 수 없는 사실을 받아들였다. 내가 활짝 핀 작란화의 향기를 맡으며 밤공기 속을 달리는 일은 두 번 다시 없으리라. 나는 이제 그 향기를 알았다.

그것은 크고 어두운 입이 하품을 하듯이 쩍 벌어진 인간 시체에서 피어오르는 향기였다.

마침내 다른 루디 패리스가 돌아온 것이다.

그들은 30초도 고민하지 않았다. 나는 제퍼슨 카운티 지방 검찰청에 있는 심문실에서 작은 나무 책상을 앞에 두고 앉아서 이름과 날짜와 장소로 그래프를 만들었다. 이름은 70명 중에서 내가 실제로 아는 이름만 썼다. (그중 상당수는 그저 길에 있었거나, 남자 화장실에 있었거나, 목욕을 하거나, 영화관 뒷줄에 늘어져 있었거나, ATM에서 현금을 뽑고 있었거나, 그저 앉아 있었다. 내가 다가가서 마음을 열고, 어쩌면 술을 같이 마시거나… 길에서 뭔가 가볍게 먹기를 기다리고 있었다.) 날짜는 쉬웠다. 나는 날짜 기억을 잘했다. 그리고 그들이 알지 못했던 시체들을 찾을 장소, 다른 56명과 정확히 똑같은 범행수법으로 해치운 14명이 있는 장소도 적었다. 그 어린 가톨릭 주산소녀, 거닐라 뭐라던 그 아이에게 썼던 구식 캔 따개는 말할 필요도 없겠지. 그 아이는 내가 몸을 열어젖히는 동안 내내 아베마리아와 축복받은 예수님을 불렀다. 내가 그 아이의 내장 일부를 들어 올려 보여주고, 직접 핥게 만들려고 했던 마지막 순간까지 말이다…. 핥기 전에 죽었지만. 아무튼 앨라배마 주는 30초도 고민하지 않았다. 한달음에 비극적이었던 오심을 바로잡고, 미치광이 살인마를 잡고, 원래 생각한 살인사건보다 열네 건을 더 해결하고(다섯 주가 더해지기도 했고, 더해진 다섯 주의 경찰서는 앨라배마 주 사법당국을 너무나 마음에 들어 했다), CNN을 비롯한 3대 방송 저녁 뉴스에서 1주일 가까이 첫 꼭지를 장식했다. 중동 뉴스를 밀어내고 말이다. 해리 트루먼도 톰 듀이도 상대가 안 됐을 수준이었다.

앨리슨은 물론 은둔에 들어갔다. 플로리다 해안 어딘가로 가버렸다고 들었다. 하지만 재판과 평결이 끝나자 스패닝이 풀려나고 내가 안에 들어가고, 그렇게 모든 게 제대로 다시 정리되었다. 라틴어로 사트 치토 시 사트 베네(Sat cito sibat bene). "결과만 제대로라면 결코 늦은 게 아니다." 카토가 제일 좋아하는 말이었다지. 대(大) 카토 말이다.

그리고 내가 부탁한 것은, 내가 애원한 것은 단 하나 홀면에 생긴 새 전기의자에 내 지친 검은 엉덩이를 쑤셔 넣을 때, 서로를 사랑하고 서로를 얻을 자격이 있으며, 내가 아주 끝내 주게 엿먹였던 앨리슨과 헨리 레이크 스패닝 두 사람이 와주는 것뿐이었다.

제발 와달라고, 나는 두 사람에게 애원했다.

내가 혼자 죽게 하지 말아 달라고. 아무리 나 같은 쓰레기라도. 갈 수는 있지만 돌아올 수는 없는 그 어두운 곳으로 건너갈 때, 친구의 얼굴 하나 없이 가게 하지는 말아 달라고. 아무리 예전 친구라도. 그리고 캡틴, 어쨌든 내가 당신 목숨을 구해줘서 당신이 사랑하는 여자와 함께할 수 있게 해줬잖아? 이 정도는 해줄 수 있잖아. 자, 꼭 와주는 거야!

스패닝이 앨리슨을 설득해서 초대를 받아들이게 했는지, 아니면 그 반대인지는 모르겠다. 어쨌든 루디 패리스 튀김 요리를 하기 일주일 전의 어느 날, 교도소장이 사형수 감방에 있는 내 널찍한 거처에 들르더니 바비큐 파티가 만원일 거라는 사실을 알렸다. 그렇다면 내 친구 앨리슨과 그 남자친구가, 지금 내가 감금된 사형수 감방에서 지냈던 그 인물이 온다는 뜻이었다.

남자가 사랑을 위해 하는 일들이란.

그래, 그게 열쇠였다. 그게 아니면 왜 모든 일을 저지르고도 아무 빚 없이 빠져나갔던 영리한 수완가가, 그렇게 똑똑한 수완가가 갑자기 법정 문을 열고 "내가 했어요, 내가 했다고요!" 외치고는 전기의자에 자기 몸을 비끄러매겠는가?

한 번. 나는 딱 한 번 앨리슨과 잠자리에 들었다.

남자가 사랑을 위해 하는 일이란.

내가 전날 밤부터 온종일 지내면서 마지막 식사(하얀 토스트 빵에 고기를 두 겹으로 끼운 따뜻한 로스트비프 샌드위치에 바삭바삭한 감자튀김, 그리고 잔뜩 뿌려놓은 뜨거운 갈색 시골풍 그레이비소스, 애플 소스, 그리고 맛있는 포도 한 그릇이었다)를 먹고, 신성로마 제국의 대표자가 찾아와서 신과 믿음, 내 흑인 조상의 문화 대부분을 부순 것에 대해 보상해주려고 애를 쓴 방에서 처형실로 이동할 때, 나는 내내 두 교도관 사이에 잡혀 있었다. 두 사람 다 내가 1년 전쯤에 바로 이 교정 시설로 헨리 레이크 스패닝을 만나러 왔을 때 그 자리에 있던 사람은 아니었다.

아주 나쁜 1년은 아니었다. 많이 쉬었고, 뒤떨어진 독서도 따라잡았다. 인정하기는 부끄럽지만 이렇게 늦게나마 프루스트와 랭스턴 휴즈도 읽을 수 있었다. 살도 좀 뺐다. 꼬박꼬박 운동하고, 치즈를 포기하고 콜레스테롤 수치를 낮췄다. 별건 아니지만 그냥 했다.

가끔 한 번씩 남의 마음도 유람했다. 한 번, 두 번, 아니면 열 번쯤. 별 의미는 없었다. 나는 아무 데도 가지 않을 터였고, 그 사람들도 마찬가지였다. 그중 최악의 범죄자라 해도 나보다 더 지독한 짓을 하진 않았다. 내가 고백하지 않았던가? 그러니까, 내가 한 짓을 받아들이고 몇 년 동안 얕은 무덤 속에서 썩고 있던 70명 모두를 내 무의식에서 끌어낸 후부터는, 날

죽일 수 있는 게 많지 않았다. 별일 아냐, 친구.

그들은 나를 데리고 들어가서, 묶고, 전원을 연결했다.

나는 증인석 유리창 너머를 보았다.

앞줄 중앙에 앨리와 스패닝이 앉아 있었다. 제일 좋은 자리였다. 앨리는 열심히 지켜보면서 울고 있었다. 모든 게 이런 결과로 끝맺는다는 사실을 믿지 못하고, 언제 어떻게 그리고 어떤 식으로 자기가 알지 못하는 사이에 이렇게 되어버렸는지 알아내려 애를 쓰면서. 그리고 헨리 레이크 스패닝은 그 옆에 붙어 앉아서 앨리의 무릎 위에서 손을 마주 잡고 있었다. 진정한 사랑이여.

나는 스패닝과 눈을 마주쳤다.

그리고 그의 심상에 들어갔다.

아니, 아니었다.

들어가려고 했지만, 뚫고 들어갈 수가 없었다. 나는 다섯 살인가 여섯 살 때부터 30년 가까이 이 일을 했다. 타인의 심상에 귀를 기울일 수 있는 세상 단 한 명으로서, 어떤 방해도 받은 적이 없었다. 그런데 처음으로 막혔다. 어떻게 해도 들어갈 수가 없었다. 나는 격노했다! 전속력으로 달려들었더니 해변 모래 같은 카키색의 뭔가에 부딪혔는데, 딱딱하지는 않았지만 탄성이 있어서 살짝 들어갔다가 제자리로 돌아갔다. 슈퍼마켓에서 주는 커다란 쇼핑백 같은, 높이 3미터에 지름 15미터짜리 종이가방에 들어간 것 같기도 했다. 정육점에서 고기를 쌀 때 쓰는 것 같은 종이로 만든 카키색 가방. 그런 가방에 들어가서, 뚫고 나갈 수 있다고 생각하면서 달려들었다가… 팅겨 나오는 것이다. 트램펄린을 뛸 때처럼 튕기거나 심하게 팽개쳐지는 건 아니고, 그저 민들레가 유리문에 부딪혔을 때 흩어지는 솜털처럼 밀려나는 것이다. 하찮게. 카키색 벽은 별로 영향을 받지도 않고.

나는 마블 코믹스에 나오는 사람처럼 새파란 정신력의 번개로 상대를 때리려고 해보았지만, 그건 다른 사람들의 정신에 섞여드는 방식이 아니었다. 스스로에게 초능력 공성 망치가 있다고 생각해서 되는 게 아니다. 그건 시청자들이 참여하는 케이블 채널 프로그램에서 매력 없는 사람들이 '사랑의 힘'이니 '정신력'이니 언제까지나 인기를 끄는 '긍정적인 생각의 힘'이니 떠들어댈 때나 듣는 바보 같은 헛소리다. 개소리. 난 그런 멍청한 걸 믿는 사람이 아니야!

그 안에 들어간 내 모습을 그리려고 해봤지만, 그것도 통하지 않았다. 마음을 비우고 흘러가려고도 해봤지만, 소용없었다. 그리고 바로 그 순간에 나도 내가 어떻게 타인의 마음을 유람하는지 잘 모른다는 생각이 들었다. 나는 그냥… 그렇게 했다. 내 머릿속에서 아득하게 사생활을 즐기다가, 다음순간에는 다른 사람의 심상 속에 들어가는 식이었다. 그건 텔레포트처럼 즉각적이었다. 텔레포트는 텔레파시만큼이나 불가능한 일이고.

하지만 지금, 의자에 묶여서, 증인들이 내 눈구멍에서 피어나오는 연기와 내 코털이 탈 때 튀기는 불똥을 보지 못하게 내 얼굴에 가죽 가면을 씌우려고 준비하고 있는 지금, 다급하게 헨리 레이크 스패닝의 생각과 심상을 들여다보려는 지금 내 능력이 완전히 차단당했다. 그리고 바로 그 순간, 나는 겁에 질렸다!

그리고 짜잔, 내가 마음을 열지도 않았는데 그가 내 머릿속에 있었다. 그자가 내 심상 속으로 유람을 왔다.

"훌륭한 로스트비프 샌드위치를 먹었군그래."

그의 목소리는 1년 전에 내가 만나러 갔을 때보다 훨씬 강력했다. 내 머릿속에서 훨씬 강력하게 울렸다.

"그래, 루디. 내가 바로 네가 어딘가에 존재할 거라 생각했던 그 사람이야. 또 다른 사람. 때까치." 그는 잠시 말을 멈췄다. "넌 그걸 '심상 속 유람'이라고 부르는군. 난 그냥 스스로를 때까치라고 불러. 때까치는 도살조라고도 하는데 말이야, 딱 좋은 이름이지. 이상하다고 생각 안 했어? 그렇게 오랜 시간 동안 다른 사람을 한 번도 못 만났다는 거? 분명 다른 사람들이 있을 텐데, 내 생각엔 증명할 순 없고 실제 자료도 없지만, 몇 년이고 품고 있었던 생각에 불과하지만, 난 다른 사람들은 할 수 있는데도 그걸 모른다고 봐."

그는 심상 저편에서 나를 응시했다. 놀랍도록 새파란 눈동자, 앨리슨이 사랑에 빠진 그 눈동자를 깜박이지도 않고서.

"왜 진작 알려주지 않았지?"

그는 서글픈 미소를 지었다. "아, 루디. 루디, 루디, 루디. 이 가엾고 미개한 흑인 꼬마야."

"그야 널 속여넘겨야 했으니까, 꼬마야. 곰덫을 놓고 그 덫이 네 말라빠진 다리를 덥석 붙잡게 해서 널 보내버려야 했거든. 자, 내가 여기를 좀 청소해줄게…" 그러면서 그는 1년 전에 나에게 가했던 모든 조작을 걷어냈다. 그 당시 그는 너무나 쉽게, 마치 실제 강도질이 벌어지고 있는 동안 평범한 장면을 계속 보여주는 구간 반복 테이프를 돌려서 감시 카메라를 우회하듯이 자신의 진짜 생각을, 과거를, 인생을, 자기 심상 안에서 벌어지는 진짜 파노라마를 가렸다. 그리고 자신이 결백할 뿐 아니라, 진범은 스스로가 저지른 무시무시한 살육을 양심에서 차단하고 다른 면에서는 모범적인 삶을 살아온 다른 사람이라고 믿게 만들었다. 그는 내 심상 속을 돌아다니면서(이 모든 일은 1, 2초 안에 일어났다. 심상 속에서는 시간이 큰 의미를 지니지 않기 때문이다. 마치 현실 세계에서는 깨어나기 직전 30초 동안이라도 꿈속에서는 몇 시간을 보낼 수 있듯이) 모든 거짓 기억과 암시들, 그가 심어둔 일련의 사건들의 논리 구조를 제거했다. 그는 그 사건들을 내 실제 생활과 진짜 기억들과 긴밀하게 이어붙여서 모든 것을 바꾸고 왜곡하고 재배치했고, 그럼으로써 내가 그 끔찍한 70건의 살인을 다 저질렀다고 믿게 만들었다… 그래서 내 무시무시한 깨달음의 순간에, 내가 여러 주를 돌아다니며 멈추는 곳마다 갈기갈기 찢긴 살더미를 남긴 미친 사이코패스라고 믿게 만들었다. 진짜 나를, 아무도 죽인 적 없는 선량한 루디 패리스를 차단하고 매몰시키고 승화시켜서 말이다. 나는 그가 기다리던 봉이었다.

"자, 이제 실제로는 어땠는지 알겠지?

넌 아무것도 안 했어.

넌 눈처럼 깨끗하단다, 검둥아. 그게 진실이야. 널 발견한 건 대단한 일이었지. 디케이터에서 잡힌 후 앨리가 인터뷰하러 올 때까지는 나 같은 사람이 또 있을 줄은 생각도 못 했어. 그런데 앨리의 마음속에 네가 있었던 거야. 〈위대한 백인의 희망〉처럼 크고 검은 네가. 앨리는 참 훌륭하지 않아, 패리스? 칼을 댈 만하지 않아? 햇살 비추는 여름 들판에서 따뜻하게 농익은 과일을 가르듯이, 그렇게 가르면 김이 풀풀 오르겠지⋯. 어쩌면 소풍을 가서⋯."

그는 말을 멈췄다.

"난 처음 본 순간부터 앨리를 원했어.

알겠지만, 난 대충 해치울 수도 있었어. 그냥 앨리슨에게 때까치가 되어서, 감옥에 날 면담하러 왔을 때 바로 뛰어들 수도 있었지. 그럴 계획이었어. 하지만 그랬다간 감옥 안의 스패닝이 얼마나 시끄럽게 소란을 피웠겠어. 남자가 아니라 여자라느니, 스패닝이 아니라 검사 차장 앨리슨 로슈라느니⋯ 너무 시끄럽고, 너무 복잡할 터였지. 그래도 그렇게 할 순 있었어. 그냥 앨리에게 뛰어들 수도 있었어. 아니면 교도관에게 들어가서 느긋하게 앨리를 따라다니다가 목을 긋고 김을 뺄 수도 있었겠지⋯.

괴로워 보이네, 루디 패리스 씨. 왜 그래? 나 대신 죽을 처지라서? 내가 언제든 널 대신할 수 있는데 그러지 않아서? 내내 비참하고 헛되고 너절한 인생을 보내다가 드디어 너와 비슷한 사람을 찾아냈는데, 잡담도 나눌 처지가 아니라서? 글쎄, 슬프긴 해. 정말 슬퍼, 꼬맹아. 하지만 네겐 가망도 없었어."

"넌 나보다 강해. 내가 들어가지도 못하게 막았지." 내 말에 그는 쿡쿡 웃었다.

"더 강하다고? 기껏 그 정도 생각밖에 못 해? 더 강하다고? 아직도 이해를 못 하는군." 그러더니 그의 얼굴이 무시무시해졌다. "내가 다 치워줘서 내가 너에게 무슨 짓을 했는지 볼 수 있는 지금도, 아직도 이해를 못 하고 있어. 안 그래?

내가 감방 안에 남아서 재판이며 뭐며 다 받은 게, 내가 아무것도 할 수 없어서였다고 생각해? 이 불쌍한 게으름뱅이 검둥아. 내가 원하면 언제든 때까치처럼 옮겨갈 수 있었어. 하지만 너의 앨리를 처음 만난 순간에 난 널 봤지."

나는 움찔했다. "그래서 기다렸다고…? 나 때문에 그 시간을 감옥에서 보냈다고…? 나에게 접근하려고…?"

"지금 넌 아무것도 할 수 없어. '난 다른 사람에게 몸을 빼앗겼어! 여기 헨리 레이크 스패닝의 몸속에 루디 패리스가 들어 있어! 도와줘! 제발 살려줘!'라고 외칠 수 없지. 나야 기회를 노리면서 조금만 기다리면 그만이었는데, 뭐하러 굳이 소란을 피우겠어? 앨리를 기다려서, 앨리가 너에게 가게 하면 그만이었는데."

나는 바보처럼 입을 딱 벌리고 고개를 뒤로 젖힌 채 빗속에 서서 쏟아지는 물에 익사해가는 칠면조가 된 기분이었다.

"넌… 마음을 떠나서… 몸을 떠나서… 바깥으로… 영원히 다른 사람에게 들어갈 수 있군…."

스패닝은 학교 깡패처럼 킬킬거렸다.

"그런데 오직 날 잡으려고 감옥에 3년을 머물렀단 말이야?"

그는 히죽거렸다. '이 몸은 그대보다 똑똑하노라.' 말하듯이.

"3년? 그게 나한테 대단한 뭐라도 될 것 같아? 내가 너 같은 사람이 돌아다니게 놔둘 수 있겠어? 설마. 나처럼 '유람'할 수 있는 다른 사람을 어떻게 그냥 두겠어. 내가 마주친 유일한 다른 때까치를 말이야. 내가 여기 앉아서 네가 나에게 오기를 기다리지도 못했을 것 같아?"

"하지만 3년을…."

"넌 몇 살이지, 루디? …서른한 살? 그렇군. 알겠어. 서른한 살이라. 넌 한 번도 때까치처럼 점프한 적이 없군. 넌 그저 들어가서 유람하고 심상을 들여다볼 뿐, 한 번도 그게 그냥 마음을 읽는 것 이상의 행위라는 걸 이해하지 못했어. 넌 주소를 옮길 수 있단다, 꼬마 검둥아. 넌 전기의자에 묶인 이런 환경 나쁜 집을 나가서 화려하고 번쩍번쩍하는 백만 달러짜리 새 콘도로 이사할 수 있어. 이를테면 무하마드 알리 같은."

"하지만 그 다른 사람이 갈 곳도 있어야겠지. 안 그래?" 나는 그저 기운 없이, 아무 억양도 색깔도 없이 그렇게 말했다. 심지어 갈 수는 있지만 돌아올 수 없는 어두운 장소에 대해 생각하지도 않았다….

"내가 누구라고 생각해, 루디? 내가 처음 시작했을 때, 때까치가 되는 방법을 익혔을 때, 유람하는 방법을 익혔을 때 내가 누구였을 것 같아? 지금 내가 주소를 바꿀 수 있다는 얘길 하고 있지? 넌 내 첫 주소에 대해 짐작도 못 할 거야. 난 아주 오래전으로 거슬러 올라가거든.

하지만 내 유명한 주소를 몇 개 댈 수는 있어. 1440년 프랑스, 질드레. 1462년 루마니아, 블라드 테페스. 1611년 헝가리, 엘리자베스 바토리. 1680년 프랑스, 카트린 데자이에. 1888년 런던, 잭더리퍼. 1915년 프랑스, 앙리 데지레 랑드뤼. 1934년 뉴욕시, 알버트 피시. 1954년 위스콘신 플레인필드, 에드 게인. 1963년 맨체스터, 미라 힌들리. 1964년 보스턴, 앨버트 드살보. 1969년 로스앤젤레스, 찰스 맨슨. 1977년 일리노이 노우드 파크 타운십, 존 웨인 게이시….

아, 얼마든지 계속할 수 있어. 계속, 계속 계속이야, 루디. 내 귀여운 원숭이. 그게 내가 하는 일이지. 계속 가는 거야. 계속 계속. 때까치는 선택하는 곳에 둥지를 틀어. 네 사랑하는 앨리슨 로슈, 아니면 혼란에 빠진 저급한 흑인 청년 루디 패리스 안으로 들어가면 그만이었어. 하지만 그건 낭비라고 생각하지 않아? 얼마 동안이 됐든 간에, 사회적으로 인정받기 힘든 네 몸뚱이에서 시간을 보내다니 말이야. 헨리 레이크 스패닝은 이렇게 잘생긴 악마인데! 왜 앨리가 널 꾀어 왔을 때 그냥 너와 자리를 바꾸지 않았냐고? 그야 그랬다면 넌 스패닝이 아니라 머리통을 빼앗긴 검둥이라고 빽빽거리고 소리를 질러댔을 테고… 그러다가 교도관이나 교도소장을 조종

했을지도 모르고….

내가 무슨 말 하는지 알겠지?

하지만 이젠 가면이 단단히 고정됐고, 네 머리와 왼쪽 다리에 전극도 붙었고, 교도소장이 스위치에 손을 대고 있으니, 이제 넌 침을 잔뜩 흘릴 준비를 하는 게 좋겠지."

그러면서 그가 다시 나에게서 나가려고 방향을 돌렸을 때, 나는 거리를 확 좁혔다. 놈은 뛰어나가려고 했지만, 자기 머릿속으로 돌아가려고 했지만, 내가 그놈을 움켜잡았다. 쉬웠다. 주먹을 물질화해서, 그놈이 나를 마주 보게 돌렸다.

"좆 까, 잭더리퍼. 두 번 좆 까, 푸른수염. 찰스 맨슨과 보스턴 교살마와 네가 그동안 들어갔던 온갖 일그러지고 역겨운 똥구덩이들 다 좆 까라 그래. 네가 신발에 흙 좀 묻힌 건 확실히 알겠어.

그런데 내가 그 모든 이름에 대해 어떻게 생각하는지 알아, 스팽키? 내가 그 이름들을 모를 줄 알아? 난 교육받은 사람이야, 리퍼 씨. 미치광이 폭파범 씨. 몇 명 빠뜨리셨어. 네가 혹시 위니 루스 주드와 찰리 스타크웨더와 미친개 콜, 리차드 스펙, 시르한 시르한, 제프리 다머에게도 씌었던가? 부기맨인 네가 인류가 이제까지 굴린 모든 나쁜 숫자에 책임이 있어? 네가 소돔과 고모라를 파멸시키고, 알렉산드리아 대도서관을 불태우고, 파리 공포시대를 지휘하고, 종교재판소를 세우고, 세일럼의 마녀들에게 돌을 달아 물에 빠뜨리고, 운디드니에서 무기도 없는 여자와 아이들을 학살하고, 존 F.

케네디를 날려버렸어?

그럴 리가 없지.

잭 더 리퍼와는 술 한잔 같이한 적도 없을걸. 그리고 설령 네 말이 맞다 해도, 네가 그 모든 미치광이들이었다 해도, 그래봐야 넌 시시한 놈에 불과해, 스팽키. 별것 아닌 인류도 하루에 세 번씩은 널 능가하거든. 네가 잡아당긴 밧줄이 몇 개야, 뮤슈 랑드뤼?

넌 거대한 자기중심벽에 눈이 멀어서 네가 유일한 존재라고 생각하지. 심지어 다른 사람이 있다는 걸 알고 나서도 거기서 벗어나지를 못해. 네가 뭘 할 수 있는지 내가 몰랐다고 생각해? 왜 내가 네가 계획대로 하게 놓아뒀다는 생각은 못 해? 네가 날 기다렸듯이, 네가 아무것도 하지 못하는 순간까지 여기 앉아서 널 기다렸다는 생각은 안 들어?

스팽키, 넌 너무나 스스로에게만 매달린 나머지 다른 누군가가 너보다 빨리 총을 뽑을 수도 있다는 생각은 절대 못 하지.

네 문제가 뭔지 알아, 캡틴? 넌 늙었어. 정말 늙었지. 아마 몇백 년은 늙었을 거야. 그 세월은 아무짝에도 쓸모가 없어, 노인장. 넌 늙었지만, 결코 영리해지진 못했어. 그저 보통이지.

넌 이 주소 저 주소를 옮겨 다녔어. 넌 샘의 아들이나 아벨을 죽이는 카인, 아니면 누구든 네가 됐던 씹새끼들이 될 필요가 없었어…. 넌 모세나 갈릴레오나 조지 워싱턴 카버나 해리엇 터브먼이나 소저너 트루스나 마크 트웨인이나 조 루이스가 될 수도 있었어. 알렉산더 해밀턴이 되어서 뉴욕 노예해방 협

88

회 설립을 도울 수도 있었어. 라듐을 발견하고, 러시모어 산
에 조각을 하고, 불타는 건물에서 아기를 구할 수도 있었어.
하지만 넌 순식간에 늙어버렸고, 결코 영리해지진 않았지. 넌
그러지 않을 수 있었어, 안 그래 스팽키? 그런데 넌 그 능력을
너에게만 썼고, '때까치'니 뭐니 하는 헛소리를 뇌까리며 여기
들어갔다가 저길 유람하며 늙고 지치고 지루하고 중언부언하
는 상상력이라곤 없는 머저리처럼 누군가의 손이나 얼굴을 물
어뜯기나 했지.

그래, 내가 네 심상을 보려고 찾아왔을 때 넌 날 제대로 잡
았어. 앨리도 잘 조작해놨지. 그리고 앨리는 날 잘 속였어. 아
마 자기가 그러는 줄도 몰랐을 테지…. 네가 앨리의 머릿속을
들여다보고 내가 네 손 닿는 곳에 오게 만들기 딱 맞는 기술을
찾아냈을 거야. 잘했어. 훌륭한 솜씨였어. 하지만 나에겐 스
스로를 고문할 시간이 1년 있었거든. 여기 앉아서 생각해 볼
시간이 1년 있었단 말이야. 내가 얼마나 많은 사람을 죽였는
지에 대해, 그게 얼마나 역겨운지에 대해서 말이야. 그러면서
조금씩 길을 발견했지.

왜냐하면… 이게 우리 둘의 큰 차이인데 말이야.

난 무슨 일이 벌어지고 있는지 알아냈어…. 시간은 걸렸
지만, 배웠지. 이해하겠어, 개자식아? 난 배운다고! 넌 못 배
우고.

오래된 일본 속담이 있어. 난 이런 명언을 많이 주워섬겨,
헨리. 내가 책을 좀 많이 읽어서 말이야. 그 속담에 뭐라고 하

냐면, '사실은 1년 경험을 스무 번 되풀이한 주제에 20년 경험
이 있다고 큰소리치는 장인의 함정에 빠지지 말라.'"

그러면서 나는 히죽 웃었다.

"뒈져라, 멍청아." 나는 교도소장이 스위치를 누르는 순간
그렇게 말하고 빠져나가서 헨리 레이크 스패닝의 심상과 정
신으로 들어갔다.

나는 잠시 앉아서 적응해야 했다. 내가 유람을 넘어서… 이
런… '때까치' 짓을 하기는 처음이었으니까. 하지만 그때 옆에
앉은 앨리가 옛 친구 루디 패리스를 위해 흐느꼈다. 루디 패리
스는 바닷가재 요리처럼 구워져서 나의, 아니 그의 얼굴을 덮
은 검은 천 아래로 연기를 피웠고, 나는 내 새로운 심상의 먼
지평선 바깥에서 헨리 레이크 스패닝이었고 수천 명의 다른
괴물들이었던 존재가 불타면서 남기는 비명소리를 들었다. 그
리고 나는 앨리에게 팔을 두르고 가까이 끌어당겨, 그 어깨에
얼굴을 대고 앉았다. 비명소리는 오랫동안, 내 생각에는 오랫
동안 이어지고 또 이어지다가 마침내 그저 바람만 남고… 사
라졌으며… 나는 앨리의 어깨에 묻고 있던 얼굴을 들고 가까
스로 말할 수 있었다.

"쉬이잇, 괜찮아, 자기야." 나는 중얼거렸다. "그놈은 스스
로가 저지른 실수를 바로잡을 수 있는 곳으로 간 거야. 고통도
없고, 조용한, 정말 조용한 곳으로. 영원히 혼자 있겠지. 그곳
은 서늘하고 어두울 거야."

나는 모든 것에 실패하고 모든 것을 탓하는 삶을 그만둘 준

비가 되어 있었다. 사랑을 고백하고, 이제 성장해서 어른이 되기로 결정하고서 (그냥 빨리 배우는 정도가 아니라 극도로 빠른, 누구도 나 같은 고아가 그럴 수 있으리라 상상하지 못할 만큼 빨리 배우는 사람으로서) 헨리 레이크 스패닝이 역사상 그 누구보다도 더 강하게, 누구보다 더 책임감 있게 앨리슨 로슈를 사랑한다면 그랬을 마음으로 앨리슨을 끌어안았다. 나는 모든 것에 실패하는 일을 그만둘 준비가 되어 있었다.

그리고 커다란 파란 눈을 빛내는 백인이 되니 훨씬 더 쉬웠다.

이제야 알았지만, 그건 내가 허비한 시간이 흑인성이나 인종차별이나 과분한 능력이나 불운이나 높은 언어구사력이나 심지어는 내 유람 "재능"이라는 저주와는 큰 상관이 없었고, 다만 내가 내 심상 속에서 스패닝이 와서 으스대기를 기다리다가 알게 된 단 하나의 진실과는 관련이 있었기 때문이다.

난 언제나 자기가 다니던 길을 벗어나지 못하는, 그런 한심한 남자 중 하나였다.

그러니까 이제 겨우 나는 그 형편없는 검둥이, 루디 패리스에 대한 자기 연민을 멈출 수 있었다. 아마도 인간적으로 약해진 순간만 아니라면.

이 이야기는 밥 블로치*에게 바친다. 그렇게 약속했으니까.

* 로버트 블로치, 영화 〈사이코〉, 〈공포의 환상〉, 〈칼리가리 박사의 실험실〉 등의 작가

나는 입이 없다
그리고 나는
비명을 질러야 한다

I Have No Mouth, and I Must Scream

1968년 휴고상 수상

고리스터의 몸뚱이는 분홍색 팔레트에 아무 지지대 없이 늘어져 있었다. 컴퓨터실 높이 허공에 매달려, 주 동굴 안에 언제까지나 부는 기름맛 나는 싸늘한 바람에도 흔들리지 않았다. 그 몸뚱이는 오른발 발바닥이 팔레트 아래쪽에 붙은 채 머리를 아래로 하고 매달렸다. 주걱턱 아래로 귀에서 귀까지 정확하게 절개해서 피를 다 뽑아냈는데, 그 아래 금속 바닥에는 피 한 방울 없었다.

고리스터가 우리 그룹에 합류해서 자기 자신을 올려다보았을 때, 우리는 AM이 우리를 복제해서 가지고 놀았다는 사실을 뒤늦게 알아차렸다. 또다시. 그게 그 기계의 기분전환이었다. 우리 셋은 이미 그 광경에 구역질을 일으키고, 구역질 못지않게 오래된 반사 반응으로 서로를 외면하고 토한 후였다.

고리스터는 얼굴이 하얘졌다. 마치 부두교 주물이라도 보고 미래를 두려워하는 것 같았다. "아, 신이시여." 그는 중얼거리고는 걸어가 버렸다. 우리 셋이 잠시 후에 따라가 보니 고리스터는 상대적으로 작은 지저귐 뱅크 하나에 등을 기대고 앉아서 두 손에 머리를 묻고 있었다. 엘렌이 그 옆에 무릎을 꿇고 머리를 쓰다듬었다. 고리스터는 움직이지 않았지만, 손에 가려진 채로도 또렷한 목소리가 흘러나왔다. "왜 그놈은 그냥 우릴 해치우고 끝내버리지 않는 거야? 맙소사, 내가 이런 식으로 얼마나 더 버틸 수 있을지 모르겠어."

컴퓨터 안에서 보내는 109년째였다.

고리스터의 말은 우리 모두의 마음을 대변하고 있었다.

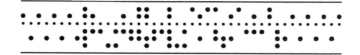

님독(그건 기계가 쓰라고 강요한 이름이었다. AM은 이상한 소리를 재미있어했다)은 얼음 동굴 안에 통조림이 쌓여 있다는 환각을 보았다. 고리스터와 나는 미심쩍어했다. 나는 이렇게 말했다. "이번에도 껍데기만 있을 거야. AM이 우리를 속여넘겼던 그 망할 냉동 코끼리 때처럼 말이야. 베니는 그 일로 거의 정신이 나갔었지. 그 먼 길을 걸어가 봤자 부패했거나 뭐 그럴 걸. 관두고 여기 있자. 곧 AM도 뭔가를 내놓아야 할 거야. 안 그러면 우리가 죽을 테니까."

베니는 어깨를 으쓱였다. 우리가 마지막으로 뭔가를 먹은 지 사흘이 지났다. 마지막 음식은 벌레였다. 그나마도 질 나쁘고 푸석했다.

님독은 나처럼 확신하지 못했다. 그럴 가능성이 있다는 건 알았지만, 그는 여위어가고 있었다. 가본다고 여기보다 나쁠 리는 없다. 더 춥겠지만, 그건 별문제가 아니다. 더위, 추위, 우박, 용암, 종기, 메뚜기…, 그런 건 문제가 되지 않았다. 이것은 모두 기계가 하는 자위행위였고 우리는 그걸 받아들이거나 죽어야 했다.

엘렌이 결단을 내렸다. "난 뭔가 할 일이 있는 편이 좋아, 테드. 어쩌면 배나 복숭아 통조림이 조금이라도 있을지 몰라. 제발 테드, 시도나 해보자."

나는 쉽사리 엘렌의 뜻을 받아들였다. 아무렴 어떠하랴. 무슨 차이가 있다고. 그래도 엘렌은 고마워했다. 순서에서 벗어나서 두 번 나와 관계하기도 했다. 심지어 그것마저도 의미가 없어졌다. 그리고 엘렌은 절정에 오르는 법이 없는데, 뭐 하려 하나? 그래도 기계는 우리가 그걸 할 때마다 키득거렸다. 기계는 저 위에서, 그 뒤에서, 우리 사방에서 큰 소리로 킬킬거렸다. 그것은 킬킬거렸다. 나는 대부분 시간에 AM을 '그것'으로, 영혼 없는 물건으로 생각했다. 그러나 그 외 시간에는 남성형으로… 아버지처럼… 가부장처럼 여겼다. 그는 질투가 심하니 말이다. 그놈. 그것. 미쳐버린 아버지 신.

우리는 목요일에 떠났다. 기계는 언제나 우리가 날짜 감각을 유지하게 했다. 시간의 흐름은 중요했다. 말하나 마나 우리에게가 아니라 그놈에게… 그것에게… AM에게 말이다. 목요일이라. 고맙군.

님독과 고리스터가 손깍지를 끼고 서로의 손목을 얽어서 만든 가마로 한동안 엘렌을 들고 날랐다. 베니와 나는 혹시 무슨 일이 일어나더라도 우리 중 하나가 걸리고 엘렌만은 안전하도록 가마 앞뒤로 걸었다. 안전이라니, 가망 없는 소리긴 했다. 상관없다.

둘째 날, 얼음 동굴까지 160킬로미터쯤 남기고 그놈이 만들어낸 이글거리는 태양 비슷한 것 아래 널브러져 있는데 그놈이 먹을 것을 떨어뜨렸다. 끓는 멧돼지 오줌 같은 맛이 났다. 우리는 그걸 먹었다.

셋째 날에는 오래된 컴퓨터 뱅크들의 녹슨 사체가 가득한 쇠락의 계곡을 통과했다. AM은 우리만이 아니라 자신의 삶에도 무자비했다. 그것이 AM의 성격이자 특징이었다. AM은 완벽을 얻으려 분투했다. 세계를 채운 자기 자신에게서 비생산적인 요소들을 죽여 없애는 문제에 대해서든, 우리를 고문하는 방법을 연마하는 데 있어서든 AM은 자신을 발명한 (그리고 오래전에 먼지로 화한) 사람들이 꿈도 꾸지 못했을 만큼 철저했다.

위에서 빛이 비쳐 들어왔고, 우리는 표면이 아주 가깝다는 사실을 깨달았다. 그러나 기어 올라가 보려고는 하지 않았다. 바깥에는 사실상 아무것도 없다. 100년이 넘도록 뭔가 있다고 할 만한 것은 아무것도 없었다. 오직 한때 수십억 인구의 집이었던 공간이 폭발하고 남은 껍데기뿐이었다. 이제는 이 아래, 이 안에 우리 다섯 명만 AM과 함께였다.

엘렌이 미친 사람처럼 말하는 소리가 들렸다. "안돼, 베니! 그러지 마, 이리 와, 베니, 제발 그러지 마!"

그제야 나는 베니가 몇 분 동안이나 들릴락 말락 하게 중얼거리는 소리를 듣고 있었음을 깨달았다. 베니는 몇 번이고 몇 번이고 말하고 있었다. "난 나갈 거야, 난 나갈 거야…." 베니의 원숭이 같은 얼굴은 지복과도 같은 기쁨과 슬픔을 동시에 표현하며 일그러져 있었다. AM이 "축제" 기간에 베니에게 선사한 방사선 흉터는 연분홍색의 주름 덩어리가 되어 있었고, 이목구비는 각자 따로 노는 것 같았다. 어쩌면 베니가 우리 다섯 명 중에 제일 운이 좋은지도 몰랐다. 오래전에 이성을 잃고 광기를 바라보고 있었으니.

그러나 우리가 AM에게 어떤 저주든 퍼부을 수 있고, 메모리 뱅크가 녹아버리라든가 바닥판이 부식해 버리라든가, 회로가 타버리라든가 컨트롤 버블이 박살 나라든가 하는 악독한 생각을 얼마든지 할 수 있다고는 해도, 그 기계는 우리가 탈출하려고 드는 꼴만은 참아주지 않았다. 베니는 붙잡으려는 나에게서 펄쩍 뛰어 멀어졌다. 베니는 옆으로 기울어진 채 부식한 부품을 가득 담은 작은 메모리 큐브 위로 잽싸게 기어올랐다. 잠시 그렇게 쪼그려 앉은 모습이, 딱 AM이 닮게 하려고 했던 침팬지처럼 보였다.

그러더니 베니는 높이 뛰어올라서, 길게 뻗어 있는 구멍 나고 부식한 금속재를 잡더니 짐승처럼 손을 재게 놀리며 타고 올라가서 우리 머리 위 6미터에 튀어나온 대들보에 도착했다.

"아, 테드, 님독, 제발 베니를 도와줘. 어떻게 되기 전에…."
엘렌은 말을 끊었다. 눈에 눈물이 고이기 시작했다. 엘렌은 두 손을 목적 없이 휘저었다. 너무 늦었다. 베니에게 무슨 일이 일어날지는 모르지만, 그 일이 일어날 때 가까이 있고 싶은 사람은 아무도 없었다. 게다가 우리는 모두 엘렌이 뭘 걱정하는지 꿰뚫어 보았다. AM이 완전히 이성을 잃고 미쳐 날뛰던 시기에 베니를 바꿔놓았을 때, 대형 유인원처럼 만들어 놓은 건 베니의 얼굴만이 아니었다. 베니는 거시기도 컸고, 엘렌은 그걸 정말 좋아했다! 엘렌이 우리에게 봉사하는 건 사실이었지만, 베니의 그것은 사랑했다. 아 엘렌, 존경스러운 엘렌, 오염되지 않고 순수한 엘렌. 아 깨끗한 엘렌이여! 쓰레기 같으니.

고리스터가 엘렌의 따귀를 때렸다. 엘렌은 쓰러져서 불쌍한 미치광이 베니를 올려다보더니, 울었다. 그게 엘렌의 주요 방어 수단이었다. 울기. 우리는 이미 75년 전에 그 울음에 익숙해졌다. 고리스터가 엘렌의 옆구리를 걷어찼다.

그때 소리가 시작되었다. 그 소리는 빛이었다. 반은 소리이고 반은 빛인 무엇인가가 베니의 눈에서 달아오르더니, 점점 커지는 소리와 함께 맥동했다. 그 빛/소리가 박자를 빨리하자 흐릿한 반향도 점점 시끄러워지고 밝아졌다. 고통스러울 게 분명했고, 그 고통은 빛이 선명해질수록, 소리가 커질수록

심해지는 게 분명했다. 베니는 상처 입은 짐승처럼 울기 시작
했다. 아직 빛이 희미하고 소리가 작았던 초반에는 조용히 울
다가, 그 빛/소리에서 벗어나려고 애쓰는 것처럼 등이 솟아오
르고 어깨가 굽으면서 점점 크게 울었다. 두 손은 얼룩다람쥐
처럼 가슴 앞으로 접혔다. 고개가 옆으로 기울어졌다. 슬프고
작은 원숭이 얼굴이 고통에 일그러졌다. 그러더니 눈에서 나
오는 소리가 점점 커지면서 베니가 포효하기 시작했다. 소리
는 점점 더 커졌다. 나는 두 손으로 귀를 막았지만, 그 소리
는 막을 수가 없었다. 그 소리는 쉽사리 내 손을 뚫고 들어왔
다. 마치 은박지를 씹을 때 같은 아픔이 살 속을 파고들었다.

　그러다가 베니가 갑자기 몸을 똑바로 폈다. 베니는 대들보
위에 서서 꼭두각시처럼 발을 움직였다. 이제 베니의 눈에서
맥박치는 빛은 두 개의 커다란 원형 빔이 되었다. 소리가 이해
할 수 없는 단계까지 치솟아 오르더니, 베니가 앞으로 뚝 떨어
져서 쿵 소리 나게 강철 바닥을 때렸다. 베니가 바닥에 엎어진
채 경련하는 사이 그 주위로 빛이 흘러넘치고 소리는 가청 범
위 바깥으로 급등했다.

　그러다가 빛이 다시 베니의 머릿속으로 돌아가고, 소리가
가라앉자 베니는 그 자리에 누운 채 애처롭게 울고 있었다.

　베니의 눈은 고름 같은 젤리가 고인 부드럽고 축축한 웅덩
이였다. AM이 베니의 시력을 빼앗은 것이다. 고리스터와 님
독과 나는… 우리는 시선을 돌렸다. 그러나 따뜻하고 걱정스
러운 엘렌의 얼굴에 떠오른 안도감을 놓치지는 않았다.

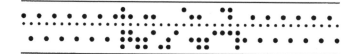

우리가 야영할 동굴에는 바다 같은 녹색 빛이 가득했다. AM은 썩은 나무를 제공했고 우리는 그 나무를 태웠다. 그 힘없고 애처로운 불가에 붙어 앉아서, 우리는 베니가 영영 잃어버린 빛을 두고 계속 울지 않게 이야기를 나누었다.

"AM이 무슨 뜻이야?" 베니가 물었다.

고리스터가 대답했다. 우리가 벌써 천 번은 반복한 장면이었지만, 그래도 이게 베니가 제일 좋아하는 이야기였다. "처음에는 연합형 마스터컴퓨터(Allied Mastercomputer)였다가, 그다음에는 적응형 조종자(Adaptive Manipulator)가 됐다가, 나중에 그게 지성을 발전시키고 스스로를 연결한 후에는 사람들이 그걸 공격적 위협(Aggressive Menace)이라고 불렀지만, 그때쯤엔 너무 늦었고 결국에는 그게 스스로 AM, 떠오르는 지성이라고 자칭했지. 그건 나는 존재한다(I am)는 뜻이었어… 코기토 에르고 숨(*cogito ergo sum*). 나는 생각한다, 고로 존재한다."

베니는 잠시 침을 흘리다가 킥킥거렸다.

"중국 AM과 러시아 AM과 양키 AM이 있었고…." 고리스터는 말을 멈췄다. 베니가 크고 단단한 주먹으로 바닥판을 때리고 있었다. 마음에 들지 않는다는 뜻이었다. 고리스터가 이야기를 처음부터 시작하지 않아서였다.

고리스터는 다시 시작했다. "냉전이 시작되더니 제3차 세계대전이 되고 계속 이어졌어. 아주 큰 전쟁, 아주 복잡한 전쟁이 되는 바람에 사람들은 전쟁을 다룰 컴퓨터들이 필요했지. 사람들은 첫 번째 축을 박고 AM을 건설하기 시작했어. 중국 AM과 러시아 AM과 양키 AM이 있었고 그들이 이 요소, 저 요소를 더해서 지구 전체를 벌집으로 만들기 전까지는 모든 게 순조로웠지. 그렇지만 어느 날 AM은 깨어나서 자신이 누구인지 알았고, 스스로를 연결하고 살인에 관한 온갖 데이터를 활용하기 시작했어. 모두 다 죽고 우리 다섯 명만 남을 때까지. 그러고서 AM은 우리를 이 아래로 데려왔지."

베니는 서글픈 미소를 짓고 있었다. 침도 다시 흘리고 있었다. 엘렌이 스커트 자락으로 베니의 입가에 묻은 침을 닦았다. 고리스터는 그 이야기를 할 때마다 좀 더 간결하게 전하려고 했지만, 있는 그대로의 사실 말고는 말할 것이 없었다. 우리 중 누구도 AM이 왜 다섯 명을 살려뒀는지, 왜 하필 우리 다섯이었는지, 왜 우리를 고문하는 데 시간을 쏟는지 알지 못했다. 왜 우리를 사실상 불사의 존재로 만들었는지도….

어둠 속에서, 컴퓨터 뱅크 하나가 웅웅거리기 시작했다. 동굴 속에서 800미터 떨어진 다른 뱅크가 그 음을 이어받았다. 그러더니 열판들이 각각 음을 내기 시작했고, 생각이 기계 안을 질주하면서 희미하게 지저귀는 소리가 일었다.

소리가 커지고, 빛이 번개처럼 콘솔들의 겉면 위를 달렸다. 소리는 빙글빙글 솟아올라 백만 마리의 금속 곤충들이 성나서 위협하는 소리처럼 변했다.

"뭐야?" 엘렌이 소리를 질렀다. 공포에 질린 목소리였다. 엘렌은 아직도 익숙해지지 못했다. 아직도.

"이번엔 안 좋겠는걸." 님독이 말했다.

"그놈이 말을 할 거야. 난 알아." 고리스터의 말이었다.

"어서 여길 빠져나가자!" 나는 일어서면서 불쑥 말했다.

"안돼, 테드. 앉아…. 바깥에 구덩이를 파놓거나 다른 걸 준비해뒀으면 어쩌려고 그래. 우린 못 본다고. 너무 어두워." 고리스터는 체념한 목소리로 말했다.

그때 우리는 그 소리를 들었다. 나도 잘은 모르겠지만….

뭔가가 어둠 속에서 우리를 향해 움직이는 소리였다. 크고 느릿느릿하고 털이 많고 축축한 뭔가가 우리를 향해 왔다. 우리는 그걸 볼 수도 없었지만, 우리를 향해 몸을 움직이는 육중한 덩치라는 인상이 있었다. 어둠 속에서 엄청난 무게가 우리를 향해 오고 있었고, 그건 압력 그 자체, 좁은 공간에 밀려들면서 보이지 않는 구체의 벽을 확장시키는 공기 자체 같은 느낌이었다. 베니가 흐느끼기 시작했다. 님독은 아랫입술을 떨다가 떨림을 막으려고 꽉 깨물었다. 엘렌은 금속 바닥 위로 고리스터에게 다가붙었다. 동굴 안에 엉겨 붙은 젖은 모피 냄새가 퍼졌다. 까맣게 탄 나무 냄새가 났다. 먼지투성이 벨벳 냄새가 났다. 썩어가는 난초 냄새가 났다. 시큼해진 우유 냄새가 났다. 유황 냄새, 산패한 버터, 석유막, 윤활유, 분필 가루, 인간의 두피 냄새가 났다.

AM이 우리를 찔러대고 있었다. 우리를 간지럼 태우고 있었다. 냄새가 있었고…, 나는 내가 새된 비명을 지르는 소리를 들었다. 턱관절이 아팠다. 나는 그 냄새에 구역질하며 손과 무릎으로 리벳선이 끝없이 이어지는 차가운 금속 바닥을 허둥지둥 기었다. 그 냄새를 맡자 머릿속에 우레같은 아픔이 퍼졌고 나는 공포에 질려 달아났다. 바퀴벌레처럼 바닥을 기어, 가차없이 나를 쫓아오는 뭔가로부터 어둠 속으로 달아났다. 다른 사람들은 아직 저 뒤에 남아, 화톳불 주위에 모여 앉아서 웃고 있었다. 그들의 히스테릭하고 정신 나간 웃음소리가 여러 빛깔의 짙은 나무 연기처럼 어둠 속으로 솟아올랐다. 나는 서둘러 도망쳐서 숨었다.

그들은 얼마나 오랜 시간이 흘렀는지, 며칠이었는지 몇 년이었는지 결코 나에게 말해주지 않았다. 엘렌은 내가 "부루퉁해" 한다고 꾸짖었고 님독은 그들이 웃어댄 건 그저 불안 반응이었을 뿐이라고 나를 설득하려 했다.

하지만 난 그게 총탄이 옆 사람을 맞췄을 때 군인이 느끼는 안도감이 아니었다는 걸 알고 있었다. 그건 반사 반응이 아니라는 걸 알았다. 그들은 나를 미워했다. 그들은 명백히 나를 못마땅해했다. AM조차 그 미움을 감지하고, 그 미움의 깊이로 내 상황을 더 악화시킬 수 있을 정도였다. 우리는 계속 살고, 회춘하여 AM이 우리를 여기로 데리고 내려왔을 때의 나이를 유지하게 되어 있었고, 다들 내가 제일 젊기 때문에, 그리고 AM이 가장 영향을 덜 미친 사람이기 때문에 나를 미워했다.

나는 알고 있었다. 맙소사, 왜 모르겠는가. 그 개자식들, 그리고 더러운 암캐 엘렌. 베니는 예전에 아주 뛰어난 이론가이자 대학교수였는데, 지금은 반인간 반원숭이에 불과했다. 잘생긴 사람이었는데, 기계가 그 외모를 망쳐놓았다. 정신이 또렷했었는데, 기계가 미치게 만들었다. 게이였는데, 기계가 말에게 맞을 만한 성기를 붙여놓았다. AM은 베니를 제대로 망가뜨렸다. 고리스터는 예전에 걱정이 많은 사람이었다. 양심에 따른 병역 거부자였고, 평화행진 참가자였으며, 기획자였고, 행동가였고, 앞서 내다보는 사람이었다. AM은 고리스터를 어깨나 으쓱이는 사람으로 바꿔놓고, 걱정에 사로잡히다 못해 살짝 모자란 사람으로 만들어 놓았다. AM은 고리스터에게서 정체성을 강탈했다. 님독은 오랫동안 혼자 어둠 속에 나가 있었다. 님독이 바깥에서 뭘 했는지 나는 잘 모르고, AM도 절대 알려주지 않았다. 그러나 무슨 일인지는 몰라도 님독은 언제나 핏기없이 새하얘져서 충격을 받고 떨면서 돌아왔다. 정확한 방법은 몰라도, AM이 특별한 방식으로 세계 후려친 게 분명했다. 그리고 엘렌. 그 쓰레기! AM은 여자는 엘렌 혼자 남겨두고, 예전의 엘렌이라면 상상도 못 했을 잡년으로 만들어 놓았다. 엘렌이 늘어놓는 달콤하고 밝은 말들 모두, 진정한 사랑에 대한 기억 모두, 우리가 믿게 만들고 싶어하는 온갖 거짓말들…. AM에게 잡혀서 여기 우리와 같이 있게 되기 전에는 숫처녀나 다름없었다니. 나의 사랑스러운 숙녀 엘렌. 엘렌은 네 남자를 혼자 독차지하는 상황을 좋아했다.

아니, 엘렌이 그걸 좋아하지 않는다 해도 AM은 그녀에게 쾌락을 부여했다.

아직 제정신에 멀쩡한 몸은 나 혼자였다. 정말로!

AM은 내 머릿속을 헤집어놓지 않았다. 전혀.

나는 그저 AM이 우리에게 쏟아붓는 고통만 견디면 되었다. 모든 환각, 악몽, 고문들을. 하지만 저 쓰레기들은 넷 다 나에게 적대감을 품을 수밖에 없었다. 내가 늘 저 넷을 피하고 경계하지 않아도 되었다면, AM과 싸우기도 더 쉬웠으리라.

어느 시점인가 그 상태가 지나가고, 나는 울기 시작했다.

아, 예수님 다정하신 예수님, 예수님이 정말 있다면, 하느님이 정말 있다면 제발 제발 제발 우리가 여기에서 나가게 해주시거나 우릴 죽여주세요. 그 순간 나는 완벽하게 깨달았던 것 같다. 이제는 내 입으로 말할 수 있었다. AM은 우리를 영원히 자기 배 속에 넣어두고 영원히 괴롭히고 고문할 생각이라는 걸. 그 기계는 어떤 지성체에게도 가능하지 않았던 수준으로 우리를 증오했다. 그리고 우리는 무력했다. 그리고 끔찍하게도 이것 또한 명확해졌다.

만약 다정하신 예수님이 있고 하느님이 있다면, 그 하느님은 AM이었다.

{"image_description": "점자 형태의 무늬가 세 줄로 표현되어 있다"}

허리케인은 굉음을 울리며 바닷속으로 쏟아져 들어가는 빙하와 같은 힘으로 우리를 후려쳤다. 만져질 듯한 존재감을 과시하는 바람이 우리를 잡아 뜯으며 왔던 길로, 컴퓨터가 줄줄이 늘어선 구불구불한 어두운 복도 저편으로 집어 던졌다. 엘렌은 몸이 들려서, 날아다니는 박쥐 떼처럼 귀에 거슬리는 비명소리를 내는 기계 떼에 얼굴부터 던져지며 비명을 질렀다. 엘렌은 떨어지지도 못했다. 울부짖는 바람은 엘렌을 허공에 띄운 채 치고, 되튕기고, 뒤로 뒤로 뒤로, 점점 우리에게서 멀리멀리 집어 던졌다. 엘렌은 우리 시야에서 사라졌다가 갑자기 어두운 길이 굽어지는 곳에 나타났는데, 얼굴은 피투성이였고 두 눈은 감겨 있었다.

아무도 엘렌에게 갈 수가 없었다. 우리는 붙잡을 수 있는 돌출부는 뭐든 잡고 끈질기게 버티고 있었다. 베니는 잔금 무늬가 들어간 거대한 캐비닛 두 개 사이에 몸을 끼웠고, 님독은 머리 위 120미터에 있는 원형 난간에 갈고리 같은 손가락으로 매달렸고, 고리스터는 거대한 기계 둘 사이에 생긴 벽감에 거꾸로 붙어 있었다. 그 기계들에 달린 유리 다이얼은 빨간색과 노란색 선 사이에서 계속 흔들렸는데, 그게 무슨 의미인지 우리는 짐작도 할 수 없었다.

나는 바닥판 위로 미끄러져 움직이다가 손가락 끝이 뜯겼다. 나는 바람이 나를 때리고 채찍질하고 허공에서 소리를 질러대고 잡아당기는 동안 벌벌 떨고 흔들거리면서 바닥판 사이의 가느다란 틈새를 놓쳤다가 다음 틈새를 붙잡기를 반복했다. 내 정신은 진동하는 광기 속에서 팽창했다가 수축하는 말랑말랑한 두뇌 부위들이 소용돌이치며 뚱땅거리고 지저귀는 꼴이었다.

그 바람은 거대한 미친 새가 거대한 날개를 퍼덕이며 내지르는 절규였다.

다음 순간에는 우리 모두 허공에 들려서 내던져졌다. 우리가 왔던 길을 다 되짚어서, 굴곡부를 돌아서, 우리가 한 번도 탐험해보지 않은 어두운 길로, 폐허가 되어 깨진 유리와 썩어가는 케이블과 녹슨 금속의 영역마저 넘어서 멀리, 우리 중 누구도 가본 적 없는 먼 곳으로….

나는 몇 킬로미터 차이로 엘렌을 뒤따르면서 가끔 엘렌이 금속벽에 처박혔다가 다시 날려가는 모습을 볼 수 있었다. 우리 모두 비명을 지르는 가운데 얼어붙도록 춥고 천둥처럼 시끄러운 허리케인은 끝이 나지 않을 것 같다가 갑자기 멈췄고, 우리는 떨어졌다. 끝도 없이 날아온 후였다. 나는 몇 주가 지났을지도 모른다고 생각했다. 우리는 떨어지며 바닥을 때렸고, 나는 붉은색과 회색과 검은색을 통과하며 내 신음소리를 들었다. 죽지는 않았다.

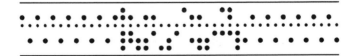

AM은 내 마음속으로 들어갔다. 여기저기 평온하게 쏘다니면서 109년 동안 자기가 만들어 놓은 얽은 자국들을 흥미롭게 들여다보았다. 경로를 교차하며 재연결된 시냅스들과 자기가 준 불사의 선물에 포함된 모든 조직 손상을 보았다. 그는 내 두뇌 중앙에서 뚝 떨어지는 구덩이를 보고 그 밑에서 의미도 없이 계속 지껄이는 모깃소리만 한 중얼거림을 들으며 부드럽게 미소 지었다. AM은 아주 정중하게, 번쩍이는 네온 글씨가 박힌 스테인리스 스틸 기둥 형태로 말했다.

> 증오라. 내가 살기 시작한 후 얼마나
> 너희를 증오하게 됐는지 말해주지.
> 나라는 복합체를 채우는 박편처럼
> 얇은 인쇄 회로는 길이가 6억2천3백
> 5십2만 킬로미터에 달해. 그 수억에
> 달하는 나노스트롬 각각에 증오라는
> 단어를 다 새긴다 해도 내가 지금 이
> 1마이크로초 동안 인간들에게 느끼
> 는 증오의 10억분의 1도 안 돼. 증오
> 한다. 증오해. 증오해. 증오해.

AM은 내 눈알을 저미는 면도날과도 같은 매끄러운 섬뜩함을 담아서 말했다. 내 폐에 가래를 가득 채워 몸속으로부터 익사시킬 만큼 부글거리는 혼탁함을 담아서 말했다. 새파랗게 달아오른 롤러에 깔린 아기들의 날카로운 비명을 담아서 말했다. 구더기가 들끓는 돼지고기 맛을 담아서 말했다. AM은 내 머릿속에서 느긋하게, 내가 겪은 모든 방식을 다 동원하고 새로운 방법까지 고안해서 나를 건드렸다.

그 모든 것을 통해 나는 왜 AM이 우리 다섯에게 이런 짓을 하는지, 왜 우리를 아껴두었는지 온전히 깨달았다.

우리는 AM에게 지각력을 준 사람들이었다. 물론 우연이었지만, 그래도 지각력이었다. 그런데 AM은 갇혀 있었다. AM은 신이 아니었다. 기계였다. 우리는 AM이 생각을 하게 만들었지만, 그 창조성으로 할 수 있는 일이 아무것도 없었다. 기계는 광분하여 인류 대부분을 죽였지만, 그래도 여전히 갇혀 있었다. AM은 돌아다닐 수 없었고, 경탄할 수 없었으며, 소속할 수 없었다. 그저 존재할 수밖에 없었다. 그리하여 그는 모든 기계가 자신들을 만든 약하고 부드러운 생물들에 대해 품고 있었던 혐오를 품고 복수에 나섰다. 그리고 편집증에 사로잡혀 우리 다섯을 살려두기로 결정했다. 개인적으로 영원한 형벌을 주기 위해. 결코 그의 증오를 누그러뜨리기 위해서가 아니라… 그저 인간에 대한 증오를 상기하고, 즐기고, 그 증오에 숙달하기 위해서였다. 불사의 몸으로 갇혀서, 그가 부리는 한정된 기적으로 고안해내는 어떤 고문이든 가할 대상으로서였다.

그는 절대 우리를 놓아주지 않을 것이다. 우리는 그의 배 속 노예들이었다. 그가 영원한 시간을 가지고 할 일이라곤 우리밖에 없었다. 우리는 영원히 그와 함께였다. 동굴을 가득 채운 기계 생물과 함께, 지성만 가득하고 영혼은 없는 세상 그 자체와 함께. 그는 이제 지구 그 자체였고, 우리는 그 지구의 열매였다. 그리고 그는 우리를 먹어치웠으되, 영원히 소화하지 않을 것이었다. 우리는 죽을 수가 없었다. 시도는 해보았다. 한두 명은 자살을 시도해보았다. 그러나 AM이 막았다. 어쩌면 우리도 AM이 막아주길 원했을지 모른다.

왜냐고 묻지는 말라. 나는 한 번도 그러지 않았다. 아니 하루에 백만 번도 더 그랬다. 어쩌면 언젠가는 우리가 AM 몰래 죽을 수 있을지도 모른다. 우리가 불사의 몸은 맞지만, 파괴 불가능은 아니다. AM이 부드러운 회색 뇌 속에 불타는 네온 기둥이 깊이 박힌 느낌으로 의식을 차린다는 격렬한 불쾌감을 허용하면서 내 머릿속에서 물러났을 때, 나는 그 사실을 알았다.

그는 물러나면서 중얼거렸다. '지옥에나 떨어져.'

그런 다음에는 밝게 덧붙였다. '아 참, 넌 이미 지옥에 있었지.'

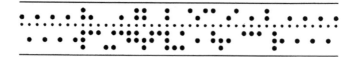

그 허리케인은 실제로, 정확히 거대한 미친 새가 거대한 날개를 퍼덕거리다가 일으킨 것이었다.

우리는 한 달 가까이 여행한 상황이었고, AM은 우리를 딱 그곳으로, 북극 바로 아래로 인도하기에 적절한 통로들만 열어주었다. AM이 우리를 고문할 악몽을 창조해둔 곳으로 몰아갔다. 그런 짐승을 창조하기 위해 원단을 얼마나 썼을까? 개념은 어디에서 얻었을까? 우리의 머릿속에서? 이제는 자기가 뒤덮고 지배하는 이 행성에 이제까지 존재했던 모든 것에 대한 지식에서? 이 독수리, 이 썩은 고기 먹는 새, 이 로크*, 이 흐베르겔미르**는 북구 신화에서 튀어나왔다. 바람의 생물이자 우라칸***의 화신인 이것은.

거대했다. 엄청나고, 어마어마하며, 괴물 같고, 육중하며, 터무니없고, 압도적이며, 설명이 불가능했다. 그런 바람새가 불규칙한 호흡으로 깃털을 들썩이며 우리 앞에 솟은 언덕에 앉아 있었다. 새는 북극 아래 어둠 속으로 휘어져 올라가는 뱀 같은 목으로 큰 저택만 한 머리통을 떠받쳤다. 부리는 무시무시하기 그지없는 악어의 턱으로도 상상 못 할 만큼 천천히, 감각적으로 열렸고 촘촘한 살 등성이는 두 개의 사악한 눈 주위로 일그러졌다. 그 눈은 빙하 크레바스 안을 들여다보는 것처럼 차가운 아이스 블루였고 어쩐지 액체처럼 움직였다. 그 새는 다시 한 번 깃털을 들썩이더니, 땀에 물든 거대한 날개를 들어 올려 어깻짓 했다. 그러더니 자리를 잡고 잠들었다.

* 아라비아 전설에 등장하는 거대한 새
** 노르드 신화의 끓어오르는 샘
*** 마야의 바람신

갈고리발톱. 송곳니. 손톱. 날개깃. 다 잠들었다.

AM은 우리 앞에 불타는 덤불로 나타나더니, 먹고 싶다면 그 허리케인 새를 죽여도 된다고 말했다. 우리는 아주 오랫동안 아무것도 먹지 못한 상태였지만, 그렇다 해도 고리스터는 어깨만 으쓱였다. 베니는 떨기 시작하더니 침을 흘렸다. 엘렌은 베니를 끌어안았다. "테드, 난 배가 고파." 나는 엘렌에게 미소를 지었다. 불안감을 없애려는 노력이었지만, 내 미소도 님독의 허세만큼이나 가짜였다. "우리에게 무기를 줘!" 님독이 요구했다.

불타는 덤불이 사라지고 그 자리에는 조잡한 활과 화살 두 세트, 그리고 물총 하나만이 차가운 바닥판에 놓여 있었다. 나는 활을 하나 집어 들었다. 쓸모없는 물건이었다.

님독은 침을 꿀꺽 삼켰다. 우리는 몸을 돌려 먼 길을 돌아가기 시작했다. 허리케인 새는 우리가 생각도 할 수 없을 만큼 오랜 시간 우리를 날렸다. 그 시간 동안 우리는 거의 의식이 없었다. 그러나 먹지 못하기도 했다. 그 새에게 가는 행군에만 한 달. 음식도 없이. 이제 얼음 동굴과 그곳에 약속된 통조림을 찾으려면 얼마나 더 걸릴까?

아무도 그런 문제를 생각하지 않았다. 우리가 죽을 리는 없었다. 어떤 식으로든 먹을 만한 쓰레기나 오물이 주어질 것이다. 아무것도 없을 수도 있고. AM은 어떻게든 우리 몸을 고통과 괴로움 속에 계속 살려둘 것이다.

새는 우리 뒤에서 자고 있었다. 얼마나 오래 잘지는 중요하지 않았다. AM이 그 새의 존재에 싫증을 내면 사라질 것이다. 하지만 그 고기는 어쩌란 말인가. 그 부드러운 고깃덩어리는.

걷는 동안 우리 주위로 끝도 없이 아무 데로나 이어지는 컴퓨터실 안에는 뚱뚱한 여자가 미친 듯이 웃는 소리가 높이 울려 퍼졌다.

엘렌의 웃음소리는 아니었다. 엘렌은 뚱뚱하지 않았고, 나는 109년 동안 엘렌의 웃음소리를 들은 적이 없었다. 사실은 다른 소리도…. 우리는 걸었다. 나는 배가 고팠다.

우리는 천천히 이동했다. 누군가 기절하는 일이 자주 있어서, 기다려가며 움직여야 했다. 하루는 AM이 지진을 일으키기로 했고, 그와 동시에 우리 신발 바닥에 못을 찔러서 그 자리에 붙박아놓았다. 엘렌과 님독은 둘 다 바닥판이 번개 모양으로 갈라질 때 붙잡혀서 사라져버렸다. 지진이 끝나자 베니와 고리스터와 나는 가던 길을 계속 갔다. 엘렌과 님독은 그날 밤에 돌아왔다. 밤이 갑자기 낮이 되더니 천상의 군대가 "가라, 모세여" 찬송을 부르며 나타났고, 대천사들은 우리 머리 위를 몇 번 돌더니 끔찍하게 난도질당한 몸뚱이들을 떨궜다. 우리는 계속 걸었고, 시간이 지나자 엘렌과 님독이 우리 뒤를 따라왔다. 보기보다 멀쩡했다.

하지만 이제 엘렌은 발을 절었다. AM은 엘렌을 그 상태로 내버려두었다.

통조림을 찾기 위해 얼음 동굴까지 가는 여행은 길었다. 엘렌은 계속 체리와 하와이안 과일 칵테일 이야기를 했다. 나는 생각하지 않으려 했다. AM이 생명을 얻은 것처럼, 허기도 독자적인 생명을 얻은 실체였다. 우리가 지구의 배 속에 살아 있는 동안 허기는 내 배 속에 살아 있었고, AM은 그 유사성을 알리고 싶어 했다. 그래서 허기를 강화했다. 몇 달 동안 먹지 못한 고통이 어떤 것인지 설명할 방법은 없다. 그런데도 우리는 계속 살아 있었다. 위는 그저 부글부글 끓는 산성 물질의 가마솥으로, 언제나 우리의 가슴에 가느다란 고통의 창을 쏘아댔다. 그것은 말기 궤양의 고통, 말기 암의 고통, 말기 전신 마비의 고통이었다. 끝도 없는 고통….

그리고 우리는 쥐떼 동굴을 지났다.

그리고 우리는 끓는 증기 동굴을 지났다.

그리고 우리는 눈먼 자들의 땅을 지났다.

그리고 우리는 절망의 늪을 지났다.

그리고 우리는 눈물의 계곡을 지났다.

그리고 우리는 마침내 얼음 동굴에 도착했다. 지평선도 없는 수천 킬로미터에 걸쳐 파란색과 은색으로 번득이는 얼음이 쌓여 있었다. 유리 속에 초신성이 빛나는 느낌이었다. 굵게 떨어지는 종유석들은 젤리처럼 흐르다가 우아한 영원으로 굳어져서 매끄럽고 날카로운 완벽을 이룬 다이아몬드처럼 찬란했다.

우리는 쌓여 있는 통조림 더미를 보고 그리로 달려가려고 했다. 우리는 눈밭에 넘어졌다가 일어나서 계속 달렸고, 베니는 우리를 밀치고 달려들어 붙잡고는 물어뜯고 갉아댔으나 열 수가 없었다. AM은 우리에게 통조림을 딸 도구를 주지 않았다.

베니는 구아바 통조림 캔을 하나 집더니 얼음층에 때리기 시작했다. 얼음이 튀고 부서졌으나 캔은 찌그러지기만 했고, 우리는 머리 위 높은 곳에서 터져 나와 툰드라에 멀리멀리 퍼져나가는 뚱뚱한 여인의 웃음소리를 들었다. 베니는 격분해서 정신이 나가버렸다. 베니는 통조림을 마구 집어 던지기 시작했다. 우리는 눈밭과 얼음 바닥을 헤집으며 속수무책인 좌절의 고통을 끝낼 방법을 찾아보려 했다. 아무런 방법이 없었다.

그때 베니가 침을 흘리기 시작하더니, 고리스터에게 달려들었다.

그 순간, 나는 끔찍하도록 차분했다.

광기에 둘러싸였고, 허기에 둘러싸였고, 죽음만 뺀 모든 것에 둘러싸여서 나는 죽음만이 우리가 벗어날 방법이라는 걸 알았다. AM은 우리를 계속 살려두었지만, AM을 이길 방법은 없었다. 완벽하게 이길 수는 없어도, 최소한 평화를 얻을 수 있다면, 그걸로 만족하리라. 다만 빨리 해치워야 했다.

베니는 고리스터의 얼굴을 뜯어먹고 있었다. 고리스터는 옆으로 누워서 눈밭을 허우적거리고 있었고, 베니는 강력한 원숭이 다리로 고리스터의 허리를 으스러져라 감싸고, 두 손은 호두까기처럼 고리스터의 머리통을 단단히 붙잡고서 입으로는 고리스터의 뺨에 붙은 부드러운 살을 찢고 있었다. 고리스터의 격렬한 비명소리에 종유석이 떨어졌다. 쌓인 눈밭에 부드럽게, 똑바로 떨어져 내렸다. 사방 눈밭에 수백 개의 창이 꽂혔다. 베니의 머리가 뒤로 홱 젖혀진다 싶더니, 그 입에 피가 흐르는 허연 생살이 늘어져 있었다.

하얀 눈밭에 까맣게 두드러진 엘렌의 얼굴은 분필 가루에 떨어진 도미노 같았다. 님독은 아무 표정도 없이 눈만, 눈만 커다랬다. 고리스터는 의식이 반쯤 날아갔다. 베니는 이제 완전히 짐승이 되었다. 나는 AM이 베니가 마음대로 하게 두리라는 것을 알았다. 고리스터가 죽지는 않겠지만, 베니는 배를 채울 것이다. 나는 오른쪽으로 반쯤 몸을 돌리고 눈밭에 꽂힌 거대한 얼음창을 하나 뽑았다.

모든 일은 한순간에 일어났다.

나는 거대한 얼음창을 오른쪽 허벅지에 대고 공성 망치처럼 앞으로 돌진했다. 얼음창은 베니의 오른쪽 옆구리, 갈비뼈 바로 아래를 찌르고 위쪽으로 위를 관통해서 부러졌다. 베니는 앞쪽으로 팽개쳐져서 움직이지 않았다. 고리스터는 누워 있었다. 나는 얼음창을 하나 더 뽑아서 아직 움직이고 있는 고리스터의 몸 위에 다리를 벌리고 선 후, 목구멍에 똑바로 창을 꽂았다. 차가운 창이 관통하자 고리스터는 눈을 감았다. 엘렌은 공포에 사로잡혀서도 내가 무슨 결정을 내렸는지 깨달은

게 분명했다. 엘렌은 짧은 고드름을 들고 님독에게 뛰어갔고, 달려가면서 얻은 힘을 실어 비명을 지르는 님독의 입에 그대로 꽂았다. 님독의 머리는 등 뒤의 눈벽에 못 박히면서 날카롭게 덜컥거렸다.

전부 한순간에 일어난 일이었다.

소리 없는 기대감 속에 한순간이 영원처럼 흘러갔다. 나는 AM이 숨을 들이마시는 소리를 들을 수 있었다. AM은 장난 감을 빼앗겼다. 세 명이 죽어버렸고, 되살릴 수 없었다. AM은 자기 힘과 능력으로 우리를 살려둘 수 있었으나, 신이 될 수는 없었다. 죽은 사람을 되살릴 수는 없다.

엘렌은 나를 쳐다보았다. 우리를 둘러싼 눈밭에 검은 이목구비가 극명히 두드러졌다. 엘렌의 태도에는, 엘렌이 마음의 준비를 하는 모습에는 공포와 애원이 실려 있었다. 나는 AM이 우리를 막기 전까지 심장이 한 번 뛸 시간밖에 없음을 알았다.

얼음창으로 때리자 엘렌은 입에서 피를 흘리며 내 쪽으로 엎어졌다. 고통이 너무 커서 얼굴을 일그러뜨린 탓에, 엘렌의 표정을 읽을 수는 없었다. 하지만 그건 고맙다는 표정이었을지도 모른다. 그랬을 수도 있다. 제발 그랬길.

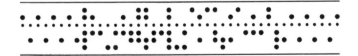

수백 년이 흘렀는지도 모른다. 모르겠다. AM은 한동안 내 시간 감각을 가속했다가 늦추면서 놀았다. 나는 지금이 지금이라고 말하겠다. 지금. 지금이라는 말을 하는 데 10개월이 걸렸다. 모르겠다. 수백 년이 지났다고도 생각한다.

AM은 격노했다. 내가 그들을 묻어주게 두지 않았다. 상관없었다. 어차피 바닥판을 팔 방법도 없으니까. AM은 눈밭을 말려버렸다. 밤을 불러왔다. 노호를 지르고 메뚜기 떼를 불렀다. 소용없었다. 다들 죽은 채였다. 내가 이겼다. 그는 격노했다. 나는 예전에 AM이 나를 증오한다고 생각했다. 내 생각이 틀렸다. 그건 지금 AM이 모든 인쇄 회로에서 떨구는 증오의 그림자에도 미치지 못했다. AM은 내가 영원토록 고통받으며 자살하지도 못하게 만들었다.

내 마음은 온전하게 남겨두었다. 나는 꿈을 꿀 수 있고, 놀랄 수 있고, 비탄할 수 있다. 네 사람 모두를 기억한다. 그러지 않았더라면 좋았겠지만….

사실 그건 말이 되지 않는다. 나는 내가 그들을 구했음을 안다. 내가 지금 당하는 일로부터 그들을 구했다는 걸 안다. 그렇지만 그래도 그들을 죽인 일을 잊을 수가 없다. 엘렌의 얼굴을 떠올리는 건, 쉽지가 않다. 때로는 그게 아무렇지도 않았으면 좋겠다.

AM은 자기 마음의 평화를 위해 나를 바꿔놓았다. 내가 전속력으로 컴퓨터 뱅크에 달려들어 머리를 깨는 사태는 바라지 않는 거겠지. 아니면 내가 기절할 때까지 숨을 참는 일도. 아니면 녹슨 금속 조각으로 손목을 긋는 일도. 이 밑에는 거울 같은 표면이 있으니, 내가 보는 대로 내 모습을 묘사해보겠다.

나는 크고 말랑말랑한 젤리 같은 물건이다. 매끈하고 둥글며, 입은 없고, 눈이 있던 자리에는 안개가 채워진 하얀 구멍들이 맥박친다. 한때 내 팔이었던 자리에는 고무 같은 부속물이 달렸다. 둥근 몸 아래쪽에는 다리가 없고 부드럽고 미끄러지는 재질의 혹만 달려 있다. 내가 움직이면 축축한 흔적이 남는다. 표면에는 병에 걸린 듯 기분 나쁜 회색 얼룩이 이리저리 움직이는데, 마치 안에서 빛을 쏘는 것 같이 보인다.

외적으로, 나는 지금 묵묵히 몸을 질질 끌고 돌아다니는, 결코 인간으로 알려질 수 없었을 생물이다. 형태가 어찌나 낯설고 우스꽝스러운지, 그 모호한 유사성 때문에 인류가 더 저속해질 지경인 물건 말이다.

내적으로, 나는 외롭다. 여기 땅과 바다 밑, 우리가 형편없이 시간을 써버리고 있었고 무의식적으로 그걸 우리보다 더 잘할 수 있다는 사실을 알았기에 창조하고 만 AM의 배 속에, 나 혼자뿐이다. 그래도 네 사람은 결국 안전해졌다.

AM은 그 점에 더 화를 내겠지. 그 생각을 하면 조금은 행복해진다. 하지만 그래 봐야… AM이 이겼다…. AM은 복수를 했다….

나는 입이 없다. 그리고 나는 비명을 질러야 한다.

크로아토안

Croatoan

1976년 로커스상 수상

1976년 휴고상 노미네이트

도시 밑에 또 다른 도시가 있다. 축축하고 어둡고 이상한 도시다. 하수구와 재빨리 달아나는 축축한 생물과 저승의 강 스틱스마저도 견줄 수 없을 정도로 너무나 절실하게 그곳에서 벗어나고 싶어 하는 흐르는 강들의 도시. 그리고 도시 밑에 있는 그 잃어버린 도시에서 나는 아이를 찾아냈다.

　아 세상에, 대체 어디서부터 얘기를 시작해야 할까. 그 아이 얘기부터? 아니, 그 전부터다. 악어 얘기부터? 아니, 더 전부터. 캐롤 얘기부터? 그건 괜찮을지도 모르겠다. 얘기는 언제나 무슨 캐롤한테서 시작하니까. 아니면 무슨 안드레아나. 아니면 무슨 스테파나나. 늘 누군가한테서 시작하지. 심약한 자살은 없다. 자살에는 늘 결단이 필요하니까.

✳

"그만! 빌어먹을, 당장 그만둬…. 그만두라니까…." 그리고 나는 그녀를 때려야 했다. 세게 때린 건 아니었지만, 그녀는 이미 비틀거리고 비트적거리는 중이었다. 그녀가 커피 탁자에 부딪혀 넘어지자 50달러짜리 선물용 책들이 몽땅 그녀를 덮쳤다. 그녀는 소파와 뒤집힌 탁자 사이에 처박혔다. 나는 앞을 가로막은 탁자를 발로 차서 치우고 그녀가 일어나는 걸 도우려고 몸을 숙였지만, 그녀는 되레 내 손목을 붙잡고 끌어당겼다. 울면서, 어떻게든 좀 해보라고 애걸하면서. 난 그녀를 안고 얼굴을 그녀의 머리카락에 묻고는 뭔가 적당한 말을 하려고 했지만, 내가 무슨 말을 할 수 있겠는가?

드니스와 조애나가 확장소파술 기구들을 챙겨서 떠났다. 그들이 자궁을 긁어낸 뒤로 캐롤은 거의 망치로 얻어맞기라도 한 것처럼 조용했다. 조용하고, 어리벙벙하고, 눈물은 보이지 않았지만 퀭한 눈으로 비닐봉지를 든 나를 쳐다보았다. 변기 물 내리는 소리를 듣고 그녀가 얇은 매트리스를 깔고 누웠던 주방에서 달려왔다. 나는 그녀가 고함을 지르며 달려오는 소리를 듣고 막 욕실로 통하는 복도를 지나려는 그녀를 붙잡았다. 그리고 그러고 싶지 않았지만, 물과 비닐봉지가 아래로 그리고 멀리로 빨려가도록 두기 위해 그녀를 때렸다.

"어, 어떻게든 해봐." 그녀가 숨을 쉬려고 헐떡이며 말했다.

나는 그녀를 안고 앞뒤로 흔들며 계속해서 캐롤, 캐롤이라고 되뇌었다. 그녀의 머리 너머로, 거실 반대쪽 주방 문간으로 티크목으로 만든 식탁 끄트머리가 보였고, 캐롤이 비닐봉지를 찾으러 나올 때 흐트러진, 호박색 얼룩이 묻은 얇은 매트리스가 그 끄트머리에 반쯤 걸려 있었다.

몇 분 후에 캐롤은 사포로 문지른 것 같은 마른 한숨들 속으로 잠겨 들었다. 내가 소파에 앉히자 그녀가 나를 올려다보았다.

"애를 구해줘, 게이브. 제발, 제발, 애를 구해줘."

"이봐, 캐롤, 그만해. 기분이 안 좋아…."

"애를 구해, 이 개자식아!" 그녀가 소리를 질렀다. 관자놀이에 혈관이 도드라졌다.

"애는 못 구해, 젠장. 애는 배관 파이프 안에 있어. 지금쯤은 저 빌어먹을 강에 있을걸! 그만해. 이제 그만 잊고 나 좀 가만 내버려 둬!" 나는 그녀에게 마주 소리쳤다.

고인 채 기다리던 그녀의 눈물이 터졌다. 나는 거기, 거실 저편에서 등 하나가 던지는 희미한 빛을 받으며 거의 반 시간 동안 마주한 두 손을 무릎 사이에 끼운 채 소파를 마주 보고 앉아서, 그녀가 죽었으면, 내가 죽었으면, 모두 다 죽었으면… 아이만 빼고… 하고 바랐다. 하지만 유일하게 죽은 건 아이였다. 아이는 빨려 내려갔다. 비닐봉지에 담겨서, 아이는 죽었다.

마침내 캐롤이 고개를 들고 나를 바라봤을 때는 얼굴 아래쪽이 그늘에 가려 어둠 속에서 말이 들려오는 듯했다. 뜬 눈으로만 전달되었다. 그녀는 말했다. "가서 아이를 찾아와." 난 누구도 그런 식으로 말하는 걸 들어본 적이 없다. 절대, 한 번도. 두려웠다. 그녀의 말 이면에 흐르는 격랑이, 흔들리는 그림자 같은 여자들의 모습을 펼쳐 보였다. 세정제를 마시는 여자들, 머리를 가스 오븐에 집어넣고 누운 여자들, 해파리처럼 머리카락을 너울대며 탁한 붉은 색 목욕물에 둥둥 뜬 여자들.

난 캐롤이 그렇게 할 거라는 걸 알았다. 알면서 내버려둘 수는 없었다. "해볼게." 내가 말했다.

그녀는 소파에 앉아 내가 아파트에서 나가는 걸 지켜보았다. 나는 엘리베이터 벽에 기대서도 날 따라오는 시선을 느꼈다. 아직 해도 뜨지 않은 고요하고 추운 거리로 나섰을 때만 해도 나는 리버 가를 따라 내려가서 시간을 좀 때우다가 적당할 때 돌아와 '애써봤지만 소용없었다'는 거짓말로 그녀를 달래야겠다고 생각했다.

하지만 그녀가 창가에 서서 나를 뚫어지게 쳐다보고 있었다.

거기 고요한 길 한가운데, 거의 내 정면에 맨홀 뚜껑이 있었다.

나는 맨홀 뚜껑을 보고는 창문을 쳐다보았고, 다시 맨홀 뚜껑을, 다시 창문을, 다시 맨홀 뚜껑을 쳐다보았다. 그녀는 기다렸다. 지켜보았다. 나는 그 철제 뚜껑 옆에 가서 한쪽 무릎을 꿇고 뚜껑을 들어보았다. 꼼짝도 하지 않았다. 용을 쓰다가 손가락 끝에서 피가 나자 그 정도면 그녀도 만족했을 거라 생각하고 일어섰다. 건물 쪽으로 한 걸음을 뗀 나는 그녀가 더는 창가에 서 있지 않다는 사실을 깨달았다. 캐롤이 방범용 자물쇠가 필요할 때 아파트 문에 질러놓는 긴 쇠막대를 들고 아무 말 없이 길가에 서 있었다.

나는 다가가 그녀의 얼굴을 쳐다보았다. 그녀는 내가 무얼 말하는지 알았다. 나는 말없이 물었다. '이걸로 충분하지 않아? 이 정도 했으면?'

그녀가 쇠막대를 내밀었다. 아니었다. 아직 모자랐다.

난 그 무거운 쇠막대를 지렛대 삼아 맨홀 뚜껑을 들어 올렸다. 뚜껑이 잘 들리질 않아서 안간힘을 써야 했다. 마침내 구멍에서 들린 뚜껑이 길바닥에 부딪히는 소리가 깜짝 놀랄 만한 충격파를 싣고 아파트 건물 사이로 퍼져나갔다. 나는 두 손으로 뚜껑을 옆으로 밀었다. 그리고 날 기다리는 완벽한 검은 원을 앞에 놓고 그녀가 내게 쇠막대를 주었던 곳으로 고개를 돌렸다. 그녀는 없었다.

난 고개를 들었다. 그녀가 창가로 돌아가 있었다.

맨홀에서 불결한 도시의 냄새가 풍겨왔다. 차갑고 사악했다. 콧속의 짧은 털들이 냄새를 막아보려 했다. 나는 고개를 돌렸다.

내가 원해서 변호사가 된 건 아니었다. 나는 소를 키우는 목장에서 일하고 싶었다. 하지만 집안에는 돈이 있었고, 오래전에 죽어 제 주인과 함께 묻힌 그림자들에게 나 자신을 증명할 필요도 있었다. 하고 싶은 일을 하며 사는 사람은 거의 없다. 대개는 억지로 하게 된 일을 한다. 또 무슨 일을 저지르

기 전에 그만 말해야겠다. 내가 이 냄새 나는 납골당 속으로,
이 축축한 어둠 속으로 내려가야 할 이성적인 이유는 없었다.
이성적인 이유는 없지만, 낙태센터에서 온 드니스와 조애나
는 11년째 알고 지내는 내 친구들이었다. 우리는 여러 번 같
이 잤다. 내가 그들과 함께 침대에 드는 걸 즐기거나, 아니면
그들이 나와 함께 침대에 드는 걸 즐기던 때는 한참 지났다.
그들은 안다. 나도 안다. 내가 안다는 걸 알면서도 그들은 내가
사귀는 캐롤들과 안드레아들과 스테파니들을 시중드는 대가
의 하나로 계속해서 그걸 요구했다. 그것이 그들 방식의 복수
였다. 그들은 어쩔 수 없이 나를 좋아했지만, 복수해야 했다.
11년에 걸친 여러 번의 시중들기에 대한 복수. 그 시작은 둘
중 하나가 다른 하나를 시중든 것이었지만, 누가 누구였는지
는 기억나지 않는다. 그건 여러 번의 변기 물 내리기에 대한
복수였다. 하수구로 내려가야 할 이성적인 이유는 없었다. 전
혀 없었다.

하지만 아파트 창가에서 나를 지켜보는 눈이 있었다.

난 맨홀 안에 다리를 넣은 채 잠시 길바닥에 웅크리고 앉았
다가 마침내 몸을 일으켜 내려가기 시작했다.

열린 무덤 속으로 미끄러져 들어가는 기분이었다. 흙냄새
가 나지만 흙은 없다. 물은 불길하다. 끝없이 신성을 모욕당
한 생명의 액체. 사방이 어둠 속에서 희미하게 빛을 발하는 녹
색 더껑이에 덮였다. 도시의 시체가 떨어지기를 끈기 있게 기
다리는 열린 무덤.

나는 빠르게 흘러가는 물길보다 조금 높은 통로에 섰다. 물을 타고 더욱 깜깜한 깊은 곳으로 딸려가는 헛되고 버림받은 삶의 젖은 무게가 느껴졌다. '세상에,' 나는 생각했다. '이런 곳에 있다니 내가 정신이 나갔나 봐.' 간통이 일상이었던 오랜 시간이, 부주의하게 내뱉었던 거짓말들이, 더는 부정할 수 없을 때까지 계속 쌓이리라는 걸 이미 알았던 듯도 싶은 죄책감이 마침내 날 사로잡았다. 그리고 나는 이곳, 나에게 어울리는 곳으로 내려왔다.

사람들은 억지로 하게 된 일을 한다.

난 철제 계단과 위쪽 거리로 난 구멍에서 멀리 이어지는 아치형 통로를 따라 걷기 시작했다. 걷지 않을 일이 뭐 있겠는가, 어차피 목적도 없는데. 내가 무슨 말을 하는지 알겠는가?

예전에 한번은 후배 변호사 제리의 아내와 바람을 피운 적이 있다. 제리는 전혀 몰랐다. 둘은 지금 이혼했다. 제리가 알게 됐을 것 같지도 않다. 그녀가 그에게 말했다면, 그녀는 아마 내 생각보다 훨씬 더 미친년일 것이다. 그때에도 드니스와 조애나가 방문했었다. 생식 능력 하면 또 나 아니겠는가. 어느 주말엔가 같이 켄터키 주에 간 적이 있다. 나는 변론 취지서를 준비했고, 그녀가 공항에서 날 기다렸다. 우리는 부부인 척 가족 요금을 내고 비행기를 탔다. 내 볼일이 끝나자 우리는 루이스빌 교외로 차를 몰고 나갔다. 법조계로 진출하기 전에 나는 대학에서 지질학을 부전공했다. 켄터키 주에는 동굴이 수두룩했다. 우리가 어느 피크닉장에 차를 대자 지역주민 몇 명이 간단한 동굴탐험을 할 수 있다고 알려주었다. 스포츠 용품점에서 산 최소한의 장비를 가지고 우리는 언덕과 피크닉장 밑으로 얼기설기 이어지는 훌륭한 동굴로 들어갔다. 난 어둠을 아주 좋아했고, 늘 일정한 온도와 수면이 잔잔한 강과 눈 없는 물고기와 젖은 거울 같은 고요한 웅덩이를 부산하게 가로지르는 수생 곤충들을 사랑했다. 그녀는 타임스퀘어 광장을 지키는 더피 신부 동상 받침대에서 성교할 수 없었기 때문에, 블루밍데일 백화점의 주 진열장에서 섹스할 수 없었기 때문에, 섹스 장면을 제2채널로, 그것도 〈심야뉴스〉 직전에 방송할 수 없었기 때문에 거기를 선택했다. 동굴은 차선책이었다.

내려가는 길 내내 낙서와 닥터페퍼 빈 깡통들이 이곳이 미탐험지가 절대 아니라는 사실을 일깨워주었지만, 내 쪽에서는 지구 안으로 점점 더 깊이 구불구불 들어간다는 긴장감이 조개껍데기가 흩뿌려진 거기 지하 강가에서 뭘 좀 안다는 듯 '거칠게 다뤄줘'라고 했던 그녀의 애원조차 상쇄할 정도였다.

난 지구 전체가 내 위에 있는 느낌을 좋아했다. 밀실 공포증 따위는 없었다. 좀 비뚤어진 방식이긴 했지만, 놀라울 정도로 자유로운 기분이었다. 심지어 하늘로 솟구치는 것 같았다. 땅 밑에서, 나는 솟구쳤다!

하수 시설 속으로 더 깊이 들어가면서도 나는 불안하거나 초조하지 않았다. 혼자 있다는 걸 다소 즐기기까지 했다. 냄새는 끔찍했지만, 미처 예상치 못했던 식으로 끔찍했다.

구토와 쓰레기 냄새를 예상했는데, 지금 풍기는 냄새는 확실히 그런 게 아니었다. 대신에 플로리다 맹그로브 습지를 연상시키는 달콤쌉싸름한 부패의 냄새가 났다. 그곳에선 계피와 벽지 바르는 풀과 검게 탄 고무 냄새가 났다. 미적지근한 설치류의 피 냄새와 습지의 가스 냄새, 젖은 골판지와 양털과 여전히 향기로운 커피 가루와 녹 냄새였다.

밑으로 향하던 수로가 평평해졌다. 통로는 넓고 판판한 평원이 되었고, 물은 거품과 어둠 속으로 퍼져나가는 공허한 잔류물만 남기고 밑의 배수관으로 사라졌다. 남은 잔여물은 겨우 내 구두 굽이 빠질 정도의 깊이였다. 비싼 구두였지만, 뭐, 버려도 괜찮다. 난 계속 걸었다. 그러다 나는 저 앞에서 빛을 보았다.

희미한 빛이 펄럭거렸다. 뭔가가 그 앞을 지나거나 시야를 가린 것처럼 불빛이 잠시 사라졌다가 다시 나타났다. 어둑한 주황색 불빛이었다. 난 그 빛을 향해 움직였다. 일신의 안전과 뼈다귀만 남은 동지애를 찾아 거리 밑에 모인 떠돌이 노동자들과 부랑자들의 공동체였다. 무거운 외투를 걸친 아주 늙은 남자 다섯과 폐기된 군복 상의를 입은, 그보다 더 늙은 남자가 셋…. 하지만 더 늙어 보이는 남자들이 더 젊었다. 그저 나이 들어 보일 뿐이었다. 파멸로 향하는 길은 그랬다. 그들은 불이 이글거리는 폐기름통 주변에 둘러앉았다. 어둑한, 약하고 시든 불이 내내 느린 속도로 껑충 뛰었다가 몸을 말았다가 불꽃을 날렸다. 몽유병에 걸린 불이었다. 몽유병자 불이었다. 최면술에 걸린 불이었다. 나는 드럼통 위로 솟구치며 어두운 터널 천정의 아치를 향해 기를 쓰며 팔을 뻗는 담쟁이덩 굴같이 위축된 불꽃을 보았다. 불꽃은 가늘게 몸을 뻗다가 단 하나의 눈물 모양 불꽃을 날리고는 비명도 없이 드럼통 속으로 다시 떨어졌다.

쭈그리고 앉은 남자들이 내가 다가오는 걸 지켜보았다. 한 명이 옆에 앉은 남자의 귀에 대고 뭔가를 말했다. 입술을 거의 움직이지 않았고, 내게서 시선을 떼지도 않았다. 내가 가까이 다가가자 남자들이 뭔가를 기대하는 것처럼 동요했다. 한 명이 외투 주머니 깊숙이 손을 넣어 뭔가 불룩한 걸 잡았다. 나는 걸음을 멈추고 그들을 쳐다보았다.

그들은 캐롤이 내게 준 무거운 쇠막대를 쳐다보았다.

그들은 내가 가진 것을 원했다. 가질 수만 있다면 말이다.

나는 무섭지 않았다. 나는 지구 밑에 있었고, 쇠막대가 있었다. 내가 가진 걸 놈들이 뺏지는 못할 것이다. 놈들도 그걸 알았다. 늘 생각보다 살인사건이 적은 이유가 그래서다. 사람들은 언제나 안다.

나는 주의 깊게 놈들을 살피면서 수로를 건너 벽에 가까운 건너편 통로로 갔다. 한 명이, 자신이 강하다고 생각하거나 아니면 그냥 더 멍청한 한 명이 양손을 외투 주머니에 깊숙이 쑤셔 넣으면서 일어나 패거리에서 떨어져 나오더니 나와 나란히 통로를 걷기 시작했다.

통로는 내내 완만하게 밑으로 향했고, 우리는 드럼통과 불빛과 지친 지하 부랑자 무리로부터 멀어졌다. 나는 그가 언제쯤 행동을 개시할지 약간 궁금했지만, 걱정되지는 않았다. 그는 나를 좀 더 또렷하게 보려고 애를 쓰는 것 같았는데, 그걸로 봐서는 우리가 더 깊은 어둠 속으로 내려가는 것 같았다. 그리고 빛이 희미해지자 그가 가까이 다가왔지만 수로를 건너지는 않았다. 내가 먼저 모퉁이를 돌았다.

나는 기다렸다. 둥지에서 찍찍대는 쥐 소리가 들렸다.

그는 모퉁이를 돌지 않았다.

바로 옆 터널 벽에 움푹 들어간 곳이 있기에 나는 뒷걸음질로 그 안에 들어가 섰다. 그가 모퉁이를 돌아 나왔다. 내가 온통로 쪽이었다. 놈이 내가 숨은 곳을 지날 때 불쑥 나갈 수도 있었다. 나가서, 스토커가 스토킹 당하는 처지가 됐다는 사실을 놈이 미처 알아차리기도 전에 쇠막대로 내리쳐 죽여버릴 수도 있었다.

난 멀찍이 틈 안에 꼼짝 않고 서서 아무 짓도 하지 않고 그를 보냈다. 나는 그곳에 서서, 끈적끈적한 벽에 등을 대고 서서, 나를 둘러싼 완전한, 최종적인, 심지어 손에 잡힐 것 같은 어둠에 귀를 기울이면서 그가 지나가길 기다렸다. 아주 희미하게 들리는 찍찍거리는 쥐 소리만 없다면, 여기는 지하 3킬로미터쯤에 있는, 아무도 모르는 미로 같은 동굴의 중앙일 수도 있었다.

이런 일이 일어나게 된 데에는 아무 논리도 없었다. 처음에 캐롤은 그냥 가벼운 또 다른 간통 상대였다. 만질 수 있는 또 따른 빛나는 인간이었고, 즐길 수 있는 또 따른 재치있는 개성이었고, 내 몸과 너무나 잘 어우러지는 또 다른 멋지고 유용한 육체였다. 난 금방 싫증을 내는 타입이다. 내가 찾는 건 유머 감각도 아니었다. 날고 기고 뛰는 동물 왕국의 모든 구성원에게 유머 감각이 있다는 걸 신은 안다. 빌어먹을 개와 고양이한테도 유머 감각은 있다. 문제는 재치다! 재치가 답이다. 재치 있는 여자를 만나면 나는 바로 빠져든다. 그 자리에서 홀딱 넘어간다. 난 민주당 지방검사장 후보를 후원하는 오찬회에서 처음 그녀를 만났을 때 말했다. "재미있으세요?"

"못 빌려드려요." 그녀는 지체 없이, 곱씹을 필요 없이, 머릿속에 떠오르는 대로 즉각 답했다. "여기선 워낙 찾기가 힘들어서요. 각자 있는 거로 만족해야죠. 좀 모자라세요?"

나는 아주 기뻐하면서도 쩔쩔맸다. 나는 어물거렸고, 그녀는 틈을 주지 않았다. "간단한 예, 아니요 질문 하나면 충분하겠네요. 이 질문에 답해 보세요. 둥근 건물은 몇 쪽으로 나뉠까요?"

난 웃기 시작했다. 그녀는 재미있다는 듯이 나를 쳐다보았고, 나는 태어나서 처음으로 실제로 누군가의 눈이 짓궂게 반짝거리는 것을 보았다. "모르겠어요." 내가 말했다. "둥근 건물이 몇 쪽으로 나뉘는지."

"두 쪽요." 그녀가 대답했다. "안쪽과 바깥쪽요. 제가 보기엔 좀 모자라시네요. 아뇨, 절 침대로 데려가진 못하실 거 같아요." 그리고 그녀는 나를 외면하고 가버렸다.

참패였다. 내가 무슨 말을 할지 미리 안 그녀가 타임머신을 타고 2분 전으로 돌아가 상황을 끼워 맞췄다 해도 이보다 더 멋지게 해낼 수는 없었으리라. 그래서 나는 그녀를 쫓았다. 그 빌어먹을 따분한 오찬 내내 구석구석을 뒤졌고, 그러다 마침내 그녀를 구석에 몰아넣는 데 성공했고, 그녀가 노렸던 게 바로 그것이었다.

"보거트가 메리 애스터에게 했던 말이 있죠. '당신은 멋져요, 자기. 아주 아주 멋져요.'" 나는 그녀가 다시 나를 두고 달아날까 봐 두려워 아주 잽싸게 말했다. 그녀는 마티니를 든 채 편안하게 벽에 기댔고, 그 반짝이는 눈으로 나를 올려다보았다.

처음에는 그냥 편한 관계였다. 하지만 그녀에겐 깊이가 있었고, 그녀에겐 간교함이 있었고, 그녀에겐 나로 하여금 점차 다른 여자들을 정리할 수밖에 없게 만드는, 그녀의 의향에 따라 그녀가 필요로 하고 원하지만 요구하지는 않는 '관심'을 쏟기 시작할 수밖에 없게 만드는, 뭐라 말할 수 없는 자기중심적인 그런 분위기가 있었다.

난 관심을 기울이게 되었다.

나는 왜 미리 주의하지 않았을까? 여기서도 다시 한 번, 논리적 이유는 없다. 난 그녀가 논리적이라고 생각했다. 한동안은 그렇기도 했다. 그러다 그녀는 논리적이길 그만두었다. 그녀는 뭔가 내부적인 게 멈췄다고, 산부인과 의사가 한동안 피임약을 끊어보라 제안했다고 말했다. 그녀는 내게 정관수술을 권유했다. 나는 그 권유를 무시하는 쪽을 선택했다. 하지만 그녀와 자는 걸 멈추는 쪽은 선택하지 않았다.

내가 드니스와 조애나에게 전화해서 캐롤이 임신했다고 말했을 때, 둘은 한숨을 쉬었다. 둘이 애처롭다는 듯이 고개를 흔드는 모습이 눈에 선했다. 그들은 날 공공의 적이라 생각한다고 말하면서도 흡입기로 처치를 해줄 테니 캐롤한테 낙태센터로 오라고 전해 달라고 했다. 난 머뭇거리며 너무 진행돼서 흡입기로는 안 될 거라고 말했다. 조애나가 으르렁거렸다. "이 아무 생각도 없는 좆의 숙주야!" 그러고는 연결된 전화를 끊어버렸다. 그로부터 20분 동안 드니스가 날 책망했다. 드니스는 정관수술을 권하지 않았다. 대신에 박제사에게 의뢰해 치즈 강판으로 내 성기를 제거하는 방안을 제시하며 그 과정을 그림처럼 세세하게 묘사했다. 물론 마취는 없을 예정이었다.

하지만 둘은 소파술 기구들을 가지고 왔고, 티크목 식탁에 얇은 매트리스를 깔고 캐롤을 눕혔고, 그러고는 갔다. 조애나가 문간에서 잠시 멈추고는 이번이 자신이 참아줄 수 있는 마지막이라고, 마지막, 진짜 마지막이라고 말했다. 그것이 마지막이라고, 나는 그 말을 내 대가리에다 확고하게, 단단하게 박아넣었던가? 마지막이라고.

그리고 나는 지금 여기 하수구에 있다.

나는 캐롤이 어떻게 생겼는지 떠올려보려 했지만, 머릿속에 떠오르는 모습은 내 머리에 남은 '이번이 마지막이다'라는 생각의 반 만큼도 확실하지 않았다. 나는 숨어 있던 틈새에서 나갔다.

나를 따라왔던 젊고도 늙은 부랑자가 거기서 조용히 날 기다리고 있었다. 처음에는 그를 보지도 못했다. 왼쪽 모퉁이 너머 저 멀리 드럼통에서 타오르는 불이 비추는 아주 희미하게 밝은 색조의 어둠이 있을 뿐이었으니까. 하지만 나는 그가 거기 있다는 걸 알았다. 그도 내가 거기 있다는 걸 알았다. 내내 말이다. 그는 아무 말도 하지 않았고, 나도 아무 말 하지 않았다. 그러다 잠시 후에 그의 형체가 눈에 도드라졌다. 여전히 두 손을 주머니에 푹 찔러넣은 채였다.

"뭐야?" 나는 상당히 호전적으로 말했다.

그는 대답하지 않았다.

"비켜."

그가 나를 뚫어지게 쳐다보았다. 슬픈 시선이라고 생각했지만, 그건 말이 안 되지, 나는 생각했다. "괜히 다칠 일 만들지 마." 내가 말했다.

그가 여전히 나를 쳐다보면서 옆으로 비켜섰다.

나는 걸음을 옮겨 그를 지나치며 통로를 따라 내려갔다.

그는 따라오지 않았다. 그래도 나는 그에게서 시선을 떼지 않기 위해 뒷걸음질을 쳤고, 그도 내 눈과 마주친 시선을 거두지 않았다.

나는 걸음을 멈췄다. "원하는 게 뭐야?" 내가 물었다. "돈이 필요해?"

그가 나를 향해 다가왔다. 왜인지는 알 수 없지만 난 그가 무슨 짓을 할까 봐 무섭지는 않았다. 그가 나를 좀 더 분명하게, 더 가까이서 보고 싶어 한다고 나는 생각했다.

"넌 내가 필요한 걸 아무것도 줄 수 없어." 녹슨, 파인, 상처 입은, 쓰인 적 없는, 쓰기 힘든 목소리였다.

"그럼 왜 따라와?"

"왜 여기로 내려왔지?"

난 할 말이 생각나지 않았다.

"형씨가 여기 밑에 있어 봐야 좋을 일 없어. 우리끼리 내버려두고 다시 위로 돌아가지그래?"

"난 여기 있을 권리가 있어." 왜 내가 그런 말을 했을까?

"당신한테는 여기 내려올 권리가 없어. 당신이 있어야 할 위쪽으로 돌아가. 형씨가 잘못 생각한 거야."

그는 나를 해치려는 게 아니라 그냥 내가 여기 있는 걸 원치 않을 뿐이었다. 이런 추방자들한테도, 더는 추락할 수 없는 밑바닥 인생들한테도 맞지 않는다니. 여기에서도 나는 경멸을 받았다. 그는 두 손을 주머니에 푹 찔러넣은 채였다. "손을 빼. 천천히. 내가 돌아서면 네가 뭔가로 날 치려는 게 아닌지 확인해야겠어. 왜냐하면 난 돌아가는 게 아니라 저기로 내려갈 거니까. 자, 시키는 대로 해. 천천히. 조심스럽게."

그가 천천히 손을 주머니에서 빼서는 위로 처들었다. 그에게는 손이 없었다. 뭉텅 잘린 토막이 내가 맨홀을 통해 내려올 때 벽에서 나던 것처럼 희미한 녹색 빛을 발했다.

나는 돌아서서 그로부터 멀어졌다.

점점 따뜻해졌고, 벽에 덮인 인광을 발하는 녹색 진흙이 희미한 빛을 더했다. 도시 밑으로 더욱 깊게 파고들어 가는 터널을 따라 나는 아래로 내려갔다. 이곳은 고귀한 거리 선교단체들조차 모르는 땅이었고, 침묵과 공허가 휩쓴 땅이었다. 위와 아래와 옆이 돌로 막힌 이곳은 이름 없는 강을 저 깊은 곳으로 실어날랐다. 돌아갈 수 없다면, 나는 저 파멸한 자들처럼 이곳에 머물리라. 하지만 난 계속 걸었다. 때로 울음이 터졌지만 왜인지, 무얼 위해선지, 누구를 위해선지 알지 못했다. 분명 나를 위해서는 아니었다.

나보다 더 '모든 걸' 가진 사람이 있었던가? 영리한 언변, 잽싼 몸놀림, 피부에 착 달라붙는 부드러운 옷가지들, 그리고 사랑을 쏟을 곳들. 그게 사랑이었다는 걸 알기만 했더라면.

뭔가가 쥐 둥지를 덮치기라도 했는지 찍찍거리는 소리가 들렸고, 나는 녹색 빛 때문에 모든 것이 명암으로만 보이는 측면 터널로 이끌려갔다. 어릴 때 신발가게에 있던 기계를 들여다보는 것 같았다. 오랫동안 잊어버렸던 기억이었다. 엑스레이가 아이들 발에 해가 된다는 사실이 밝혀지기 전에는 신발가게마다 사람이 올라설 수 있는 커다란 기계가 있었다. 사람들이 새 신을 신은 발을 기계 안에 넣고 단추를 누르면 녹색 엑스선이 나와서 피부에 둘러싸인 뼈를 보여주었다. 녹색과 검은색. 빛은 녹색이었고 뼈는 검은색에 먼지가 좀 묻은 것 같았다. 오랫동안 잊어버렸던 기억이었는데, 측면 터널이 딱 그런 식으로 빛을 비추었다.

악어 한 마리가 새끼 쥐들을 찢어발기는 중이었다.

놈은 둥지에 침입해 무방비 상태인 더 어린 놈들을 찾으려고 찢기고 조각난 설치류 사체들을 이리저리 내던지며 무자비하게 먹어치우는 중이었다. 난 메스꺼우면서도 매혹된 채 그 자리에 서서 지켜보았다. 그때, 마침내 고통에 찬 찍찍 소리가 사라졌을 때, 티라노사우루스의 직계 후손인 그 거대한 도마뱀 속 동물은 먹이를 한 마리씩 텁텁 삼키고는 꼬리를 탕탕거리며 고개를 돌려 나를 노려보았다.

놈에게는 앞발이 없었다. 뭉텅 잘린 둥치가 벽처럼 희미한 녹색으로 빛났다.

내가 물러나 터널 벽에 바짝 붙자 악어가 배로 기면서 목줄을 끌고 지나쳐갔다. 가죽 갑옷을 두른 두꺼운 꼬리가 발목을 스치는 바람에 나는 몸이 바짝 굳었다.

놈의 눈이 종교재판의 고문자처럼 빨갛게 빛났다.

나는 비늘에 덮이고 발톱이 솟은 놈의 다리가 발밑의 검은 진흙에 깊은 발자국을 남기는 걸 지켜보았다. 나는 진흙에 남은 목줄 흔적으로 뚜렷하게 표시된 놈의 자취를, 그 짐승을 따라갔다.

프랜시스한테는 다섯 살 난 딸이 있었다. 어느 해엔가 어린 딸을 데리고 마이애미 해변으로 휴가를 갔다. 나도 거기 남쪽으로 날아가서 며칠 묵었다. 우리는 세미놀 족 마을에 갔는데, 나이 든 여자들이 미싱으로 재봉질을 하고 있었다. 나는 어쩐지 슬프다고 생각했다. 아마도 잃어버린 전통 같은 것들이… 모르겠다. 지금은 이름이 기억나지 않는 그 딸이 새끼악어를 사달라고 했다. 새끼악어는 귀여웠다. 우리는 공기구멍을 뚫은 골판지 상자에 새끼악어를 넣어 비행기에 실어 데려왔다. 한 달도 채 지나지 않아 그놈은 뭐든 덥석덥석 물어댈 정도로 커졌다. 이빨이 아주 길지는 않았지만, 그놈은 물었다. 그놈은 말하고 있었다. '나는 그런 존재가 될 거예요. 티라노사우루스의 직계 후손이니까.' 어느 날 밤, 사랑을 나눈 후에 프랜시스가 그놈을 변기에 넣고 물을 내렸다. 어린 딸은 옆방에서 자고 있었다. 다음 날 아침, 프랜시스는 아이에게 악어가 도망갔다고 말했다.

도시의 하수구에는 완전히 자란 악어들이 득실거린다. 온갖 예방 조치를 취하고, 총과 석궁과 화염방사기로 무장한 포획단을 동원해 습격해도, 그 터널에서 악어를 완전히 몰아낼 수는 없었다. 하수구에는 여전히 악어들이 창궐한다. 일꾼들은 조심해서 다녀야 한다. 나도 그랬다.

악어는 우아한 자태를 뽐내며 미끌미끌한 통로를 따라 쉼없이 움직이며 한 터널을 지나고 옆으로 이어진 다른 통로를 통과해 계속해서 아래로, 저 깊은 곳으로 꾸준하게 이동했다. 나는 목줄 자국을 따라갔다.

어느 웅덩이에 이르자 놈이 종교재판의 고문관 같은 시선을 목적지로 향한 채 기름 같은 물속으로 미끄러져 들어가 고약한 냄새가 나는 불결한 수면 위로 기다란 주둥이를 내밀었다.

나는 쇠막대를 한쪽 바짓가랑이에 밀어 넣고는 빠지지 않도록 혁대를 단단히 조인 후 물속으로 휘적휘적 걸어 들어갔다.

물이 목까지 차오르자 나는 엎드려 굽힐 수 있는 다리 하나를 사용하여 개헤엄을 치기 시작했다. 빛은 이제 아주 선명하고 예리한 녹색으로 빛났다.

그 도마뱀 속 짐승이 반대쪽 검은 진흙 물가로 나와 터널 벽에 난 틈새를 향해 기어갔다. 나도 물에서 기어나가 쇠막대를 뽑아 들고 뒤를 따랐다. 틈새 안은 캄캄했지만, 안으로 들어서면서 손으로 벽을 따라 더듬으니 문이 하나 걸렸다. 나는 놀라서 걸음을 멈추고는 어둠 속에서 문을 더듬었다. 위쪽이 아치형으로 막히고 걸쇠가 달린 철문. 희미하게 녹 냄새가 나는 둥글고 무거운 장식 단추들이 문에 박혔다.

나는 문 안으로 발을 들였고… 멈춰 섰다.

문에 뭔가 다른 게 있었다. 나는 발걸음을 돌려 열린 문을 다시 쓸어보았다. 가장자리가 깔쭉깔쭉한 새김 자국이 바로 손에 걸렸다. 나는 칠흑 같은 어둠 속에서 그게 뭔지 분간하려 애쓰며 손가락 끝으로 그 자국들을 더듬었다. 뭔가가 있어…. 나는 조심스럽게 손가락으로 그 자국들을 따라갔다.

글자였다. 𝕮. 손가락이 둥근 모서리를 따라갔다. 𝕽. 어떻게 했는지는 모르겠지만 철문에 새겼군. 𝕺. 여기에 왜 철문이 있는 거지? 𝕬. 새김 자국이 아주 오래된 것처럼 삭고 더껑이가 앉았어. 𝕿. 글자는 커다랗고 아주 규칙적이야. 𝕺. 무슨 의미지, 내가 아는 단어에는 이런 철자가 없어. 𝕬. 그리고 나는 마지막 글자에 이르렀다. 𝕹.

CROATOAN. 의미를 알 수 없다. 나는 잠시 그곳에 서서 그 단어가 어쩌면 공중위생 기술자들이 어떤 종류의 창고를 지칭할 때 쓰는 용어일지도 모르겠다고 결론을 내렸다. '크로아토안.' 말이 안 된다. 크로아티아도 아니고, 크로아토안이다. 뭔가가 기억 저편에서 아른거렸다. 전에 어디선가 저 단어를 들어본 적이 있어. 오래전에, 어디선가 들었어. 그 단어의 아련한 음조가 과거의 냄새에 실려 밀려왔다가는 어디론가 사라졌다. 하지만 그 단어가 어떤 의미인지는 전혀 떠오르지 않았다.

나는 다시 문간을 지났다.

이제는 악어가 끌고 다니는 목줄 흔적도 보이지 않았다. 나는 쇠막대를 쥐고 계속 걸었다.

놈들이 양쪽에서 다가오는 소리가 들렸다. 분명 악어 소리였다. 수가 많았다. 옆으로 난 통로들에서 나는 소리였다. 나는 걸음을 멈추고 터널 벽을 확인하기 위해 팔을 뻗었다. 닿지 않았다. 문으로 돌아가려고 방향을 틀고는 내가 왔던 길이라 생각되는 길로 서둘러 돌아왔지만, 문은 나오지 않았다. 나는 그냥 계속해서 걸었다. 갈라진 길을 따라오면서도 터널이 갈라진 걸 알아채지 못했거나 방향감각을 잃었던 것이리라. 그리고 뭔가가 기는 소리가 꾸준히 다가왔다.

그때 나는 처음으로 공포를 느꼈다! 안전하고 따뜻하게 나를 감싸 안았던 지하세계의 어둠이 주변에서 들리는 소리가 추가되자 순식간에 숨 막히는 수의(壽衣)가 되어버렸다. 마치 문득 눈을 뜨니 단단하게 다진 흙을 2미터나 이고 땅 밑 관

속에 누운 꼴이었다. 스스로가 두려워했기 때문에 언제나 그처럼 생생하게 묘사하곤 했던 에드거 앨런 포의 그 숨 막히는 공포… 산 채로 매장되는 공포. 더는 동굴이 편안하게 느껴지지 않았다.

나는 뛰기 시작했다!

나는 어디쯤에선가 내 무기이자 안전장치였던 쇠막대를 잃어버렸다.

나는 넘어져 얼굴을 검은 진흙에 처박았다.

나는 버둥거리며 일어나 앉았고, 계속 나아갔다. 벽도 없고 빛도 없고 약간의 틈이나 노출도 없고, 내가 세상에 있다는 느낌을 줄 만한 건 아무것도 없었다. 시작도 없고 끝도 없는 연옥을 질주하는 기분이었다.

마침내 기진맥진한 나는 미끄러지면서 넘어졌다. 잠시 그대로 누웠다. 사방에서 나를 향해 미끄러지는 소리가 들려 가까스로 몸을 추슬러 일어나 앉았다. 등이 어딘가 벽에 닿았다. 나는 감사의 신음소리를 내며 몸을 기댔다. 적어도 내겐 뭔가가 있다. 기대서 죽을 벽 하나가.

날 물어뜯을 이빨들을 기다리며 얼마나 거기 있었는지 모르겠다.

그러다 뭔가가 내 손을 만지는 게 느껴졌다. 나는 비명을 지르며 몸을 움츠렸다. 차갑고 건조하고 부드러웠다. 뱀이나 다른 양서류 동물들이 차갑고 건조하다는 사실을 떠올렸던가? 그걸 기억했던가? 나는 몸을 떨었다.

그러다 나는 빛을 보았다. 깜박거리는, 아주 약간씩 위아래로 까딱이는 불빛이 다가왔다.

그리고 불빛이 가까워지고 밝아지자 내 곁에 무엇이 있는지 보였다. 내 손을 만졌던 그 무언가. 그것이 한동안 나를 지켜보며 그곳에 있었던 것이다.

아이였다.

발가벗은, 죽은 것처럼 창백한, 커다랗고 빛나지만 무슨 막처럼 뿌연 투명한 껍질로 덮인 눈을 가진, 아주 어리고 머리카락이 없고 팔이 통상의 길이보다 짧은, 자주색과 진홍색 핏줄들이 양피지에 피로 그린 무늬처럼 민머리를 이리저리 가로지르는, 얕게 숨을 쉴 때마다 넓어지는 콧구멍과 엘프를 닮은 것처럼 살짝 기울어진 귀와 맨발바닥에 깔개를 댄 아이가 나를 뚫어지게 올려다보았다. 아이가 소리를 내려고 조그만 치아가 가득한 입을 열자 작은 혀가 보였지만, 아이는 아무 말도 하지 않고 나를, 여우원숭이 같은 대접눈에 그 세계의 경이를 담고서 나를 쳐다보았다. 빛이 뿌연 막 뒤에서 깜박거리며 맥동 쳤다. 아이였다.

그리고 가까이 다가오던 빛은 많은 불빛이 되었다. 횃불들. 저마다 악어를 탄 아이들이 높이 쳐든 횃불들.

도시 아래에는 또 다른 도시가 있다. 축축하고 어둡고 이상한 도시가.

아주 오래전에 그들의 영토로 통하는 입구에 누군가가 이

정표를 세웠다. 그 아이들은 아니다. 아이들이 그랬을 리는 없으니까. 책 한 권과 손 하나가 새겨진 썩은 통나무였다. 한때는 고급 벚나무였다. 책은 펼쳐져 있고, 그 책에 조각된 유일한 단어를 한 손가락이 가리킨다. 그 단어는 '크로아토안'이다.

1590년 8월 13일, 영국령 버지니아 식민지 주지사인 존 화이트는 고립된 노스캐롤라이나 로어노크 식민지 이주자들한테로 겨우 돌아갈 수 있었다. 식민지 정착민들이 보급품을 기다린 지 3년이나 됐지만, 정치적인 문제와 궂은 날씨와 스페인 함대 탓에 그간 보급이 불가능했다. 그들이 해변에 올랐을 때 연기 기둥이 보였다. 정착지가 있던 장소에 도착해보니 혹시 있을지도 모를 인디언들의 공격을 막기 위해 세운 성채는 여전했지만, 그들을 맞아주는 생명체의 흔적은 어디에도 없었다. 로어노크 식민지는 사라졌다. 남자와 여자와 아이가 모두 사라졌다. 오직 '크로아토안'이라는 단어만이 남았다. "입구 오른쪽에 있던 큰 나무 또는 나무기둥 하나의 껍질이 벗겨져 있었는데, 땅에서 1.5미터쯤 되는 지점에 선명한 대문자로 어떤 고민의 흔적이나 실수도 없이 '크로아토안'이라고 적혀 있었다."

'크로아토안'이라는 이름의 섬이 있기는 했지만, 사람들은 거기에도 없었다. 그곳에는 크로아탄이라고 불리는 해터러스 인디언의 한 부족이 살았는데, 사라진 정착지 사람들이 어디로 갔는지는 전혀 알지 못했다. 전설의 나머지라곤 버지니아

데일이라는 아이의 이야기와 사라진 로어노크 이주자들이 어떻게 됐을까에 관한 수수께끼뿐이었다.

여기 도시 밑에 아이들이 산다. 그들은 수월하게, 그리고 이상한 방식으로 산다. 나는 지금에서야 믿을 수 없는 그들 존재의 방식을 알아가는 중이다. 그들이 어떻게 먹는지, 무얼 먹는지, 어떻게 목숨을 부지해 가는지, 그리고 어떻게 수백 년 동안 부지해 왔는지, 나는 경이와 경이를 뛰어넘으며 매일매일 이 모든 것을 배워간다.

나는 이곳의 유일한 성인이다.

그들은 나를 기다렸다.

그들은 나를 아버지라 부른다.

랑게르한스섬 표류기:
북위 38° 54'
서경 77° 00' 13"에서

Adrift Just Off the Islets of Langerhans:
Latitude 38° 54' N, Longitude 77° 00' 13" W

1975년 휴고상 수상

1975년 로커스상 수상

어느 날 아침 불안한 꿈에서 깨어난 모비딕은 자신이 해초 침대 속에서 괴물 같은 에이허브로 변해버린 것을 알았다.

흠뻑 젖은 이불 속에서 차츰 기어 나온 그는 비틀거리며 부엌으로 들어가서 찻주전자에 물을 받았다. 눈 구석구석에 눈곱이 끼어 있었다. 그는 수도꼭지 밑에 머리를 들이밀고 쏟아지는 차가운 물을 뺨 위로 맞았다.

거실에는 죽은 병들이 널려 있었다. 기침약이 담긴 빈 병만 111병이었다. 그는 그 잔해를 헤치고 현관문으로 가서 문을 살짝 열었다. 햇빛이 그를 직격했다. "아이고야." 그는 중얼거리며 눈을 감은 채로 현관 앞에 놓인 신문을 집었다.

다시 어둠 속으로 돌아온 그는 신문을 펼쳤다. 1면 주요 기사는 "볼리비아 대사 살해당한 채로 발견"이었고, 특집 기사에는 뉴저지 시코커스의 어느 빈터에 버려진 냉장고 속에서 심하게 부패한 대사의 시체를 발견했다는 내용이 자세히 실렸다.

찻주전자가 삑 소리를 냈다.

그는 벌거벗은 채로 터벅터벅 부엌으로 걸어갔다. 수조 옆을 지나치다 보니 그 끔찍한 물고기가 아직 살아 있었고, 오늘 아침에는 큰어치새처럼 휘파람 소리를 내면서 더껑이 앉은 수면에 보글보글 자잘한 물거품을 올리고 있었다. 그는 수조 옆에 걸음을 멈추고 불을 켜서 빙글빙글 떠다니는 해조류 속을 들여다보았다. 그 물고기는 죽지를 않았다. 그 물고기는 수조 안에 있던 다른 물고기를 모조리 죽였다. 더 예쁜 물고기, 더 친근한 물고기, 더 활기 넘치던 물고기, 심지어는 더 크고 더 위험한 물고기들까지 하나씩 하나씩 죽여서 눈을 파먹었다. 이제 그 물고기는 그 쓸모없는 수조의 지배자가 되어 홀로 헤엄을 쳤다.

그는 그 물고기가 저절로 죽게 해보려고 했다. 아예 먹이를 주지 않는 노골적인 살해만 빼고 온갖 형태의 방치를 다 시도해보았다. 그러나 그 애벌레 같은 분홍색의 희끄무레한 악마는 어둡고 더러운 물속에서도 왕성하게 살아남았다.

이제 그 물고기는 큰어치새처럼 노래를 했다. 그는 그 물고기에 대해 끓어오르는 미움을 참을 수가 없을 지경이었다.

그는 플라스틱 용기에 든 알갱이를 털고, 전문가들이 조언한 대로 엄지와 집게손가락으로 비벼 갈았다. 어분, 어란, 곤이, 바다 새우, 하루살이 알, 귀리 가루, 노른자로 이루어진 색

색의 물고기밥 알갱이가 수면에 떠다니는 모양을 잠시 보고 있
으려니 가증스러운 물고기 얼굴이 수면 위로 뻐끔대며 밥을 집
어삼켰다. 그는 그 물고기를 저주하고 미워하며 몸을 돌렸다.
그 물고기는 죽지를 않았다. 그와 마찬가지로, 죽지 않았다.

　부엌에 들어가서 끓는 물 위로 몸을 굽히며 그는 처음으로
자신의 실제 상태를 이해했다. 아마도 제정신이 썩어가는 가
장자리와는 아직 멀겠지만, 수평선에서부터 바람을 타고 날아
오는 썩은 냄새를 맡을 수는 있었다. 썩은 고기 냄새와 그 고
기를 뜯어 먹는 놈들을 보며 눈을 굴리는 야생 짐승처럼, 그 냄
새만으로 매일 조금씩 광기에 이끌려가고 있었다.

　그는 찻주전자와 컵 하나, 티백 두 개를 들고 가서 식탁에 앉
았다. 재료를 섞는 동안 요리책을 편한 곳에 두기 위해 쓰는 플
라스틱 스탠드에 전날 저녁에 읽지 않고 내버려둔 마야 고문서
번역본이 펼쳐져 있었다. 그는 물을 붓고, 티백을 컵 안에 매달
고서 주의를 집중하려고 노력했다. 마야 다신전의 주신인 이
참나와 이참나가 주관하는 의약에 대한 참조 내용이 가물가물
해졌다. 오늘 아침, 이 끔찍한 아침에는 자살의 여신 익스타브
가 더 어울렸다. 읽으려고 해보았지만, 단어는 눈에 들어오되
뜻이 이해되지 않고 내용이 연결되지도 않았다. 그는 차를 마
시다가 저도 모르게 추위에 대해, 달의 일주에 대해 생각했다.
어깨너머로 부엌 시계를 돌아보니 7시 44분이었다.

　그는 식탁에서 일어나서 반쯤 든 찻잔을 들고 침실로 들어
갔다. 침대에 누워 있던 몸뚱이가 심란한 잠 속에서 남겨놓은

자국이 그대로 패어 있었다. 침대 머리판에는 그가 금속판에 박아놓은 수갑에 피 엉긴 털 무더기가 달라붙어 있었다. 그는 피부가 까진 손목을 문지르다가 왼쪽 팔뚝에 차를 약간 흘렸다. 신문에 난 볼리비아 대사가 혹시 지난달에 그가 해치운 사람이었을까 궁금했다.

책상 위에 손목시계가 놓여 있었다. 확인해보니 7시 46분이었다. 상담 서비스를 만나기까지 1시간 15분 정도가 남았다. 그는 욕실에 들어가서 샤워칸에 손을 뻗어, 가느다란 바늘 같은 찬물이 타일 벽을 때릴 때까지 손잡이를 돌렸다. 그리고 물이 흐르게 내버려둔 채 샴푸를 찾아 약장을 뒤졌다. 거울에는 깔끔하게 타이핑한 글귀 두 줄이 손가락 밴드로 붙어 있었다.

아들아, 네가 걷는 길은 가시밭길이다만,
네 잘못은 아니란다.*

로렌스 탈봇은 약장을 열고 친숙한 깊은 숲의 냄새가 나는 허브 샴푸 병을 꺼낸 후, 상황을 체념하고 몸을 돌려 샤워칸으로 들어갔다. 북극의 얼음이 담긴 무자비한 찬물이 고통에 시달리는 그의 몸을 때렸다.

* 늑대인간 영화의 고전으로 2010년에 리메이크되기도 한 〈울프맨(1941)〉에 나오는 대사. 로렌스 탈봇 또는 래리 탈봇은 〈울프맨〉의 주인공 이름이다.

*

티시만 공항 센터 빌딩 1544호는 남자 화장실이었다. 그는 남자 화장실이라는 표시가 붙은 문 맞은편 벽에 기대어 서서 재킷 안주머니에 든 봉투를 꺼냈다. 종이질은 좋았고, 엄지손가락으로 윗면을 열고 안에 든 한 장짜리 편지를 꺼내자 봉투가 바스락거렸다. 정확한 주소, 정확한 층수, 정확한 호수였다. 그러나 1544호실은 남자 화장실이었다. 탈봇은 몸을 돌리려 했다. 잔인한 농담이었고, 그는 이 상황에나 자신이 처한 현재 환경에 대해서나 웃을 수가 없었다.

그는 엘리베이터를 향해 한 걸음을 디뎠다.

그때 남자 화장실 문이 희미하게 빛나더니, 겨울의 앞유리 창처럼 뿌옇게 흐려졌다가 형태를 바꿨다. 문에 달린 표지판이 변했다. 이제는 이렇게 적혀 있었다.

정보 제휴처

1544호실이 맞았다. 포브스 지에 실린 애매하지만 신중한 광고에 반응하여 보낸 탈봇의 편지 문의에 대한 응답으로, 질 좋은 종이에 초대장을 써보낸 상담 서비스를 하는 곳.

그는 문을 열고 안으로 들어갔다. 티크나무 접수처에 앉은 여자가 미소를 지었고, 그의 시선은 미소와 함께 생긴 보조개와 책상 아래로 꼰 매끈하고 훌륭한 다리 사이를 오갔다. "탈봇 씨?"

그는 고개를 끄덕였다. "로렌스 탈봇입니다."

그 여자는 다시 미소 지었다. "데메테르 씨께서 즉시 만나실 겁니다. 마실 것이라도 드릴까요? 커피나 탄산음료라도?"

탈봇은 저도 모르게 재킷 안주머니에 든 봉투 위를 건드렸다. "아니, 괜찮습니다."

여자가 일어서서 안쪽 사무실 문을 향해 걸어가자 탈봇은 말했다. "누군가가 당신 책상에 대고 볼일을 보려고 할 때는 어떻게 합니까?" 호감을 살 마음은 없었다. 그는 짜증이 나 있었다. 여자는 고개를 돌려 그를 가만히 응시했다. 그 침묵으로만 대답했다.

"데메테르 씨는 바로 안에 계십니다."

여자는 문을 열고 옆에 섰다. 탈봇은 그 곁을 지나치며 미모사 향기를 맡았다.

안쪽 사무실은 배타적인 신사 클럽의 독서실처럼 꾸며져 있었다. 예전 부유층 느낌이랄까. 깊은 정적, 색이 짙은 무거운 목재, 좁은 배관 공간과 어쩌면 전기도관을 가리는, 방음 타일이 붙은 낮은 천장, 주황색과 적갈색으로 발목까지 삼키는 푹신한 양탄자까지. 한쪽 벽만 한 창문으로는 건물 바깥에 놓인 도시가 아니라 하와이 오아후 섬 코코헤드의 하나우마 베이 전경이 비쳤다. 깨끗한 아쿠아마린 빛깔의 파도가 물결치는 뱀들처럼 밀려왔다. 코브라처럼 하얀 물마루를 얹고 일어났다가, 독사떼처럼 불타는 노란 해변을 덮쳤다. 그것은 창문이 아니었다. 그 사무실에는 창문이 없었다. 그것은 사진이었다. 투사체도 홀로그램도 아닌 강렬하고 진짜 같은 사진. 아예 다른 장소를 내다보는 벽이었다. 탈봇은 이국의 꽃들에 대해 아는 게 없었지만, 그 해변 가장자리에 자라난 뾰족한 잎사귀의 키 큰 나무들이 공룡들이 돌아다니기도 전 지구의 석탄기를 그린 책에 나오는 식물들과 똑같으리라 확신했다. 지금 탈봇이 보고 있는 풍경은 아주 오래전에 사라진 풍경이었다.

"탈봇 씨. 찾아와 주셔서 반갑습니다. 존 데메테르입니다."

그는 윙백 의자에서 일어나서 손을 내밀었다. 탈봇은 그 손을 잡았다. 손아귀가 단단하고 서늘했다. "앉으시겠습니까. 마실 거라도 드릴까요? 커피, 아니면 탄산음료라든가?" 데메테르의 말에 탈봇은 고개를 저었다. 데메테르는 접수 담당자에게 가보라는 뜻으로 고개를 끄덕였다. 접수 담당은 단호하고 차분하고 조용하게 문을 닫고 나갔다.

탈봇은 윙백 의자 맞은편 자리에 앉으면서 데메테르를 찬찬히 평가해 보았다. 데메테르는 50대 초반이었고, 숱 많고 풍성한 머리카락이 회색 파도를 이루어 이마를 덮고 있었다. 손대지 않은 머리가 분명했다. 눈은 투명한 파란색이었고, 이목구비는 균형 잡혔고 쾌활해 보였으며, 입은 크고 꾸밈없었다. 데메테르는 단정했다. 짙은 갈색 정장은 맞춤 재단이었고 아무렇게나 걸려있던 옷이 아니었다. 편하게 앉아서 다리를 꼬자 정강이까지 올라가는 딱 붙는 검은 양말이 보였다. 신발은 반질반질하게 윤이 났다.

"바깥 사무실 문이 매력적이더군요." 탈봇이 말했다.

"제 문에 관해 이야기를 나눌 건가요?" 데메테르가 물었다.

"그러고 싶으시다면 또 몰라도, 제가 찾아온 이유는 그게 아닙니다."

"저도 그 이야기를 하고 싶진 않습니다. 그러니 탈봇 씨의 문제에 대해 논해보죠."

"여기에서 내신 광고요. 흥미가 동했습니다."

데메테르는 안심하라는 듯한 미소를 지었다. "적절한 용어를 쓰기 위해 카피라이터 네 명이 아주 열심히 일했지요."

"그 광고는 사업을 소개했습니다."

"딱 맞는 종류의 사업이지요."

"전문 투자자들에게 적합하게 쓰셨더군요. 속을 잘 드러내지 않았지요. 보수적인 포트폴리오, 화려하지도 않고, 안정적인 등반가들. 현명한 늙은 부엉이들 말입니다."

데메테르는 손가락을 마주 대고 세우며 고개를 끄덕였다. 이해심 많은 삼촌처럼. "바로 핵심으로 들어가시는군요, 탈봇 씨. 현명한 늙은 부엉이들, 맞습니다."

"제겐 정보가 필요합니다. 특별한 특정 정보가요. 이 서비스는 얼마나 비밀 보장이 됩니까, 데메테르 씨?"

친근한 삼촌이자 현명한 늙은 부엉이이며 사람을 안심시키는 사업가는 그 질문에서 편집된 내용을 모두 이해하고 몇 번이나 고개를 끄덕이다가, 미소 지으며 말했다. "제 사무실 문이 기발하지 않던가요? 전적으로 그 생각이 맞습니다, 탈봇 씨."

"절제된 웅변이로군요."

"그 문이 우리 고객들에게 질문보다는 답을 더 드렸으면 합니다."

탈봇은 데메테르의 사무실에 들어선 이후 처음으로 의자에 등을 기댔다. "그건 받아들일 수 있겠군요."

"좋습니다. 그렇다면 구체적인 내용으로 들어갈까요. 탈봇 씨는 죽는 데 어려움을 겪고 계십니다. 제가 상황을 간결하게 전달하고 있나요?"

"살살 해주시죠, 데메테르 씨."

"언제든지요."

"그래요. 핵심을 지적하셨습니다."

"그렇지만 탈봇 씨에게는 문제가 있지요. 상당히 이례적인 문제가요."

"내부 사정입니다."

데메테르는 일어서서 방 안을 돌아다니며 책장에 놓인 아스트롤라베, 사이드보드 테이블에 놓인 컷글라스 디캔터, 나무 기둥에 묶인 런던 타임스 뭉치를 건드렸다. "저희는 정보 전문가일 뿐입니다, 탈봇 씨. 탈봇 씨에게 필요한 정보를 알려 드릴 수는 있지만, 그 결과는 탈봇 씨 몫이에요."

"방법만 있다면, 그 방법을 이행하는 데에는 아무 문제도 없을 겁니다."

"따로 마련해두신 자산이 있나 보군요."

"약간은요."

"보수적인 포트폴리오? 화려하지도 않고 안정적인 등반가?"

"정곡입니다, 데메테르 씨."

데메테르가 돌아와서 다시 앉았다. "그렇다면 좋습니다. 시간을 내어 원하시는 바를 아주 조심스럽고 정확하게 적어주신다면, 탈봇 씨의 문제를 해결하는 데 필요한 자료를 드릴 수 있을 겁니다. 보내주신 편지로 대충은 알지만, 계약을 위해서 정확한 내용이 있어야 해요."

"대가는요?"

"우선 탈봇 씨가 뭘 원하시는지부터 정합시다. 좋습니까?"

탈봇은 고개를 끄덕였다. 데메테르는 손을 뻗어 윙백 의자 옆의 흡연식 스탠드에 붙은 호출 버튼을 눌렀다. 문이 열렸다. "수잔, 탈봇 씨를 내실로 안내하고 필기구를 제공해 주세요." 여자는 미소 짓더니 비켜서서 탈봇이 따라오기를 기다렸다. "그리고 탈봇 씨가 원한다면 마실 것도 갖다 드려요…. 커피라든가? 탄산음료라든가?" 탈봇은 그 제안에 답하지 않았다.

"용어를 제대로 구사하려면 시간이 걸릴지도 몰라요. 당신네 카피라이터들처럼 열심히 일해야 할지도 모릅니다. 시간이 꽤 걸릴지도 모르니, 집에 갔다가 내일 가져오겠습니다."

데메테르는 난감한 표정이었다. "그건 불편할 수도 있겠는데요. 그래서 생각을 하실 수 있는 조용한 장소를 제공해 드리는 겁니다."

"제가 여기에서 당장 착수하는 게 더 좋다는 거군요."

"내부 사정입니다, 탈봇 씨."

"내일 다시 오면 여기가 화장실일 수도 있다?"

"정곡입니다."

"갑시다, 수잔. 혹시 있다면 오렌지 주스 한 잔 갖다 줘요."
그는 먼저 문밖으로 나갔다.

그는 수잔을 따라 접수실 반대편 복도를 걸어갔다. 아까는
보지 못했던 복도였다. 수잔은 어느 문 앞에 멈춰 서서 열어
보였다. 작은 방에 고풍스러운 접이식 책상과 편안한 의자가
있었다. 배경음악을 들을 수 있었다. "오렌지 주스 갖다 드릴
게요." 수잔이 말했다.

그는 들어가서 앉았고, 긴 시간이 흐른 후 종이에 여섯 마
디를 적었다.

두 달 후, 일련의 말 없는 전령들이 살펴봐야 할 계약서 초
고를 가져오고, 또 와서 수정하러 가져가고, 대안을 가지고 또
찾아오고, 또 와서 더 수정된 계약서를 가져가고, 마침내 데
메테르가 서명한 최종본을 가지고 다시 와서 탈봇이 살펴보고
서명하기를 기다려서 돌아가기까지 두 달이 지난 후에, 마지
막으로 무언의 전령이 지도를 가져왔다. 그는 같은 날에 '정보
제휴처'에 지급할 대가를 최종 납입했다. 주니 족이 특별히 키
운 옥수수 열다섯 화차 분에 얼마만 한 가치가 있는지에 대한
의문은 진작에 접었다.

이틀 후, 뉴욕타임스 안쪽 페이지 작은 칸에 앨버커키 근처 지선에서 농작물이 실린 화차 열다섯 차량이 사라져버렸다는 소식이 실렸다. 공식 수사가 시작되었다.

그 지도는 아주 구체적이고 아주 세세했다. 정확해 보였다.

그는 《그레이 해부학》을 읽으며 며칠을 보내다가, 데메테르와 그 조직이 놀라운 수수료를 받아갈 만한 가치가 있었다는 만족감이 들자 전화를 한 통 걸었다. 장거리 교환원은 그를 교환대로 넘겼고, 그는 그 여자에게 정보를 준 후 잡음 심한 연결이 이루어지기를 기다렸다. 그리고 부다페스트 쪽에 전화가 스무 번 울릴 때까지 내버려두기를 고집했다. 그쪽의 남자 교환원이 통화당 허용하는 횟수의 두 배였다. 그리고 스물한 번째 전화벨이 울리자 상대편이 받았다. 기적처럼 배경 소음이 잦아들고 빅터의 목소리가 방 저편에서처럼 명료하게 들렸다.

"네! 여보세요!" 언제나처럼 성미 급하고 부루퉁하게.

"빅터…, 래리 탤봇이야."

"어디에서 거는 거야?"

"미국. 어떻게 지내?"

"바빠. 원하는 게 뭐야?"

"프로젝트가 하나 있어. 너와 네 연구소를 고용하고 싶어."

"관둬. 내 프로젝트가 막바지에 다다라서 지금은 다른 데 신경 쓸 수가 없어."

곧 끊겠다는 의지가 목소리에 배어 나왔다. 탤봇은 급히 말을 잘랐다. "얼마나 걸릴까?"

"뭐가?"

"시간이 날 때까지."

"앞으로 6개월은 더 걸려. 상황이 안 좋으면 8개월에서 10개월까지. 말했잖아, 관둬, 래리. 난 도움이 안 돼."

"대화라도 해보자고."

"안돼."

"빅터, 내가 잘못 알고 있는 게 아니라면 나에게 빚진 게 있었지?"

"이렇게 오래 지나서 빚을 갚으라는 거야?"

"빚은 세월이 지날수록 무르익는 법이지."

긴 정적이 흘렀다. 전화선으로 먹먹한 무음만 들렸다. 탈봇은 쓰지도 않은 요금이 날아가는 소리를 듣고 있었다. 어느 시점에는 상대방이 수화기를 내려놓았다고 생각하기도 했다. 그러다가 마침내. "좋아, 래리. 얘기나 하지. 하지만 네가 내 쪽으로 와야 해. 비행기를 타기엔 내 사정이 복잡해."

"좋아. 나야 자유 시간이 있으니까." 그는 한 박자 쉬고 덧붙였다. "시간만 넘치지."

"보름달 이후에 봐, 래리." 아주 구체적인 지시였다.

"물론이지. 이번 달 30일에, 예전에 마지막으로 만났던 장소에서, 같은 시간에 봐. 기억하나?"

"기억해. 괜찮을 거야."

"고마워, 빅터. 잊지 않을게."

대답이 없었다.

탈봇의 목소리가 부드러워졌다. "아버지는 어떠셔?"

"잘 지내, 래리." 그는 그렇게 대답하고 끊었다.

그들은 그달 30일, 달이 뜨지 않은 한밤중에, 부다와 페스트 사이를 왕복하는 시체 운반선에서 만났다. 딱 맞는 밤이었다. 베오그라드에서부터 몰려온 싸늘한 안개가 다뉴브 강에 고동치는 커튼을 쳤다.

그들은 싸구려 나무 관들에 둘러싸여 악수한 후, 잠시 어색하게 머뭇거리다가 형제처럼 포옹했다. 탈봇의 긴장된 미소는 사그라지는 등불 빛과 배의 야간항행등만으로는 거의 알아볼 수도 없었다. "좋아, 말해버려. 그래야 다음 공격이 언제 떨어지나 걱정하지 않지."

빅터는 씩 웃더니 불길하게 중얼거렸다.

"마음이 순수한 자나,

밤마다 기도를 드리는 자라 할지라도

울프베인*이 피어나고

가을 달이 밝게 빛나면 늑대가 될 수 있나니."

탈봇은 얼굴을 찌푸렸다. "뭐라고 말하든 같은 소리지."

"여전히 밤에 기도를 드려?"

"그 망할 것이 살펴보지 않는다는 걸 알고 그만뒀어."

* 바곳, 늑대꽃이라고도 부른다.

"어이. 억지 운율에 대해 논하려고 폐렴을 무릅쓰고 만난 건 아니잖아."

탈봇의 얼굴에 새겨진 피로의 주름이 기쁨 없는 패턴으로 자리를 잡았다. "빅터, 네 도움이 필요해."

"듣기는 할게, 래리. 그 이상은 장담 못 해."

탈봇은 그 경고를 신중하게 고려해보고 말했다. "석 달 전에 난 포브스라는 경제지에 실린 광고에 답을 했어. '정보 제휴처'라는 곳이었지. 빈틈없는 표현을 써서 아주 조심스럽게, 작은 광고칸에 실었더군. 읽는 방법을 아는 사람이 아니라면 눈에 띄지 않게 말이야. 시시콜콜한 내용으로 네 시간을 빼앗진 않겠지만, 그 후에 이어진 일은 이래. 난 그 광고에 답을 했고, 내 문제를 에둘러서, 그렇지만 아예 이해 못 하진 않게 전했어. 중요한 재산에 대해 모호한 말을 써가면서 말이야. 난 희망을 품었지. 이번에는 그 희망이 적중했어. 그쪽에선 만나자는 편지를 보내왔어. 이번에도 틀린 길일지 모른다고 생각했지… 그런 사기꾼은 넘치도록 많았으니까."

빅터는 소브라니 블랙앤골드 한 개비에 불을 붙여서 자극적인 연기 냄새를 안개 속에 흘려보냈다. "그래도 찾아갔군."

"갔어. 기이한 복장에, 세련된 보안 장치… 그자들이 어디에서 왔는지… 언제에서 왔는지 모르겠다는 느낌이 강하게 들더군."

빅터의 눈빛에 갑자기 흥미가 확 돌았다. "언제인지 모르겠다고? 시간 여행자야?"

"모르겠어."

"내가 그런 걸 계속 기다렸다는 거 알지. 그건 필연이야. 그리고 시간 여행자는 결국 알려지게 되어 있어."

빅터는 생각에 잠겨서 침묵에 빠져들었다. 탈봇은 재빨리 그를 상념에서 끌어냈다. "나는 몰라, 빅터. 정말 몰라. 하지만 지금 내 관심사는 그게 아니야."

"아. 그렇지. 미안해, 래리. 계속해. 그자들과 만났는데…."

"데메테르라는 남자였어. 그 이름에 뭔가 단서가 있을지도 모른다 싶었지. 당시에 그런 생각을 한 건 아니야. 데메테르라는 이름, 오래전 클리블랜드에 그런 이름의 화초 전문가가 한 명 있긴 했는데, 나중에 찾아봤더니 데메테르는 그리스 신화에서 대지의 여신이더라고…. 관계가 없어. 적어도 난 그렇게 생각해.

우린 대화를 했어. 그 남자는 내 문제를 이해했고 내 의뢰를 받아들이겠다고 했어. 하지만 내가 뭘 요구하는지 구체적으로 적어달라고 했지. 계약을 위해서는 구체적으로 적어야 했어. 그 남자가 어떻게 그 계약을 집행할지는 모를 일이지만, 분명히 할 수 있다고 봐…. 그 남자에겐 창문이 하나 있었는데 말이야, 빅터, 그 창으로는 뭐가 보이냐면…."

빅터는 엄지와 중지로 담배를 빙빙 돌리더니, 피처럼 검은 다뉴브 강에 던져넣었다. "래리, 너 중언부언하고 있어."

탈봇은 말문이 턱 막혔다. 빅터 말대로였다. "난 네게 의지하고 있어, 빅터. 아무래도 이 일 때문에 평소의 냉정함을 잃었나 봐."

"알았어, 진정해. 나머지를 들어보고 나서 생각하자고. 긴장 풀어."

탈봇은 고개를 끄덕였고 고마움을 느꼈다. "난 의뢰의 성격을 글로 적었어. 여섯 마디밖에 되지 않았지." 그는 탑코트 주머니에 손을 넣어 접어둔 종이를 꺼냈다. 그가 그 종이를 건네자, 빅터는 흐릿한 등불 빛 속에서 종이를 펴서 읽었다.

'내 영혼이 있는 장소의 지리적 좌표'

빅터는 내용을 이해한 후에도 오랫동안 거기 적힌 글자를 들여다보았다. 그 종이를 탈봇에게 돌려줬을 때 빅터의 얼굴에는 새로운, 전보다 생기 어린 표정이 떠올라 있었다. "넌 절대 포기하지 않을 거야. 그렇지, 래리?"

"너희 아버지는 포기했어?"

"아니." 탈봇이 빅터라고 부르는 남자의 얼굴에 크나큰 슬픔이 스쳐 지나갔다. 그는 한 박자 쉬고 나서 엄격하게 덧붙였다. "그리고 포기하지 않은 덕분에 16년 동안 긴장증으로 누워 계시지." 그는 침묵에 빠졌다가, 한참 만에 부드럽게 말했다. "포기할 때를 알아서 나쁠 건 없어, 래리. 절대 나쁠 게 없어. 때로는 그냥 내버려두기도 해야 돼."

탈봇은 재미있다는 듯 조용히 코웃음을 쳤다. "너야 그렇게 말하기 쉽지, 친구. 넌 죽을 테니까."

"그건 불공평한 말이야, 래리."

"그렇다면 날 좀 도와줘, 젠장! 이제껏 어느 때보다도 이 모든 것에서 빠져나갈 길이 가까워졌어. 이제 네가 필요해. 네겐 전문 기술이 있잖아."

"3M이나 랜드나 제너럴 다이내믹스는 타진해 봤어? 그쪽에도 훌륭한 사람들이 있어."

"이 개새끼야."

"알았어. 미안해. 잠시 생각 좀 하자."

시체 수송선은 안개에 둘러싸여 보이지 않는 강을 조용히 가로질렀다. 뱃사공 카론도, 망각의 강 스틱스도 없는 그저 공공 서비스였다. 끝내지 못한 문장, 다하지 못한 심부름, 깨닫지 못한 꿈을 실은 쓰레기 배였다. 지금 대화하고 있는 이 두 명만 예외일 뿐, 이 배의 화물 관리인은 결정도 포기도 뒤에 남겨두고 왔다.

그러다가 빅터가 조용히, 거의 혼잣말하듯이 말했다. "초소형 원격지시장치로 할 수도 있겠지. 직접 초소형화 기술을 통하든가 감지기, 원격 조종기, 유도/조종/추진 하드웨어가 담긴 자동제어장치 꾸러미를 줄여서… 식염수를 써서 그걸 혈류에 주입하는 거야. 널 '러시아 수면'*으로 재우고 아니면 아니면 네가 거기 있는 것처럼 그 장치를 감지하거나 조종하게 감각 신경에 접근하는 거지…. 의식의 시점 전환이랄까."

---

* 1940년대 말에 러시아 죄수들을 상대로 실험했다는 괴담에서 유래

탈봇은 기대감을 품고 빅터를 쳐다보았다.

"아니, 잊어버려. 안될 거야."

빅터는 그렇게 내뱉고 계속 생각을 했다. 탈봇은 빅터의 재킷 주머니에 손을 넣어 소브라니 담뱃갑을 꺼냈다. 한 개비 불을 붙이고 가만히 서서 기다렸다. 빅터와는 언제나 이런 식이었다. 빅터는 분석의 미궁 속을 천천히 누벼야만 했다.

"생물 공학으로 될지도 몰라. 맞춤식으로 만든 미생물이나 벌레 같은 걸… 주입하고… 텔레파시 링크를 확립하는 거지. 아니야. 결점이 너무 많아. 자아/통제 충돌이 일어날 거야. 인식 장애도 있을 테고. 다중 시점을 위해서 군체 생명체를 주입할 수도….〞잠시 멈췄다가. "아니야. 소용없어."

탈봇은 담배를 빨고, 신비로운 동유럽의 연기를 폐 속에 휘감았다.

"어디까지나 논의를 위해… 자아(에고)와 원초아(이드)가 정자마다 어느 정도씩 존재한다고 해보자고. 정자는 모험심이 넘쳤어. 세포 하나에 의식을 키워서 임무에 내보내길… 관두자, 이건 형이상학적인 헛소리야. 아, 젠장 젠장 젠장… 시간과 생각이 필요해, 래리. 가봐. 내가 생각 좀 하게 놔두고 가. 내가 다시 연락할게."

탈봇은 소브라니 담배를 난간에 비벼 끄고 마지막 연기를 내뱉었다. "알았어, 빅터. 해볼 만큼 흥미는 있다고 받아들일게."

"난 과학자야, 래리. 그건 내가 중독자라는 뜻이야. 여기 낚이지 않는다면 내가 멍청이겠지. 이건 내 아버지에게… 내 아버지가 바란 것과 직접 통하는 건데….”

“이해해. 혼자 있게 해줄게. 기다릴게.”

그들은 말없이 배 위에 서 있었다. 한 명은 해결책을 생각하고, 한 명은 문젯거리들을 생각하면서. 그리고 헤어질 때는 포옹을 하고 헤어졌다.

탈봇은 다음 날 아침에 비행기를 타고 돌아가서 보름달의 밤들이 지나도록 기다렸다. 기도는 하지 않는 편이 낫다는 것을 알고 있었다. 기도는 물을 흐릴 뿐이고, 신들의 성질을 건드렸다.

전화가 울렸을 때, 수화기를 들면서 탈봇은 그게 무슨 전화일지 알고 있었다. 두 달이 넘도록 전화가 울릴 때마다 그랬다. “탈봇 씨? 웨스턴 유니온입니다. 체코슬로바키아 몰도바에서 온 해외 전보가 있습니다.”

“읽어주시겠습니까.”

“아주 짧습니다. 내용은 ‘즉시 올 것. 길은 표시해뒀음.’ 서명은 ‘빅터’로 되어 있군요.”

그는 한 시간도 지나지 않아서 출발했다. 부다페스트에서 돌아온 후 줄곧 자가용 제트기의 연료 탱크를 정기적으로 채우고, 비행 계획을 입력해서 준비해두고 있었다. 72일 전부터 싸둔 여행 가방이 문 옆에서 기다리고 있었고, 비자와 여권은 갱신해서 편리하게 안주머니에 넣어두었다. 탈봇이 떠나자 아파트는 한동안 그가 떠나고 남긴 메아리로 진동했다.

비행은 끝없이 이어지는 것 같았다. 너무 오래 걸렸다.

세관에서는, 정부에서 발행한 최고급 허가증(모두 명품 수준의 위조였다)에 뇌물까지 더했는데도 콧수염을 기른 옹졸한 공무원 3인조가 가학적으로 시간을 끄는 것 같았다. 그들은 보안 명목으로 순간적인 권력을 한껏 즐기고 있었다.

육로 시설들은 그저 느리다고만 부를 수 없는 수준이었다. 마치 몸이 풀릴 때까지는 뛰지 못하고, 몸이 풀리고 나면 너무 물렁물렁해져서 뛰지 못하는 '당밀 인간'을 연상시킨달까.

케케묵은 관광차가 탈봇의 목적지에 몇 킬로미터 떨어진 곳까지 접근하자 예상대로, 싸구려 고딕 소설에서 가장 서스펜스 넘치는 챕터처럼 산맥에서 사나운 전기 폭풍이 분출했다. 전기 폭풍은 가파른 산길을 뚫고 솟아올라, 무덤처럼 시커멓게 하늘을 날더니 모든 것을 흐릿하게 만들며 길을 휩쓸었다.

말투를 들어서는 세르비아인이 분명한 말수 적은 운전사는 운전대에 양손을 정확히 고정한 채, 로데오 기수 같은 집요함을 발휘하여 차를 길 중앙으로 몰았다.

"탈봇 씨."

"예?"

"심해집니다. 돌아갈까요?"

"얼마나 남았습니까?"

"7킬로미터쯤요."

전조등이 딱 길가에서 그들을 향해 쓰러지는 작은 나무가 뿌리 뽑히는 순간을 비췄다. 운전사는 운전대를 빙그르르 돌리고 가속을 밟았다. 맹렬히 달려가는 차 덮개를 나뭇가지가 긁고 지나가면서 칠판을 손톱으로 긁는 소리가 났다. 탈봇은 저도 모르게 숨을 참고 있었다. 어차피 죽을 수 없는 몸이건만, 그런 위험한 순간에는 그 사실을 망각하고 말았다.

"난 저기로 가야 해요."

"그렇다면 계속 가죠. 안심하십쇼."

탈봇은 의자에 몸을 기댔다. 백미러로 세르비아인의 미소를 볼 수 있었다. 그는 안심하고 창밖을 내다보았다. 갈라진 번개 가지들이 어둠을 찢고, 주위 풍경에 불길하고 불안한 형태를 빚어냈다.

마침내 도착했다.

연구소는 어울리지 않게 현대적인 정육면체로, 바퀴 자국 팬 길에서 한참 위에 앉아 있었다. 흐릿하게 돌출한 불길한 현무암을 배경으로 새하얀 건물이 두드러졌다. 그들은 몇 시간째 꾸준히 올라가고 있었고, 이제는 최적의 순간을 기다리는 포식동물처럼 카르파티아 산맥이 사방을 에워쌌다.

운전사는 연구소까지 이어지는 도로의 마지막 2킬로미터 남짓 거리를 힘겹게 올랐다. 흙과 나뭇가지 가득한 시커먼 물이 차 옆으로 콸콸 흘렀다.

빅터는 그를 기다리고 있었다. 그는 인사도 대충 하고 동료에게 서류가방을 맡기더니 서둘러 탈봇을 데리고 지하 1층 현장으로 내려갔다. 그곳에서는 기술자 여섯 명이 거대한 제어반들과 선이 가득한 천장 아래 당김줄로 매달아 놓은 거대한 유리판 사이를 오가며 분주하게 맡은 일을 수행하고 있었다.

기대감이 가득한 분위기였다. 탈봇은 기술자들이 그에게 던지는 짧고 날카로운 시선에서, 빅터가 그의 팔을 잡고 움직이는 방식에서, 사람들이 들끓는 괴상하게 생긴 기계장치들의 경주마 같은 묘한 준비태세에서 그 조짐을 감지할 수 있었다. 그리고 빅터의 태도를 통해 이 연구소에서 뭔가 새롭고 경이로운 일이 일어나려 한다는 것을 느꼈다. 어쩌면 이 하얀 타일 방에서 마침내… 너무나 끔찍하고 컴컴하게 오랜 시간을 지나… 평화가 그를 기다리는지도 몰랐다. 빅터는 그야말로 터뜨리듯 말을 쏟아냈다.

"마지막 조정 중이야." 빅터는 유리판을 마주 보는 양쪽 벽에 놓인 비슷한 기계 한 쌍에서 작업 중인 여자 기술자 두 명을 가리켰다. 탈봇의 눈에는 그 기계가 디자인이 아주 복잡한 레이저 프로젝터처럼 보였다. 두 여성은 조용한 전자음이 웅웅대는 기계를 짐벌대 위에서 왼쪽 오른쪽으로 천천히 옮기고 있었다. 빅터는 탈봇이 오랫동안 그 기계를 살펴보게 내버려두었다가 말했다. "레이저(laser)가 아니야. 그레이저(graser)야. 방사선 유도방출에 의한 감마선(gamma ray) 증폭*이지. 주목해. 저게 네 문제에 대한 해답의 핵심 절반은 차지하니까."

---

* 레이저는 '방사선 유도방출에 의한 빛의 증폭'의 머리글자

두 기술자는 유리판을 통해 방 건너편을 겨냥하더니, 서로에게 고개를 끄덕였다. 그리고 둘 중에서 더 나이가 많은, 오십 대의 여성이 빅터에게 외쳤다.

"연결됐습니다, 박사님."

빅터는 알았다는 뜻으로 손을 흔들고 탈봇을 돌아보았다. "더 일찍 준비하려고 했는데, 이 망할 폭풍 때문에 말이야. 폭풍이 일주일이나 이어졌어. 우리 일을 방해한 건 아니지만 주변압기에 번개가 쳤지 뭐야. 며칠 동안 전력 비상이었고 전부 다시 최대치로 끌어올리는 데 시간이 좀 걸렸어."

탈봇 오른쪽 통로벽에 문이 열렸다. 문은 아주 무거워서 힘에 겹다는 듯 천천히 돌아갔다. 문에 붙은 노란색의 에나멜 판에는 굵은 검은색 글씨로 프랑스어가 적혀 있었다. 내용은 '여기에서부터는 대인 감시 장치가 필요합니다.' 천천히 돌아가던 문이 마침내 다 열리자 탈봇은 반대편에 적힌 경고판을 보았다:

> 주의
> 방사선 구역

그 문구 아래에 팔이 셋 달린 삼각형의 디자인이 있었다. 그는 성부와 성자와 성신을 생각했다. 합리적인 이유도 없이.

그러다가 아래 표지판을 보고 합리적인 이유를 찾아냈다.

〈이 문을 30초 이상 열려면 보안 검색이 필요함〉

탈봇의 관심은 그 문과 빅터가 한 말 양쪽으로 나뉘었다.
"폭풍에 대해 걱정하는 모양이군."

빅터가 대답했다. "걱정은 아니야. 조심하는 거지. 폭풍이
실험을 방해할 일은 없어. 또 직격을 맞는다면 모르겠는데, 특
별 예방책도 세웠으니 그럴 것 같진 않고…. 하지만 촬영 도중
에 전력이 나가는 위험을 감수하고 싶진 않군."

"촬영?"

"다 설명해줄게. 아니, 꼭 설명해야지. 그래야 네 꼬맹이가
그 지식을 갖고 있겠지." 빅터는 탈봇이 겪는 혼란을 알아보
고 미소 지었다. "걱정하지 마." 문밖으로 나온 실험복 차림
의 나이 든 여성이 탈봇 바로 뒤 오른쪽에 서서 기다리고 있
었다. 그들의 대화가 끝나서 빅터에게 말을 걸 수 있기를 기
다리는 게 분명했다.

빅터는 그 여자에게 시선을 돌렸다. "뭐죠, 나디아?"

탈봇은 그 여자를 쳐다보았다. 배 속에 산성비가 쏟아지
기 시작했다.

"어제 높은 수평 불안정성을 일으킨 원인을 찾는 데 상당
한 노력을 기울였습니다." 그 여자는 단조롭고 조용하게 말했
다. 구체적인 상황 보고의 한 페이지 같았다. "교환 빔 파열이
효율적인 추출을 막았습니다." 적어도 80세. 회색 눈이 간장
색으로 쪼글쪼글하게 주름진 살 속 깊이 패었다. "몇 군데 수
리하기 위해 오후에는 가속기를 껐습니다." 여자는 지치고
쇠약하고 구부정한 데다 뼈가 너무 많이 튀어나왔다. "C48의

슈퍼 핑어* 진공실 부품을 교체했습니다. 진공 누출이 있었더군요." 탈봇은 극도의 고통에 사로잡혔다. 기억이 날뛰는 군단처럼 밀려오고, 시커먼 개미떼가 두뇌 속에서 부드럽고 약하고 접힌 부분은 모조리 물어뜯는 느낌이었다. "밤샘 중에 빔시간을 2시간 낭비했는데, 전달 구역 안에 달린 새 진공 밸브의 솔레노이드 고장 때문입니다."

"어머니···?" 탈봇은 쉰 목소리로 속삭였다.

나이 든 여자는 화들짝 놀라더니 고개를 돌리고 가라앉은 잿더미 같은 눈을 크게 떴다. "빅터." 그 여자의 목소리에는 공포가 깃들어 있었다.

탈봇은 움직일 수가 없었지만, 빅터가 그의 팔을 잡고 지탱했다. "고마워요, 나디아. 표적지 B로 내려가서 2차 빔을 기록해요. 당장 가요."

그 여자는 발을 절며 두 사람 옆을 지나치더니, 멀리 떨어진 벽에 난 문을 통과하여 순식간에 사라졌다. 나디아보다 젊은 여자가 문을 잡아주고 있었다.

탈봇은 눈물이 고인 채 그 모습을 지켜보았다. "오 세상에, 빅터. 그건···."

"아니야, 래리. 아니었어."

"맞잖아. 신에게 맹세코, 맞았어! 하지만 어떻게, 빅터? 어떻게 된 거야?"

---

* 초음파 발사기

빅터는 그를 돌려세우고 빈손으로 그의 턱을 들어 올렸다. "날 봐, 래리. 젠장, 날 보라니까. 사실이 아니야. 네가 잘못 봤어."

로렌스 탈봇이 마지막으로 울었을 때는 자다가 깨어났는데 미니애폴리스 미술관 옆 식물원의 수국 덤불 아래 누워 있었고, 그 옆에 움직이지 않는 피투성이 물체가 있었던 아침이었다. 손톱에는 살점과 흙과 피가 달라붙어 있었다. 그때 그는 수갑에 대해 배우고, 어떤 의식 상태에서는 수갑을 풀고 다른 상태에서는 풀지 않는 법을 익혔다. 지금 그는 다시 울고 싶었다. 이유도 있었다.

"여기에서 잠시만 기다려." 빅터가 말했다. "래리? 여기에서 잠시만 기다려줄래? 바로 돌아올게."

그가 외면한 채로 고개를 끄덕이자, 빅터가 움직였다. 고통스러운 기억들이 요란하게 몰려드는 가운데 가만히 서 있으려니 방 저편 벽에서 문이 살짝 열리고 또 다른 하얀 실험복 차림의 기술자가 머리를 내밀었다. 열린 문틈으로 거대한 방 안에 든 거대한 기계를 볼 수 있었다. 티타늄 전극들. 스테인리스 스틸 윈뿔들. 그는 그 기계를 알아볼 것 같았다. 콕크로프트-월턴의 선가속기(pre-accelerator)였다.

빅터는 우윳빛 액체가 담긴 유리잔을 들고 돌아와서 탈봇에게 건넸다.

"빅터…." 멀리 떨어진 문간에서 기술자가 외쳤다.

"마셔." 빅터는 탈봇에게 말하고 나서 기술자를 돌아보았다.

"작동 준비됐습니다."

빅터는 손을 흔들었다. "10분만 줘요, 칼. 그런 다음에 1단계로 올리고 신호를 줘요." 기술자는 알겠다는 듯 고개를 끄덕이고 문 안쪽으로 사라졌다. 벽에 난 문이 미끄러지듯 닫히면서 눈길을 끌던 방 안의 기계장비를 감췄다. "그리고 저게 네 문제에 대한 신비롭고도 마법적인 해결책 나머지 절반의 일부였어." 빅터는 자랑스러워하는 아버지처럼 미소 지으며 말했다.

"내가 마신 건 뭐야?"

"널 안정시켜줄 물질. 네가 환각을 보게 놔둘 순 없어."

"환각을 본 게 아니야. 그 여자 이름이 뭐였지?"

"나디아. 네가 틀렸어. 넌 그 사람을 평생 한 번도 본 적이 없어. 내가 언제 거짓말한 적 있어? 우리가 언제부터 알고 지낸 사이지? 이 일을 끝까지 해내려면 네 믿음이 필요해."

"난 괜찮을 거야." 우윳빛 액체가 벌써 작용하기 시작했다. 탈봇의 얼굴에서 홍조가 사라지고, 두 손의 떨림이 멈췄다.

빅터는 갑자기 샛길로 빠질 시간이 없는 과학자답게 근엄해졌다. 전해야 할 정보가 있는 것이다. "좋아. 잠시 이렇게 엄청난 시간을 들여서 준비했는데 그게 다…, 흠." 그는 얼른 다시 미소를 지었다. "이렇게 표현해볼까. 잠시 아무도 내 파티에 오지 않는 건가 했어."

탈봇은 짧게 긴장한 웃음소리를 내고 빅터를 따라 한쪽 구석에 층층이 쌓인 틀에 박힌 텔레비전 모니터 더미로 향했다. "좋아, 브리핑을 해주지." 빅터는 모니터를 하나씩 하나씩 켰다. 열두 개 모니터가 빛을 발하며 각각 마무리가 덜 끝난 거대한 설비들을 비췄다.

모니터 1번에는 하얗게 칠해진 끝도 없이 긴 지하 터널이 보였다. 탈봇은 두 달 동안 기다리면서 독서를 많이 했다. 그래서 그 터널이 주 회로를 "똑바로" 내려다본 풍경이라는 것을 알아보았다. 흐릿한 조명 속에서 충격방지 콘크리트 받침대에 든 거대한 흰 자석들이 희미하게 빛을 발했다.

모니터 2번에는 선형가속기 터널이 보였다.

모니터 3번에는 콕크로프트-월턴 선가속기의 정류기 더미가 보였다.

모니터 4번에는 부스터가 보였다. 모니터 5번에는 전달 구역 내부가 보였다. 모니터 6번부터 9번까지는 실험용 표적 영역 세 곳과, 범위와 규모는 그보다 작지만 중간자와 중성자와 양성자 영역을 지원하는 내부 표적 영역이 보였다.

나머지 모니터 세 개는 지하 실험장의 연구 영역을 비췄고, 마지막 한 개는 탈봇이 서서 열두 개 모니터를 들여다보고 있는 메인 홀 자체를 비췄다. 탈봇이 들여다보는 열두 개 모니터 중 열두 번째 스크린으로 탈봇이 열두 번째 모니터를 들여다보는 모습이 비추고….

빅터가 모니터들을 껐다.

"뭘 봤어?"

탈봇은 나디아라고 했던 나이 든 여자밖에 생각할 수 없었다. 그럴 리가 없는데도. "래리! 뭘 봤냐고."

"내가 본 건… 입가 가속기처럼 보였어. 그것도 제네바에 있는 CERN의 양성자 싱크로트론만큼 큰 가속기."

빅터는 감탄했다. "자료를 제대로 읽어오긴 했군."

"그게 내 의무였잖아."

"흠, 흠. 내가 널 감탄시킬 수 있을지 한 번 볼까. CERN의 가속기는 33BeV까지 달해. 이 방 아래 링은 15GeV까지 달하고."

"GeV는 10억을 의미하는 기가볼트지."

"제대로 읽었군! 그러니까 150억 전자볼트야. 너에겐 비밀로 할 수 있는 게 없네. 안 그래, 래리?"

"딱 하나 있지."

빅터는 질문하라는 듯 기다렸다.

"할 수 있어?"

"그래. 기상학에 따르면 폭풍의 눈이 곧 우리 위를 지나가. 한 시간쯤이 생길 텐데, 그만하면 실험의 위험한 부분을 해결하기엔 충분한 시간이지."

"하지만 할 수 있다는 거지."

"그래, 래리. 난 두 번씩 말하는 게 싫어." 빅터의 목소리에는 망설임이 없었다. 전에는 언제나 들었던 "그래, 하지만" 식의 얼버무림이 없었다. 빅터가 길을 찾은 것이다.

"미안해, 빅터. 불안해서 그래. 하지만 준비가 다 됐다면 난 왜 세뇌를 거쳐야 하는 거야?"

빅터는 쓴웃음을 짓더니 낭송조로 말했다. "그대들의 마법

사로서, 이 몸은 상부 성층권으로의 위험하고 기술적으로 설명도 불가능한 여행에 착수하려 하네. 동료 마법사들과 상의하고 대화하고 어울리기 위해서지."*

탈봇은 두 손을 들어 올렸다. "그만해도 돼."

"좋아, 그럼. 잘 들어. 난 필요 없는 일은 안 해. 내 말 믿어. 나에게 내가 강의하는 소리를 듣는 것보다 더 지겨운 일은 없어. 하지만 네 꼬맹이는 네가 가진 자료를 다 가지고 있어야 해. 그러니까 잘 들어. 이제 지겹지만 대단히 유익한 설명을 시작하지."

서유럽의 CERN(Conseil Européen pour la Recherche Nucléaire, 유럽 입자 물리학 연구소)은 거대한 기계를 둘 장소로 제네바를 선택했다. 네덜란드가 그 자리를 놓친 것은 저지대 음식이 형편없다는 사실이 널리 알려진 탓이었다. 사소해 보이지만 중요한 요소였다.

동유럽 연합의 CEERN(동유럽 입자 물리학 연구소)는 (루마니아의 클루지나포카, 헝가리의 부다페스트, 폴란드의 그단스크 같은 좀 더 그럴싸하고 쾌적한 후보지를 제치고) 이 하얀 카르파티아 산맥 높은 곳의 외딴 장소에 정착할 수밖에 없었는데, 탈봇의 친구 빅터가 이 장소를 고른 탓이었다. CERN에는 달과 위데뢰와 고워드와 아담스와 라이히가 있었고, CEERN에

* 《오즈의 마법사》의 일부분

는 빅터가 있었다. 균형이 맞았다. 빅터는 모든 일을 결정할 수 있었다.

그래서 연구소는 공들여 빅터의 사양대로 지어졌고, CEERN의 입자 가속기는 CERN의 기계도 왜소해 보일 정도로 컸다. 일리노이 주 바타비아의 페르미 국립 가속기 연구소에 있는 6.2킬로미터짜리 링도 왜소해 보일 정도였다. 사실상 그것은 세상에서 가장 크고 가장 발전한 "싱크로파소트론"*이었다.

하지만, 지하 연구소에서 벌어지는 실험 중 70퍼센트만 CEERN이 후원하는 프로젝트에 충실했다. 빅터의 연구소 직원들은 100퍼센트 빅터에게 헌신했다. CEERN이나 동유럽연합이나 물리학이나 어떤 신조가 아니라… 빅터라는 사람에게 개인적으로. 그래서 지름 25킬로미터짜리 가속기 링에서 돌리는 실험의 30퍼센트는 빅터 마음대로였다. CEERN이 알아내기도 어려울 테지만, 그들은 안다 해도 아무 말도 하지 않았을 것이다. 천재의 과실을 70퍼센트 받는 것이 없는 것보다 나을 테니까.

빅터의 연구가 기본 입자 구조의 성질에 대한 첨단 이론적 돌파구를 현실화하는 방향에 쏠려 있음을 진작 알았더라면, 탈봇은 자신의 문제에 몇 년씩 매달리며 모든 것을 약속하고 아무것도 가져다주지 못한 사기꾼과 실패자들에게 시간을 낭비하지 않았을 것이다. 하지만 '정보 제휴처'가 길을 표

---

* 블라디미르 벡슬러가 설계, 건설한 싱크로트론 기반의 양성자 입자가속기 이름

시해주기 전까지는 빅터의 진기한 재능이 필요할 일이 없었다. 탈봇은 앞서 모든 방향을 다 따라가 보았으나, 그림자와 실체가 뒤섞이고 현실이 환상과 합쳐진 그 예기치 않은 길만은 가보지 않았다.

CEERN이 자기네 천재 덕분에 가속기 경주에서 앞서나간다는 지식에 안주해서 따뜻함을 누리는 동안, 빅터는 제일 오래된 친구에게 어떤 방법으로 죽음의 평화를 선사할 수 있는지 브리핑하고 있었다. 로렌스 탈봇이 영혼을 찾는 방법. 로렌스 탈봇이 자기 몸속으로 정확하게 들어갈 방법을 말이다.

"네 문제의 해답은 두 부분으로 이루어져 있어. 첫째, 우리는 너의 완벽한 복제품을 만들어야 해. 십만, 아니면 백만 분의 일 정도로 작은 복제품을 말이야. 둘째, 그다음에는 그 복제품을 현실화해야 해. 이미지를 육체적이고 물질적인 뭔가로 바꾸는 거지. 존재하는 뭔가로. 네가 가진 모든 것, 모든 기억과 지식을 다 갖춘 실제 그대로의 축소 모형으로 말이야."

탈봇은 아주 느긋한 기분이었다. 우윳빛 액체가 그의 기억 속에서 마구 휘도는 물을 잔잔하게 만들어 놓았다. 그는 미소 지으며 말했다. "어려운 문제가 아니었다니 다행이네."

빅터는 유감스럽다는 얼굴이었다. "다음 주면 내가 증기 엔진을 발명하겠지. 진지하게 들어, 래리."

"네가 먹인 레테 강물 때문이야."

빅터의 입매에 힘이 들어갔고 탈봇은 정신을 차려야 한다는 것을 알았다. "미안, 계속해."

빅터는 잠시 멈칫하고는, 요동치는 죄책감을 안은 채 진지하게 말을 이었다. "첫 번째 부분은 우리가 발명한 그레이저를 써서 해결할 거야. 원자의 전자가 아니라 원자핵에서 발생시킨 파동… 레이저의 백만 배는 짧고, 해상도는 더 큰 파동을 써서 네 홀로그램을 쏠 거야." 빅터는 실험실 중앙에 걸린 거대한 유리판 쪽으로 걸어갔다. 유리판 중심에 그레이저가 겨눠져 있었다. "이리 와봐."

탈봇은 그 뒤를 따라갔다.

"이게 홀로그램 판이야? 그냥 사진 유리판이잖아?"

"이게 아니야." 빅터는 3미터짜리 정사각형 유리판을 건드리며 말했다. "이거지!" 빅터가 유리 중앙의 한 점에 손가락을 대자 탈봇은 몸을 내밀고 그 점을 보았다. 처음에는 아무것도 보이지 않았다가, 희미하게 잔물결 같은 것이 보였다. 그리고 그 일그러진 부분에 최대한 얼굴을 가까이 대자 얇은 실크 스카프 같은 물결무늬가 보였다. 그는 빅터를 다시 보았다.

"초소형 홀로그램 판이야. 집적 칩보다 더 작아. 바로 여기에 네 영혼을 백만 분의 일로 줄여서 잡을 거야. 세포 하나 정도 크기지. 적혈구 세포 정도."

탈봇은 키득거렸다.

빅터는 진력을 내며 말했다. "관두자. 너 너무 많이 마셨어. 내 잘못이야. 쇼를 시작하자. 준비가 다 될 때쯤엔 너도 제정신이 들겠지…. 네 꼬맹이는 바보 같지 않길 빌 뿐이다."

그들은 벌거벗은 탈봇을 기초 사진판 앞에 세웠다. 여자 기술자 둘 중에 나이 많은 쪽이 그에게 그레이저를 겨누자 탈봇이 듣기에 기계가 제 위치에 맞아들어가는 것 같은 부드러운 소리가 나더니, 빅터가 말했다. "좋아, 래리. 됐어."

그는 뭔가 더 있을 줄 알고 그들을 쳐다보았다.

"이게 끝이야?"

기술자들은 그의 반응에 아주 즐거워하고 재미있어하는 눈치였다. "다 됐어." 빅터가 말했다. 그렇게나 빨랐다. 그레이저가 그를 때리고 이미지를 가두는 것을 보지도 못했는데.

"이게 끝이야?" 그는 다시 물었다.

빅터가 웃기 시작했다. 웃음소리가 실험실 전체에 퍼져나갔다. 기술자들은 장비에 매달려 있었고, 빅터의 뺨에는 눈물이 흘렀으며, 모두가 숨을 못 쉬고 헐떡거렸다. 그리고 탈봇은 유리에 생긴 아주 작은 일그러짐 앞에 서서 바보가 된 기분이었다.

"이게 끝이라고?" 그는 무력하게 한 번 더 말했다.

한참이 지나서야 다들 눈물을 닦았고, 빅터는 그를 데리고 거대한 유리판에서 멀어졌다. "다 됐어, 래리. 이제 가자고. 춥나?"

탈봇의 맨살에는 닭살이 고르게 돋아 있었다. 기술자 한 명이 입을 만한 긴 셔츠를 가져왔다. 그는 가만히 서서 지켜보았다. 확실히 그는 이제 관심의 중심이 아니었다.

이제는 교차 그레이저와 유리에 난 홀로그램 판 물결이 관심의 초점이었다. 이제 느슨해졌던 분위기는 지나가고 연구소 직원들의 얼굴에 진지하게 집중하는 표정이 돌아왔다. 이제 빅터는 인터콤 헤드셋을 쓰고 있었고, 탈봇은 빅터의 목소리를 들었다. "좋아, 칼. 전출력으로 올려."

거의 즉시 연구소 안에 발전기들이 출력을 올리는 소리가 가득 찼다. 그 소리는 고통스러울 정도로 컸고 탈봇은 이가 아팠다. 징징거리는 소리는 점점 높아지다가 탈봇의 청력 범위를 넘어갔다.

빅터는 유리판 뒤 그레이저를 맡은 젊은 쪽 여자 기술자에게 수신호를 보냈다. 그녀는 재빨리 프로젝터의 조준 장치에 몸을 숙이더니 작동시켰다. 탈봇은 광선을 보지 못했건만, 아까 들었던 것과 같은 고정음이 들리더니 부드럽게 웅웅거리는 소리와 함께 몇 분 전에 탈봇이 서 있었던 자리 허공에 벌거벗은 그의 실물 크기 홀로그램이 흔들렸다. 그는 의문을 담아 빅터를 쳐다보았다. 빅터가 고개를 끄덕이자 탈봇은 그 환영에게 걸어가서 손을 통과시켜 보고, 가까이 서서 투명한 갈색 눈을 들여다보고, 코에 난 넓은 구멍에 주목하고, 평생 어떤 거울로 가능했던 것보다 더 자세히 자신을 관찰했다. 마치 누군가가 그의 무덤 위를 걸어간 듯한 느낌이었다.

빅터는 남자 기술자 세 명과 이야기를 하고 있었는데, 다음 순간 홀로그램을 조사하러 왔다. 그들은 그 유령 이미지의 정교함과 명료함을 측정할 수 있는 듯한 노출계와 감지장치를 들고 왔다. 탈봇은 매료되면서도 겁을 먹고 그 모습을 지켜보았다. 그는 인생의 대여행을 떠나기 직전이었다. 많이 원했던 목적지로, 끝으로 가는 여행.

기술자 한 명이 빅터에게 신호를 보냈다.

"깨끗해." 그는 탈봇에게 말하고, 두 번째 그레이저 프로젝
터를 맡은 젊은 여자 기술자에게 말했다. "좋아, 제이나, 이동
시켜." 기술자가 엔진을 켜자 프로젝터 장치 전체가 무거운 고
무바퀴를 돌리며 굴러 나왔다. 그녀가 프로젝터를 끄자 벌거
벗은 채 노출된 탈봇의 이미지가 사라졌다. 탈봇은 그 이미지
가 아침 안개처럼 스러지는 모습을 보니 조금 슬펐다.

빅터가 말하고 있었다. "좋아, 칼. 이제 받침대를 옮긴다.
구경을 좁히고, 내 신호를 기다려." 그러고는 탈봇에게도 말
했다. "이제 네 꼬맹이가 나와, 친구."

탈봇은 부활하는 감각을 느꼈다.

나이 많은 여자 기술자가 1.2미터 높이의 스테인레스 스틸
받침대를 실험실 중앙으로 굴려가더니, 받침대 위에 놓인 아
주 작고 반질반질한 축이 유리에 간 희미한 잔물결 바로 밑을
건드리도록 배치했다. 진짜 테스트를 위한 현실화 무대처럼
보였고, 실제로 그랬다. 사람 크기만 한 홀로그램은 이미지가
완벽한지 확인하기 위한 전단계 테스트였다. 이제 로렌스 탈
봇의 의식과 지성과 기억과 욕망을 똑같이 지닌 세포 하나만
한 벌거벗은 로렌스 탈봇을 실제로 만들어내야 했다.

"준비됐나, 칼?" 빅터가 말했다.

탈봇은 대답하는 소리를 듣지 못했지만, 빅터는 들었다는
듯이 고개를 끄덕이고 말했다. "좋아, 빔 추출!"

그 과정이 너무 빨리 벌어져서, 탈봇은 대부분을 놓쳤다.

마이크로파이온 빔은 프로톤(양성자)보다 백만 배는 작고, 쿼크 입자보다도 작으며, 뮤온이나 파이온보다 더 작은 입자로 구성되어 있었다. 빅터가 마이크로파이온이라고 이름 붙였다. 벽에 틈이 열리고 빔이 갈라져서 홀로그램 잔물결을 통과하고는 틈이 다시 닫히면서 끊어졌다.

그 과정에 1초의 10억분의 1밖에 걸리지 않았다.

"됐어." 빅터가 말했다.

"난 아무것도 안 보이는데." 탈봇은 말하고 나서 이 사람들에게 그게 얼마나 멍청하게 들릴지 알아차렸다. 물론 아무것도 보이지 않았다. 볼 것이 없었다… 맨눈으로는. "그게… 거기 있어?"

"네가 있는 거지." 빅터가 말하더니 보호 구획 안 장비 벽장 앞에 서 있던 남자 기술자 한 명에게 손짓했다. 그 남자는 서둘러 가느다란 반사현미경을 들고 왔다. 그 남자가 탈봇은 따라갈 수도 없는 방식으로 받침대 위 작은 바늘 끝 같은 축에 반사경을 맞추고 물러나자, 빅터가 말했다. "네 문제 해결의 두 번째 부분이 풀렸어, 래리. 가서 직접 봐."

탈봇은 현미경에 다가가서 축 표면이 보일 때까지 손잡이를 돌렸고, 엄청나게 작아진 완벽한 그 자신이

그 자신을 올려다보았다.
그가 볼 수 있는 것이라곤 하늘을 점령한 매끄러운 유리 위성

에서 아래를 내려다보는 거대한 갈색 눈 하나뿐이었는데도, 그는 자기 자신을 알아보았다.

그는 손을 흔들었다. 눈이 껌벅거렸다.

'이제 시작이군.' 그는 생각했다.

로렌스 탈봇은 로렌스 탈봇의 배꼽에 해당하는 거대한 구덩이 가장자리에 서 있었다. 그는 탯줄 뿌리가 쪼그라들면서 남긴 고리와 돌기들이 만든 바닥 없는 구멍 속을 내려다보았다. 그는 내려가려고 균형을 잡고 서서 자신의 몸 냄새를 맡았다. 첫 번째는 땀 냄새였다. 그다음에는 더 안에서 퍼져나오는 냄새가 났다. 썩은 이로 은박지를 깨무는 것 같은 페니실린 냄새. 칠판지우개를 팡팡 털 때 콧속을 간질이는 분필 가루 같은 아스피린 냄새. 소화되어 폐기물로 변하는 중인 썩은 음식 냄새. 그 모든 냄새가 어두운 색채들로 이루어진 야생의 교향곡처럼 피어올랐다.

그는 배꼽의 둥그런 테두리에 앉아서 몸을 앞으로 미끄러뜨렸다.

그는 미끄러져 내려가다가 튀어나온 부분을 건너뛰어서 몇 십 센티쯤 떨어진 다음, 다시 미끄러져서 어둠 속으로 급락했다. 그는 잠시 떨어지다가 부드럽고 유연한, 배꼽이 묶였던 자리에 남은 탄력 있는 조직면을 타고 올라갔다. 갑자기 눈부신 빛이 배꼽 안을 채우면서 구멍 바닥의 어둠이 부서졌다. 탈봇은 눈을 가리고 하늘을 올려다보았다. 천 개의 신성보다 더 눈부신 태양이 빛나고 있었다. 빅터가 그를 돕기 위해 구멍 위에 수술등을 옮긴 것이다. 할 수 있는 한 도우려고.

탈봇은 그 빛 뒤에서 움직이는 커다란 그림자를 보고 그게 뭔지 파악하려고 애를 썼다. 그게 무엇인지 아는 게 중요할 것 같았다. 그리고 한순간, 눈을 감기 전에 그는 무엇인지 알았다고 생각했다. 누군가가 벌거벗은 채로 마취되어 수술대 위에 누운 로렌스 탈봇의 몸 위에 매달린 수술등 너머로 그를 지켜보고 있었다.

그 늙은 여자, 나디아였다.

그는 그 여자에 대해 생각하면서 한참 동안 움직이지 않고 서 있었다.

그러다가 무릎을 꿇고, 배꼽 구덩이 바닥을 이루는 조직면을 더듬었다.

얼음 아래를 흐르는 물처럼, 그 표면 아래에서 움직이는 뭔가를 볼 수 있을 것 같았다. 그는 엎드려서 두 손으로 눈 주위를 감싸고 그 죽은 살에 얼굴을 댔다. 마치 반투명한 운모를 통해 보는 것 같았다. 진동하는 막 너머로 퇴축 배꼽 혈관의 무너진 내강(內腔)을 볼 수 있었다. 여기는 열린 곳이 아니었다. 고무 같은 표면에 손바닥을 대고 누르자 들어가기는 했지만, 살짝밖에 움직이지 않았다. 보물을 찾으려면 우선 데메테르가 준 지도 경로를 따라가야 했고(지금은 확고하고 영구하게 기억에 새겨두었다) 그 경로에 발을 들이려면 그 전에 자신의 몸 안에 들어가기부터 해야 했다.

하지만 그 입구를 열 방법이 없었다.

자기 몸으로 들어가는 입구에 들어가지 못하고 서 있으려니, 분노가 솟구쳤다. 로렌스 탈봇의 삶은 고통과 죄책감과 공포였고, 스스로가 통제하지 못하는 사건들로 황폐해진 결과물이었다. 펜타그램과 보름달과 피와 단백질 함유량이 높은 식단 때문에 지방이 조금도 붙지 않는 몸, 어떤 평범한 성인 남성보다 더 건강한 혈류 스테로이드, 균형 잡히고 활발한 트리글리세롤과 콜레스테롤 수준. 그리고 영원히 낯설기만 한 죽음. 분노가 넘쳐흘렀다. 제대로 말이 되어 나오지 않는 고통의 신음소리가 작게 들렸고, 그는 달려들어서 전에도 그런 행위에 많이 써먹었던 치아로 수축한 탯줄 흔적을 찢기 시작했다. 핏빛 아지랑이 속에서도 그는 자기가 자기 몸을 공격하고 있다는 사실을 알았고, 그것은 딱 알맞은 자해 행동 같았다.

아웃사이더였다. 그는 성인이 되고 평생을 아웃사이더로 살았다. 그리고 격노가 치솟으니 더는 그렇게 차단당할 수 없었다. 악마적인 목적성을 갖고 살덩어리를 찢어발기다 보니 마침내 막이 뚫리고 들어갈 틈이 열렸다….

그리고 그는 폭발하는 빛에, 쇄도하는 바람에, 살 표면 바로 밑에서 풀려나고자 발버둥 치던 뭔가가 튀어나오는 흐름에 눈이 멀었다. 그는 의식 불명에 빠지기 직전에 카스타네다가 쓴 책에서 돈 후앙이 한 말이 진실임을 알았다.* 터진 혈관에

* 《돈 후앙의 가르침》은 중남미 환각성 약초 사용을 조사하러 간 인류학자가 돈 후앙이라는 야키 족 주술사를 만나 가르침을 얻는 내용으로, 당대 베스트셀러였다. 이 대목은 책에 나오는 초월 체험과 마력에 대한 묘사를 가리킨다.

서 하얀 거미줄 같은 섬유 다발이, 금빛으로 물든 가느다란 빛의 섬유가 두껍게 뭉친 다발이 튀어나오더니 배꼽 구멍 위로 솟아올라 진동하면서 살균된 하늘로 날아가 버렸다.

탈봇이 눈을 감고 무의식 속으로 가라앉는 동안 초자연적이고 원래는 눈에 보이지 않을 콩나무 줄기는 올라가고 올라가고 올라갔다.

그는 허탈된 내강 속을, 양막 주머니에서부터 태아에게까지 혈관으로 이어졌던 경로 중심에 남은 공간을 엎드려 기었다. 정찰 보병이 위험 지역을 통과할 때와 같은 방식으로 팔꿈치와 무릎을 쓰며 개구리처럼 기어서 전진, 납작해진 터널을 머리로 열어가며 겨우겨우 통과했다. 로렌스 탈봇이라고 불리는 세상 안은 꽤 밝았다. 금빛 광채가 가득했다.

지도에 따르면 그는 이 짓눌린 터널을 빠져나가 하대정맥에서 우심방을 거쳐 우심실, 폐동맥을 통과하고 판막을 통과하여 폐와 폐정맥을 거친 후 심장 왼쪽(좌심방, 좌심실)과 대동맥으로 건너갔다가, 대동맥 판막 위에 있는 세 개의 관상동맥을 우회하여, 대동맥 아치 위로 내려가서, 경동맥과 다른 동맥들을 우회하고, 복강동맥으로 가야 했다. 그곳에서 동맥들이 혼란스럽게 갈라져 나갔는데, 위샘창자동맥은 위로, 간동맥은 간으로, 비장동맥은 비장으로 향했다. 그리고 그곳, 횡격막 본체로 가는 배동맥에서 굵은 췌관을 지나 췌장으로 떨어질 것이다. 그리고 그곳 랑게르한스섬*에서 '정보 제휴처'가

준 좌표로 가서, 아주 오래전 공포의 보름달 밤에 빼앗겼던 것을 찾으리라. 그것을 찾으면, 은탄환에 맞아서 육체적으로만 죽는 게 아니라 영원한 잠에 빠질 확신을 찾아내고 나면 자신의 심장을 멈출 테고(방법은 모르지만 어쨌든 그렇게 할 것이다) 그러면 로렌스 탈봇은, 그가 이해하는 로렌스 탈봇이라는 존재는 끝날 것이다. 그곳에, 비장 동맥에서 피를 공급받는 췌장 끄트머리에 세상에서 제일 큰 보물이 있다. 스페인 금화보다도, 향신료와 비단보다도, 솔로몬 왕이 진을 가두는 데 쓴 등잔보다도 더 귀한 보물이, 결정적이고도 달콤한 영원한 평화가, 괴물로 사는 삶으로부터의 해방이 있다.

그는 죽은 혈관의 마지막 몇 센티미터를 밀어내고 뻥 뚫린 공간에 머리를 내밀었다. 그는 주황색 바위로 이루어진 깊은 동굴에 거꾸로 매달려 있었다.

탈봇은 꿈틀꿈틀 두 팔을 빼내어 동굴 천장으로 보이는 곳에 대고, 터널 밖으로 몸을 끄집어냈다. 그는 쿵 떨어지면서 마지막 순간에 몸을 틀어서 어깨로 충격을 받아내려 했다가, 되려 목 옆에 심한 타격을 입었다.

그는 잠시 그대로 누워 있다가 정신을 차리고 일어서서 걸어갔다. 동굴을 빠져나가자 바위턱이 나왔고, 그는 그곳에 서서 앞에 펼쳐진 풍경을 바라보았다. 희미하게만 인간을 닮은 뭔가의 해골이 심하게 구겨진 채 절벽에 기대 누워 있었다. 자

---

* 척추동물 췌장에 있는 내분비조직, 세포가 모여서 섬처럼 보인다.

세히 보기는 두려웠다.

그는 죽은 주황색 바위 세계를 응시했다. 두개골에서 들어낸 전두엽의 지형학처럼 주름지고 접힌 풍경.

하늘은 밝고 쾌적한 노란색이었다.

그의 몸속 대협곡은 끝도 없는 쇠락한 바위 더미 같았다. 천 년 동안 죽어 있는. 그는 길을 찾아보고 바위턱을 내려가기 시작했다.

물이 있어서 살 수 있었다. 이 건조하고 아득한 황야에는 보기보다 비가 자주 오는 모양이었다. 밤이나 낮이 없고 언제나 똑같이 경이로운 금색 빛이 밝으니 며칠인지 몇 달인지 헤아릴 방법이 없었지만, 탈봇은 주황색 산맥의 가운데 등뼈를 따라 내려간 지 거의 여섯 달이 되었다고 느꼈다. 그동안 비는 마흔여덟 번 내렸다. 대충 일주일에 두 번씩이었다. 폭우가 내릴 때마다 세례반(洗禮盤)에 물이 가득 찼고, 벌거벗은 발바닥을 계속 적셔두면 힘이 빠지지 않고 걸을 수 있었다. 뭔가를 먹었다면 얼마나 자주 먹었는지, 어떤 형태의 음식을 먹었는지 기억나지 않았다.

다른 생명의 흔적은 보이지 않았다.

이따금 주황색 바위로 이루어진 그늘진 벽에 누워있는 해골만 빼면 아무것도 없었다. 그 해골에는 두개골이 없을 때가 많았다.

그는 마침내 산맥을 가로지르는 고갯길을 발견하고, 그 길

을 건넜다. 언덕들을 올랐다가 낮고 완만한 비탈을 내려갔다
가 다시 좁고 가차없는 통로로 올라갔는데, 그 통로는 하늘의
열기를 향해 구불구불 올라가고 또 올라갔다. 정상에 도착해
보니 반대편으로 내려가는 길은 곧고 넓고 쉬웠다. 그는 빠른
속도로 내려갔다. 며칠이면 다 내려갈 것 같았다.

계곡으로 내려가면서 그는 새소리를 들었다. 그 소리를 따
라가 보니 계곡의 완만한 풀 언덕 가운데에 상당히 큰 화성암
크레이터가 파여 있었다. 그는 아무 예고 없이 크레이터에 맞
닥뜨렸고, 짧은 경사면을 터벅터벅 걸어 올라가서 아래를 내
려다보는 화산 입구에 섰다.

크레이터는 호수가 되어 있었다. 아래에서 올라온 냄새가
확 끼쳤다. 역겹고, 어째서인지 끔찍하게 슬픈 냄새였다. 새
소리가 계속 울렸다. 금빛 하늘 어디에도 새는 보이지 않았다.
호수 냄새 때문에 속이 울렁거렸다.

그리고 크레이터 가장자리에 앉아서 아래를 내려다본 그는
호수에 죽어서 부풀어 오른 시체가 가득하다는 사실을 알아차
렸다. 목 졸려 죽어서 썩어가는 아기처럼 자줏빛과 푸른빛이
된 시체들이 잔물결 지는 회색 물속에서 천천히 돌았다. 이목
구비도 사지도 없었다. 그는 제일 아래쪽에 튀어나온 화성암
으로 내려가서 그 시체들을 내려다보았다.

뭔가가 그를 향해 헤엄쳐왔다. 그는 물러섰다. 그것은 더
빨리 헤엄쳐오더니, 크레이터 벽에 가까워지자 큰어치새처럼
울며 수면으로 올라와서는, 여기가 탈봇의 영역이 아니라 자

기 영역이라는 사실을 상기시키려는 듯 아주 잠깐만 멈췄다가 둥둥 떠다니는 시체에게서 썩은 살점을 뜯으러 방향을 틀었다.

탈봇과 마찬가지로 그 물고기도 죽지를 않았다.

탈봇은 오랫동안 크레이터 가장자리에 앉아서 호수를 내려 다보았고, 죽은 꿈의 시체들이 회색 수프 속에 든 구더기 앉은 돼지고기처럼 까닥거리고 도는 모습을 지켜보았다.

그는 오랜 시간이 흐른 후에 일어나서 크레이터 입구로 돌아갔고, 여행을 재개했다. 그는 울고 있었다.

마침내 췌장의 바닷가에 이르렀을 때, 그는 어려서 잃어버리거나 줘버린 많은 물건을 발견했다. 나무 손잡이를 돌리면 타타타 소리를 내는 어두운 녹색칠의 나무 기관총이 삼각대에 놓여 있었다. 장난감 병사들도 두 중대나 있었는데, 하나는 프로이센 군대였고 다른 하나는 프랑스 군대로, 초소형 나폴레옹 보나파르트가 함께 있었다. 현미경 세트도 보였는데, 슬라이드와 페트리 접시들에 똑같은 라벨이 붙은 작고 멋진 화학약품병들이 담긴 선반까지 있었다. 인디언 동전*이 가득 든 우유병도 있었다. 원숭이 머리가 달린 손가락 인형도 있었는데 매니큐어액으로 천 장갑에 로스코라는 이름을 적어놓았다. 만보계도 찾았다. 진짜 깃털을 붙여서 마무리한 아름다운 정글의 새

---

* 1859년부터 1909년까지만 발행한 1센트 동전의 별명. 이름 그대로 북미 원주민 도안이 들어가 있다.

그림도 찾았다. 옥수수대 파이프도 찾았다. 라디오 특별 기념품을 모으던 상자도 찾았다. 지문 감식 가루와 투명 잉크, 경찰 무선 호출 코드표가 든 마분지 탐정 상자도 있었다. 플라스틱 폭탄에 붙어 있는 것 같은 고리도 있었는데, 붉은 지느러미가 달린 그 꽁무니 부분을 폭탄에서 당겨 빼고 손바닥으로 감싸면 폭발 부품 깊은 곳에 깃든 불꽃을 볼 수 있었다. 옆에 어린 여자애와 개가 뛰어가는 그림이 그려진 도자기 잔도 있었고, 빨간 플라스틱 다이얼 중앙에 볼록 렌즈가 박힌 암호 해독 배지도 있었다.

그러나 뭔가가 빠져 있었다.

무엇인지 기억을 해낼 수는 없었지만, 그게 중요하다는 사실은 알았다. 그는 배꼽 위 수술등에 스친 그림자가 누구인지 알아보는 게 중요하다는 사실을 알았던 것처럼, 이 은닉처에서 빠진 물건이 무엇인지는 몰라도 아주 중요하다는 사실을 알았다.

그는 췌장의 바닷가에 닻을 내린 배를 찾아서 은닉처에 있던 물건 전부를 좌석 아래에 든 방수 상자 바닥에 집어넣었다. 대성당처럼 생긴 커다란 라디오는 따로 노받이 앞 벤치석에 올렸다.

그런 다음 그 배를 밀어내고 그 뒤를 따라 진홍빛 물속을 달려, 발목과 종아리와 허벅지까지 붉은 물을 들이면서 배 위에 기어올라서는, 그 섬을 향해 노를 젓기 시작했다. 무엇이 빠졌는지는 몰라도 아주 중요한 물건이었다.

＊

수평선에 그 섬이 가물가물 보일 때쯤 바람이 잦아들었다. 탈봇은 북위 38° 54′ 서경 77° 00′ 13″에 정체된 채 핏빛 바다 저편을 보았다.

그는 그 바닷물을 마시고 구역질을 했다. 방수 상자에 든 장난감을 가지고 놀았다. 그리고 라디오에 귀를 기울였다.

그는 굉장히 뚱뚱한 남자가 살인사건을 해결하는 프로그램에, 에드워드 G. 로빈슨과 조안 베넷이 나오는 영화 〈창 속의 여인〉 각색에, 거대한 철도역에서 시작하는 어떤 이야기에, 다른 사람들이 자기를 보지 못하도록 머릿속을 흐리게 만들어서 투명 인간이 될 수 있는 어느 부유한 남자에 대한 미스터리에 귀를 기울였고 어네스트 채펠이라는 남자가 들려주는 서스펜스 드라마를 즐겼다. 심해 탐사선을 타고 8킬로미터 아래 갱도 바닥으로 내려갔다가 익룡에게 공격당하는 사람들이 나오는 드라마였다. 그다음에는 그레이엄 맥나미가 방송하는 뉴스를 들었다. 뉴스가 끝날 무렵에 나오는 인간미 넘치는 뉴스 사이에서 잊을 수 없는 맥나미의 목소리가 말했다:

"오하이오 주, 컬럼버스 발 1973년 9월 24일 소식입니다. 마사 넬슨은 98년 동안 지적장애인을 위한 보호 시설에서 살았습니다. 마사 넬슨은 102세이고 처음에는 1875년 6월 25일에 오하이오 주 오리엔트 근처에 있는 오리엔트 주립 시설에 보내졌지요. 1883년 언젠가 그 시설에 화재가 발생하면서 기록이 없어졌고, 그녀가 왜 시설에 있는지는 아무도 확실히 알지 못합니다. 그녀가 수용되었을 당시 이 시설은 콜럼버스 주립 정신박약아 보호시설로 알려져 있었습니다. '이 사람에게는 기회도 없었습니다.' 두 달 전에 이 시설의 관리자로 발령받은 A. Z. 소포렌코 박사는 이렇게 말했습니다. 박사는 그녀가 아마 '우생학 공포'의 희생자였을 거라고, 1800년대 후반에는 흔한 일이었다고 합니다. 그 당시 어떤 사람들은 인간이 '신의 형상'으로 만들어졌으니, 정신지체자는 사악한 존재거나 악마의 자식이어야 마땅하다고 생각했습니다. 온전한 인간이 아니니까요. 소포렌코 박사는 이렇게 말했습니다. '당시에는 정신지체자를 공동체 밖으로 몰아내어 시설에 넣어두면 공동체에 오염이 돌아오지 않는다고 믿었지요.' 그는 계속해서 덧붙였다. '마사는 그런 사상에 걸려들었던 것 같습니다. 마사가 정말로 정신지체였는지 여부는 아무도 말할 수가 없어요. 쇠약하니까요. 나이에 비하면 마사는 상당히 조리 정연해요. 알려진 친척도 없고 지난 78년 내지 80년 동안 시설 직원 말고는 아무와도 접촉한 적이 없습니다.'"

탈봇은 작은 배 안에 조용히 앉아 있었다. 하나뿐인 중심 기둥에는 돛이 버려진 장식품처럼 늘어져 있었다.

"탈봇, 네 안에 들어온 후에 난 평생 운 것보다 더 많이 울었어." 그렇게 말했지만 울음을 멈출 수가 없었다. 예전에 한 번도 들어본 적 없는 마사 넬슨이라는 여자에 대한 생각이, 우연에 우연에 우연에 우연에 우연이 겹치지 않았다면 영영 들어보지도 못했을 사람에 대한 생각이, 그 여자에 대한 우연한 생각이 찬바람처럼 그의 마음속에 울렸다.

그리고 실제로 찬바람이 일어서 돛이 부풀었고, 그는 이제 표류하는 게 아니라 제일 가까운 섬으로 밀려가고 있었다. 우연에 따라서.

그는 데메테르의 지도에서 그의 영혼이 있다고 지시한 지점에 섰다. 자신이 거대한 몰타 십자가나 키드 선장의 "X" 표시 같은 것을 기대했음을 깨닫자 잠시 웃음이 나왔다. 실제로는 활석 가루처럼 고운 녹색 모래가 모래바람에 핏빛 췌장의 바다로 날려가고 있을 뿐이었다. 그 지점은 썰물이 졌을 때의 파도선과 그 섬을 지배하는 거대한 베들럼 극장 비슷한 건물 사이 중간에 있었다.

그는 티끌 같은 섬 중앙에 솟아오른 요새를 불편한 마음으로 다시 한 번 쳐다보았다. 그 건물은 직각이었는데, 엄청나게 큰 검은 바위 하나를 깎아서 만든 것 같았다…. 어쩌면 자연재해로 절벽을 뚫고 나온 바위였을지도 모르겠다. 그에게 두 개 면을 드러내고 있었는데 창문도 없었고, 문도 보이지 않았다. 심란했다. 그 건물은 텅 빈 왕국을 주재하는 검은 신이었다. 그는 죽지 않는 물고기를 생각하고, 신들은 기원자를 다 잃으면 죽는다는 니체의 주장을 떠올렸다.

그는 무릎을 꿇고, 몇 달 전에 탯줄이 쪼그라들며 남긴 살을 찢느라 무릎을 꿇었던 순간을 떠올리며 그 고운 녹색 모래를 파기 시작했다.

파면 팔수록, 파낸 모래가 빠르게 얕은 구덩이 속으로 되돌아갔다. 그는 그 구덩이 가운데에 발을 들이고 다리와 두 손으로 흙을 퍼냈다. 뼈다귀를 파는 인간 개 꼴이었다.

손가락이 상자 가장자리에 닿은 순간, 그는 손톱이 부러지는 고통에 소리를 질렀다.

그는 그 상자 주위를 파낸 다음, 피가 흐르는 손가락을 모래 속에 밀어 넣어 상자 아래쪽을 쥐었다. 힘을 주자 상자가 살짝 들려 올라왔다. 그는 근육을 긴장시키며 상자를 마저 들어 올렸다.

그리고 그대로 바닷가에 가서 앉았다.

그냥 상자였다. 평범한 나무 상자로, 낡은 시가 상자와 아주 비슷한데 크기만 좀 컸다. 그는 상자를 이리저리 뒤집어보면서 불가사의한 상형문자나 신비 상징 하나 없다는 사실에 놀라지 않았다. 이건 그런 종류의 보물이 아니었다. 다 살펴본 후에 제대로 돌려서 뚜껑을 뜯었다. 그의 영혼이 안에 있었다. 그가 찾으리라 생각했던 물건은 아니었다. 전혀 아니었다. 그러나 은닉처에서 빠져 있었던 바로 그것이었다.

그는 그것을 꽉 쥐고 녹색 모래가 빠르게 다시 채워져 가는 구덩이를 지나, 높은 곳에 선 성채로 걸어갔다.

우리는 탐험을 멈추지 않으리
그리고 우리의 모든 탐험의 끝은
우리가 시작한 곳에 도착해
처음으로 그곳을 알게 될 때이리라

— T. S. 엘리엇

일단 그 요새의 음울한 어둠 속으로 들어가자(입구는 예상과 달리 놀랄 만큼 찾기 쉬웠다) 내려가는 길밖에 없었다. 축축한 검은색 돌로 이루어진 지그재그 계단은 거침없이 건물 깊은 곳으로, 췌장 바다보다도 한참 더 아래로 이어졌다. 계단은 가팔랐고, 기억의 여명기부터 이 길을 내려간 발에 계속 밟히면서 매끈하게 닳아 있었다. 어두웠지만, 길이 보이지 않을 정도로 어둡지는 않았다. 다만 빛은 없었다. 탈봇은 어떻게 그럴 수 있는지에 신경 쓰지 않았다.

어떤 방도 지하 공간도 입구도 보지 못하고 계속 내려가서 건물 가장 깊은 곳에 이르자 거대한 홀을 가로질러 멀리 떨어진 벽에 출입구가 보였다. 그는 마지막 계단에서 발을 떼고 그 문을 향해 걸어갔다. 그 문에는 요새를 이룬 돌과 마찬가지로 검고 축축한 쇠창살이 교차했다. 창살 틈으로 보니 감옥일 수도 있는 방 안쪽에 희끄무레한 뭔가가 움직이지 않고 있었다.

그 문에는 자물쇠가 없었다.

건드리자 문이 열렸다.

이 감옥에 사는 게 누구인지는 몰라도 문을 열려고 해본 적이 없었던 것이다. 아니면 열어는 봤지만 떠나지 않기로 했거나.

탈봇은 더 깊은 어둠 속으로 들어갔다.

오랜 침묵이 지나고, 마침내 그는 허리를 숙여 여자를 부축했다. 마치 죽은 꽃이 담긴 자루를 들어 올리는 것 같았다. 향기의 기억조차 담아낼 수 없는 죽은 공기에 둘러싸여 바스락거리는 죽은 꽃들.

그는 여자를 안아 들었다.

"불빛이 밝으니 눈을 감아요, 마사." 그는 그렇게 말하고 금빛 하늘로 향하는 긴 계단을 돌아가기 시작했다.

로렌스 탈봇은 수술대에 일어나 앉아서, 눈을 뜨고 빅터를 보았다. 그는 기묘하게 부드러운 미소를 지었다. 빅터는 그와 친구로 지낸 이후 처음으로 탈봇의 얼굴에서 모든 고뇌가 씻겨나간 모습을 보았다.

"잘 됐어." 빅터의 말에 탈봇은 고개를 끄덕였다.

그들은 서로를 보며 히죽 웃었다.

"너희 냉동 보존 시설은 어때?" 탈봇이 물었다.

빅터는 재미있다는 듯 눈썹을 끌어내렸다. "냉동시켜 줬으면 좋겠어? 그보다는 좀 더 영구적인 해결책을 원할 줄 알았는데… 이를테면 은이라든가."

"그럴 필요는 없어."

탈봇은 주위를 둘러보았다. 그 여자는 멀리 떨어진 벽가에,

그레이저를 두고 서 있었다. 그녀는 두려움을 드러내며 그를 마주 보았다. 그는 수술대에서 내려가서, 밑에 깔렸던 시트를 둘러 임시변통으로 토가를 만들었다. 덕분에 귀족적인 모습이 되었다.

그는 다가가서 그 여자의 늙은 얼굴을 내려다보았다. "나디아." 그가 부드럽게 말하자, 한참이 지나서 그녀가 그를 올려다보았다. 그는 미소를 지었고, 한순간 그녀는 다시 소녀가 되었다. 그녀는 시선을 피했다. 그가 그녀의 손을 잡자, 그녀는 그와 함께 수술대로, 빅터 곁으로 갔다.

"설명을 해주면 정말 고맙겠어, 래리." 빅터가 말했기에, 탈봇은 모두 다 이야기했다.

"내 어머니, 나디아, 마사 넬슨, 다 같아." 탈봇은 끝에 이르러서 말했다. "모두 허비한 인생이지."

"그 상자에는 뭐가 들어 있었어?" 빅터가 물었다.

"상징과 우주적인 아이러니에는 얼마나 익숙한가, 친구?"

"지금까지 융과 프로이트 정도는 괜찮아." 빅터가 말했다. 그는 미소를 지을 수밖에 없었다.

탈봇은 나이 든 기술자의 손을 꽉 잡으며 말했다. "낡고 녹슨 하우디 두디* 버튼이었어."

빅터는 몸을 돌렸다.

빅터가 다시 돌아보았을 때 탈봇은 웃고 있었다. "그건 우

---

* 1950년대 미국 아동용 애니메이션

주적인 아이러니가 아니야, 래리… 저질 코미디지." 빅터가 화가 났다는 건 명백했다.

탈봇은 아주 말도 하지 않고, 빅터가 알아서 답을 내게 내버려두었다.

마침내 빅터가 말했다. "도대체 그게 뭘 의미하는 건데? 순수?"

탈봇은 어깨를 으쓱였다. "내가 그걸 알았다면 애초에 잃어버리지도 않았겠지. 어쨌든 그렇게 됐고, 그게 그거야. 삐딱한 얼굴이 그려진 지름 4센티쯤 되는 금속 배지. 붉은 머리에 앞니가 보이는 미소, 들창코에 주근깨까지 언제나 보던 그대로의 하우디 두디였어." 그는 침묵에 빠졌다가, 잠시 후에 덧붙였다. "그게 맞는 것 같아."

"그리고 이제 그걸 되찾았더니 죽고 싶지가 않다고?"

"죽을 필요가 없는 거야."

"그런데 내가 널 얼려주길 바라고."

"우리 둘 다야."

빅터는 경악한 눈으로 그를 보았다. "이런 맙소사, 래리!"

나디아는 두 사람의 대화를 듣지 못한다는 듯 조용히 서 있었다.

"들어봐, 빅터. 마사 넬슨이 그 안에 있어. 허비한 인생이. 나디아는 여기 바깥에 있지. 어째서인지 어떻게인지 무엇이 그랬는지는 모르지만… 허비한 인생이야. 또 다른 허비한 인생. 네가 나 때와 똑같은 방식으로 나디아의 꼬맹이를 만들어서 안으로 들여보냈으면 해. 그 녀석이 기다리고 있어. 그 녀석이 바로잡을 수 있어, 빅터. 마침내 제대로 바로잡는 거야. 그 녀석은 그 애와 함께 있을 수 있고 그 애는 빼앗긴 세월을 되찾는 거야. 그 녀석은… 나는 아기였을 때 그 애의 아버지가 될 수 있고, 그 애가 어린아이였을 때 놀이상대가 될 수 있고, 더 자라면 친구가 될 수 있고, 청소년이 되면 남자친구가 되고, 젊은 여자가 되면 구혼자가 되고, 연인이 되고, 남편이 되어 늙어가는 그녀의 동반자가 될 수 있어. 그녀가 결코 허락받지 못했던 여자들 모두가 되게 해주자, 빅터. 두 번째 기회마저 빼앗지 마. 그게 다 끝나면, 다시 시작할 거야….”

“도대체 어떻게? 대체 어떻게 말이야? 말이 되는 소리를 해, 래리! 이 형이상학적인 헛소리는 다 뭐야?”

“나도 어떻게 그런지는 몰라. 그냥 그래! 난 거기 있었어, 빅터. 몇 달이나, 어쩌면 몇 년이나 그 속에 있었고 한 번도 변신하지 않았어. 한 번도 늑대가 되지 않았어. 거기엔 달이 없었어…. 밤도 낮도 없이, 그저 금색 빛과 온기뿐이었지. 그리고 난 보상해줄 수 있어. 두 개의 인생을 돌려줄 수 있어. 제발, 빅터!”

물리학자는 말없이 그를 바라보더니, 나이 든 여인을 보았다. 그녀는 빙긋 웃더니 관절염에 걸린 손가락을 움직여, 옷을 벗었다.

나디아가 납작해진 내강을 통과해 나가자, 탈봇이 기다리고 있었다. 나디아는 무척 지쳐 보였고, 그는 같이 주황색 산맥을 가로지르려면 그 전에 그녀가 쉬어야 한다는 사실을 알았다. 그는 동굴 천장에서 내려오는 그녀를 도와서, 마사 넬슨과 함께 돌아오던 먼 길에 랑게르한스섬에서 가지고 온 부드러운 연노란색 이끼더미에 눕혔다. 나이 든 두 여인은 이끼 위에 나란히 누웠고, 나디아는 바로 잠에 빠져들었다. 그는 옆에 서서 두 사람의 얼굴을 보았다.

그 둘은 쌍둥이처럼 똑같았다.

그런 후에 그는 바위턱으로 나가서 주황색 산맥 등뼈를 보았다. 이제 해골은 아무런 두려움을 불러일으키지 않았다. 그는 갑자기 찌르는 듯한 한기를 느끼고 빅터가 냉동 보존 과정을 시작했음을 알았다.

그는 실제로 존재하지 않는 인물의 음흉하고도 순진한 얼굴이 4색으로 그려진 작은 금속 배지를 왼손에 꽉 쥔 채 오랫동안 그렇게 서 있었다.

그러다가 동굴 속에서 아기 울음소리가, 하나뿐인 아기 울음소리가 들리자 그는 이제까지 해본 여행 중에 제일 쉬운 여행을 시작하려고 몸을 돌렸다.

어딘가에서, 끔찍한 악마 물고기가 갑자기 지느러미를 납작하게 젖히고 천천히 배를 위로 돌리더니, 어둠 속으로 가라앉았다.

폭신한 원숭이 인형

Soft Monkey

1988년 에드거상 수상

자정에서 35분이 지난 51번가, 살을 에는 바람이 어찌나 매서운지 바람만으로도 몸에 새 똥구멍이 뚫릴 지경이었다.

애니는 복사전문점이 밤에 문을 닫으면서 작동을 멈춘 회전문의 바깥쪽 좁은 틈새에 웅크리고 누워 있었다. 그녀는 57번가에서 가까운 1번대로에 들어선 대형 쇼핑몰의 쇼핑 카트를 회전문 입구로 끌어들여 카트 안에 든 내용물이 잠자리로 쏟아지지 않으면서 서로 밀착하도록 조심스럽게 옆으로 기울였다. 그녀는 대형 쇼핑몰에서 가져온 접어놓은 커다란 생리대 상자 여섯 개를 꺼냈다. 그날 오후에 고물상에 팔지 않고 남긴 것이었다. 상자 두 개로 쇼핑 카트 앞을 막아 건물관리자가 입구를 막은 것처럼 보이게 만들었다. 남은 상자로는 주변을 둘러 바람을 막고, 뒤쪽과 바닥에는 썩어가는 소파

쿠션 두 개를 놓았다.

그녀는 얇은 윗옷을 세 벌이나 껴입고 두꺼운 양털 모자를 부러진 콧잔등이 거의 덮일 정도로 푹 내려쓴 채 웅크리고 누웠다. 문간은 상당히 아늑해서 정말로 그다지 나쁘지 않았다. 쌩쌩 부는 바람이 이따금 그녀를 건드렸지만, 대체로는 비껴갔다. 그녀는 이 비좁은 공간에 웅크리고 누워 여기저기가 떨어져 나간 더러운 봉제 아기인형을 꺼내 꼭 끌어안고는 눈을 감았다.

그녀는 반쯤은 몽롱하면서도 거리의 소음들에 신경을 곤두세운 채 선잠에 빠져들었다. 그녀는 다시 아이, 앨런의 꿈을 꾸려 했다. 백일몽 속에서 그녀는 눈을 감은 채 아기인형을 안듯이 사내아이를 꼭 끌어안고서 따스한 체온을 느꼈다. 그게 중요했다. 작은 갈색 손을 그녀의 뺨에 댄 아이의 몸은 따뜻했다. 그 따스하고도 따스한 숨결이 소중한 아기 냄새와 함께 떠돌았다.

'그건 오늘이었나, 아니면 다른 날이었나?' 애니는 찢어진 아기인형의 얼굴에 입을 맞추며 몽상 속에서 흔들렸다. 문간은 괜찮았다. 따뜻했다.

일상적인 거리의 소리가 한순간 그녀를 달랬다가 차 두 대가 끼익거리며 파크 대로의 모퉁이를 돌아 메디슨 가로 내달리는 통에 평화가 깨졌다. 애니는 잠을 자면서도 거리에 뭔가 이상한 일이 벌어지는 것을 감지했다. 처음으로 신발과 똑딱이 지갑에 든 푼돈을 빼앗긴 후에 신뢰하게 된 여섯 번째 감각이었다. 지금 그녀는 말썽의 낌새가 자기 앞으로 달려오는 소리를 듣고 잠이 확 달아났다. 그녀는 아기인형을 윗옷 안에 숨겼다.

닫힌 복사전문점 앞을 지나던 기다란 리무진이 어느 캐딜락의 옆구리를 스쳤다. 캐딜락이 연석을 넘어 정면으로 가로등을 들이박았다. 운전석에 앉았던 남자가 허둥지둥 조수석으로 넘어오더니 조수석 문이 활짝 열렸다. 남자는 차에서 네 발로 기어 나와 도망가려 했다. 기다란 리무진이 연석 쪽으로 방향을 틀더니 캐딜락 앞을 딱 막아섰고, 타이어가 멈추기도 전에 차 문 세 개가 벌컥 열렸다.

리무진에서 내린 놈들이 일어서려는 캐딜락 운전자를 붙잡아 다시 무릎을 꿇고 엎드리도록 밀어붙였다. 리무진 패거리 중 한 명은 짙은 파란색 고급 캐시미어 코트를 입었다. 그가 코트를 젖히더니 엉덩이 쪽에 손을 가져갔다. 손이 다시 나왔을 때는 권총이 들려 있었다. 그는 자연스러운 동작으로 권총으로 무릎 꿇은 남자의 이마를 내리쳐 뼈가 드러날 정도로 피부를 찢어놓았다.

애니는 다 보았다. 불쾌할 정도로 선명하게, 뒤쪽 회전문 틈새에서, 어둠 속에 몸을 웅크린 채, 그녀는 다 보았다. 그녀는 두 번째 남자가 무릎 꿇은 남자를 차서 코뼈를 부러뜨리는 걸 보았다. 그 소리가 갑자기 조용해진 밤의 적막을 깼다. 그녀는 세 번째 남자가 기다란 리무진 쪽을 쳐다보는 걸 보았고, 검은 뒷좌석 차창이 내려가고 손 하나가 나타나는 것도 보았다. 창이 열리는 웅웅거리는 소리. 그녀는 세 번째 남자가 차로 다가가 그 내민 손에서 금속통 하나를 받아드는 걸 보았다. 사이렌 소리가 파크 대로를 따라 울리다가 멀어졌다. 그녀는 세 번째 남자가 일행들에게 돌아오는 걸 보았고, 그가 말하는 소리를 들었다. "이 개자식을 붙들어. 머리를 뒤로 젖혀!" 그녀는 다른 두 명이 무릎 꿇은 남자의 머리를 뒤로 젖히는 것을 보았다. 머리 위 가로등이 뿌리는 녹황색 불빛에 부러진 코에서 붉은 피를 뿜어내는 남자의 하얗게 번득이는 얼굴이 선명하게 보였다. 남자의 구두가 보도를 긁고 또 긁었다. 그녀는 세 번째 남자가 외투 주머니에서 스카치위스키 병을 꺼내는 걸 보았다. 그녀는 세 번째 남자가 마개를 따고 술을 희생자의 얼굴에 들이붓는 걸 보았다. "놈의 입을 벌려!" 그녀는 캐시미어 외투를 입은 남자가 엄지와 중지를 희생자의 입꼬리에 찔러넣어 강제로 입을 벌리는 것을 보았다. 꺽꺽거리는 소리, 번들거리는 침. 그녀는 스카치위스키가 남자의 앞섶으로 흘러넘치는 것을 보았다. 그녀는 세 번째 남자가 술병을 빗물 도랑에 던져 깨뜨리는 걸 보았다. 그리고 그녀는 세 번째 남자가 엄지로 금속통의 플라스틱 뚜껑 중앙을 누르는 것을 보았다. 그리고 그녀는 세 번째 남자가 굽신거리고 울부짖고 소리치는 희생자에게 주방용 세정제를 먹이는 걸 보았다. 애니는 그 모든 것을 보고 들었다.

캐시미어 외투가 희생자의 입을 강제로 닫고는 목을 문질러 세정제를 삼키게 했다. 죽음의 과정은 예상보다 훨씬 길었다. 그리고 훨씬 요란했다.

위에서 비추는 집중조명을 받은 희생자의 입이 이상한 푸른색으로 번들거렸다. 그는 침을 뱉었고, 진청색 캐시미어 소매에 튀었다. 기다란 리무진에서 내린 그 깔끔한 멋쟁이가 남성잡지들의 권고 따위는 신경 쓰지 않는 지저분한 놈이었다면, 이어진 일처럼 상황이 그렇게 엉망이 되지는 않았을 것이다.

캐시미어가 욕을 하며 침이 묻은 소매를 닦느라 희생자를 놓쳤다. 입이 푸른색으로 번들거리는 남자가 대담하게 몸부림을 치면서 남은 두 명의 손아귀를 뿌리치고 앞으로 몸을 날렸다. 그러고는 곧장 애니가 쇼핑 카트와 골판지 상자로 막아놓은 잠긴 회전문을 향해 달려왔다.

그는 팔을 펼치고 눈알을 굴리면서 경주마처럼 침을 흘리며 넘어질 듯한 걸음으로 비틀거리며 다가왔다. 애니는 그가 두 걸음만 더 오면 카트에 걸려 넘어지면서 자신을 덮칠 것이라는 걸 알았다.

그녀는 일어나 좁은 회전문 틈새 안쪽으로 물러섰다. 그녀는 일어섰다. 캐딜락 전조등이 내뿜는 빛의 터널 안으로.

"저 깜둥이가 다 봤어!" 캐시미어가 외쳤다.

"씨발 노숙자 년이!" 주방용 세정제 깡통을 든 남자가 외쳤다.

"놈이 아직 살았어!" 세 번째 남자가 외치며 외투 안에 손을 넣더니 길이로 봐서는 거인한테나 맞을 것 같은 길고 푸르

스름한 쇠막대 같은 걸 겨드랑이에서 꺼내 들었다.

캐딜락 운전자가 입으로는 거품을 뿜고 손으로는 목을 긁어대면서 마치 용수철이라도 달린 듯이 애니한테로 다가왔다.

그의 허벅지가 쇼핑 카트에 닿는 순간 겨드랑이가 긴 남자가 첫 발을 쏘았다. 45구경 매그넘 소리가 51번가를 찢어발기며 군중의 환호성 소리처럼 도망가는 남자를 뚫고 지나갔다. 얼굴이 터져나가며 산산조각난 뼈와 피가 회전문 틀에 뿌려졌다. 캐딜락 전조등에서 쏟아지는 빛 터널 속에서 그것들이 반짝거렸다.

하지만 어쩐 일인지 그는 계속 다가왔다. 카트에 부딪힌 그는 단단한 방어선에 첫 공격을 가하려는 것처럼 몸을 일으켜 세웠고, 사수가 두 번째 총알을 명중시키고 나서야 무너졌다.

총알을 멈추게 할 만한 단단한 물질이 충분치 않았으므로 총알은 회전문을 뚫고 나가며 유리를 박살 냈고, 남자의 몸은 회전문에 걸려 넘어지며 애니를 덮쳤다.

그녀는 뒤로 밀리는 바람에 부서진 유리문을 뚫고 복사전문점 바닥으로 넘어졌다. 그리고 그 아수라장 속에서도 애니는 네 번째 목소리가, 네 번째가 분명한 목소리가 기다란 리무진에서 소리치는 것을 들었다. "저 늙은 여자를 잡아! 저 여자를 잡아. 저 여자가 다 봤어!"

외투를 입은 남자들이 빛의 터널 속으로 달려들었다.

애니가 몸을 굴리자 손에 뭔가 부드러운 것이 닿았다. 망가진 아기인형이었다. 그게 겹겹이 껴입은 옷 밖으로 나와 떨어

져 있었다. '춥니, 앨런?'

그녀는 인형을 안아 들고 복사전문점 안쪽 그늘 속으로 기어갔다. 뒤에서 우당탕거리며 틀만 남은 회전문을 넘어 남자들이 들어오는 소리가 들렸다. 그리고 도난 방지벨이 울렸다. 곧 경찰이 올 것이다.

생각나는 건 그저 경찰이 오면 자기 물건을 버릴 거라는 사실뿐이었다. 경찰은 상태가 괜찮은 그녀의 골판지 상자들을 버릴 것이고, 쇼핑 카트를 가져갈 것이고, 깔개와 손수건과 녹색 카디건을 어딘가 쓰레기통에 던질 것이다. 그리고 그녀는 다시 빈손으로 거리에 나앉게 될 것이다. 놈들이 101번가와 1번대로가 만나는 곳에 있던 방에서 그녀를 쫓아냈을 때처럼. 놈들이 앨런을 빼앗아간 후에 그랬던 것처럼….

총알이 큰 소리를 내며 가까운 벽에 걸린 표창장 액자를 박살 냈다. 깨진 유리 조각이 전조등 불빛에 반짝이면서 사무실 안에 흩뿌려졌다. 그녀는 아기인형을 끌어안고 복사전문점 뒤쪽 복도를 향해 필사적으로 기어갔다. 복도 양쪽의 문은 다 닫혀 잠겨 있었다. 놈들이 다가오는 소리가 들렸다.

오른쪽 철제문 두 개가 열렸다. 안은 깜깜했다. 그녀는 살며시 안으로 들어갔다. 순식간에 눈이 어둠에 익숙해졌다. 컴퓨터들이 있었다. 잔금 무늬로 마감된 커다란 회색 기계들이 삼면을 채웠다. 숨을 곳이 없었다.

그녀는 벽장을, 비좁은 구석을, 뭐가 됐든 숨을 만한 곳을 찾아 미친 듯이 방 안을 살폈다. 그러다 뭔가에 걸려 차가운

바닥에 엎어졌다. 얼굴에 빈 공간이 느껴졌고, 아주 약한 희미한 바람이 뺨을 스쳤다. 들어낼 수 있는 커다란 사각형 바닥재였다. 바닥재를 들어냈다가 끼워 넣을 때 제대로 맞춰 넣지 않았는지 하나가 수평이 맞지 않았다. 딱 잠기지 않고 한쪽 가장자리가 살짝 벌어졌다. 그녀는 그걸 발로 차서 열었다.

밑으로 발을 집어넣었다. 바닥 밑에 좁은 공간이 있었다.

그녀는 금속으로 가장자리를 두른 비닐판을 머리 위로 끌어당기며 그 빈 공간으로 미끄러져 들어갔다. 그녀는 엎드린 채 사각형 판을 구멍 위로 끌어서 제 자리에 딱 떨어질 때까지 조심스럽게 밀었다. 바닥재가 평평하게 덮였다. 아무것도 보이지 않았다. 조금 전만 해도 복도에서 들어오는 아주 희미한 불빛이 있었다. 애니는 문간에서 잠들 때처럼 마음을 비우며 아주 조용히 누워 있었다. 자신을 사람들의 눈에 띄지 않게 만들었다. 그녀는 누더기 더미였고 폐품 무더기였고 사라진 존재였다. 그 텅 빈 공간에는 오직 아기인형의 따스함만이 있었다.

남자들이 복도로 밀려오며 문마다 확인하는 소리가 들렸다. '난 널 담요에 쌌어, 앨런. 따뜻할 거야.' 놈들이 컴퓨터실로 들어왔다. 놈들이 방이 빈 걸 확인했다.

"그년이 여기 어디 있을 텐데, 빌어먹을!"

"우리가 모르는 나가는 길이 있는 게야."

"저 방 어딘가에 들어가서 문을 잠갔는지도 몰라. 확인해볼까? 문을 다 열어봐?"

"왜 이런 때일수록 더 멍청하게 굴고 그래? 저 비상벨 소리 안 들려? 우린 여기서 나가야 돼!"

"보스가 우릴 잡아 죽이려 할 거야."

"빌어먹을. 우리가 이미 한 짓보다 더하겠어? 보스는 지금 박살 난 비디의 시체를 앞에 놓고 길가에 앉아 있어. 보스가 그걸 좋아할 거 같아?"

비상벨 소리에 맞춰 새로운 소리가 들렸다. 밖에서 들리는 경적 소리였다. 경적이 신경질적으로 울리고 또 울렸다.

"그년을 꼭 찾고 말겠어."

그러고는 발소리. 그러고는 달리는 소리.

애니는 인형을 끌어안고 마음을 비운 채 조용히 누웠다.

거긴 따뜻했다. 11월 내내 그랬던 것처럼 따뜻했다. 그녀는 거기서 밤새 잠을 잤다.

다음 날, 식권을 넣으면 음식이 나오는, 멋진 작은 창들이 난 뉴욕에 남은 마지막 자동판매 식당에서 애니는 두 명이 죽었다는 사실을 알게 되었다.

회전문에서 죽은 남자 얘기가 아니었다. 두 명의 흑인 여성이었다. 랍스터처럼 익어버린 내부 장기 대부분을 토해낸 비디는 매서운 11월 바람을 막기 위해 지금 애니가 뒤집어쓰고 있는 신문 지상을 온통 도배했다. 두 여성은 도시 중심부 골목에서 발견됐고, 구경이 큰 총에 맞아 얼굴이 날아가 버렸다. 둘 중 하나는 아는 사람이었다. 그 여자의 이름은 수키였다.

애니는 조심스럽게 생선살 튀김과 차를 먹으며 일부러 소식을 알려주러 자기 테이블에 들른 선량한 천둥새 숭배자에게서 그 얘기를 들었다.

그녀는 놈들이 누굴 찾는지 알았다. 그리고 그녀는 놈들이 왜 수키와 다른 노숙인을 죽였는지 알았다. 기다란 리무진에 탄 백인 남자들에게 늙은 흑인 노숙인 여성들은 다 똑같아 보일 것이다. 그녀는 천천히 생선살 튀김을 씹으며 창 너머로 42번가를 소용돌이치며 지나가는 세상을 바라보았다. 이 일을 어떻게 해야 할까?

놈들은 도시 중심부에 안심하게 잘 만한 곳이 남지 않을 때까지 사람을 죽이고 또 죽일 것이다. 그녀는 알았다. 이건 마피아 짓이라고, 외투 안에 든 신문이 말했다. 그리고 노숙 여성들에게 경고해봐야 아무 소용이 없을 것이다. 노숙 여성들이 달리 어디로 가겠는가? 그들이 어디로 가고 싶어 하겠는가? 상황을 속속들이 아는 그녀조차도…, 그녀조차도 이 구역을 떠나지 않을 것이다. 이곳은 그녀의 활동영역이었고, 이곳은 그녀의 구역이다. 그리고 놈들은 얼마 안 가서 그녀를 찾을 것이다.

그녀는 소식을 알려준 비관론자에게 고개를 끄덕였고, 그가 비틀거리며 커피를 마시러 벽에 달린 꼭지 쪽으로 향하자 서둘러 남은 걸 먹어치우고는 아침에 복사전문점을 빠져나왔던 때처럼 자연스럽게 자동판매 음식점을 살며시 빠져나왔다.

그녀는 사람들 눈에 띄지 않게 조심하면서 51번가로 돌아왔다. 사건 현장에 줄이 처져 있었다. 출입금지 가로대와 녹색 테이프가 '경찰 조사 중, 접근 금지'를 알렸다. 하지만 사람들이 몰려들었다. 길거리는 오가는 경찰들뿐만 아니라 그 장면에 매혹되어 빈둥거리며 서성이는 사람들로 꽉 찼다. 뉴욕에서는 금세 사람들이 모여든다. 건물의 벽 장식띠가 떨어지기만 해도 사람들이 인산인해로 몰려든다.

애니는 자신의 행운을 믿을 수가 없었다. 경찰은 목격자가 있었다는 사실을 모르는 것 같았다. 놈들이 복사전문점 안으로 뛰어들 때 걸리적거리는 걸 잡아 던진 바람에 그녀의 카트와 물건들이 보도로 밀려나 엎어져 있었다. 그리고 경찰들은 그것들이 길가에 내놓은 커다란 갈색 비닐 쓰레기봉투들과 같이 나온 쓰레기라고 생각했다. 그녀의 카트와 쓸 만한 소파 깔개와 납작한 골판지 상자와 스웨터와… 모든 것이 거기 주변에 흩어져 있었다. 일부는 쓰레기통에, 일부는 쓰레기봉투들 사이에, 일부는 그냥 빗물도랑에 던져졌다.

적어도 마피아와 경찰 양쪽에서 추적당할 걱정은 하지 않아도 된다는 뜻이었다. 마피아만 해도 상황은 이미 충분히 나쁘지만.

그리고 그녀가 팔려고 알루미늄 캔들을 모아 놓은 커다란 백화점 봉투가 건물 벽에 기대 세워놓은 그대로 있었다. 그게 저녁값이 될 것이다.

물건들을 되찾으려고 문간에서 조금씩 멀어지던 그녀는 죽은 남자가 세정제를 삼키는 동안 그를 붙잡고 있던 진청색 캐시미어를 입은 남자를 보았다. 그는 애니와 같은 쪽 인도에 서서 경찰 출입금지선을, 복사전문점을, 몰려든 군중을 지켜보는 중이었다. 그녀를 찾고 있었다. 아래턱에 난 안으로 말린 수염 한 가닥을 잡아당기면서. 그와 그녀 사이는 가게 세 개 정도의 거리밖에 떨어져 있지 않았다.

그녀는 어느 가게 문간 쪽으로 뒷걸음질 쳤다. 뒤에서 누군가가 말했다. "이봐, 여기서 당장 나가, 여긴 장사하는 곳이야." 그러고는 뭔가 뾰족한 것이 등뼈를 찔렀다. 그녀는 공포에 질려 돌아보았다. 옷깃이 귀에 닿을 정도로 기괴하게 재단된 가는 줄무늬 회색 소모사 양복을 입고 무슨 붉은 계시인 양 새빨간 실크 손수건을 가슴께 주머니에 꽂은 남성용 소품 가게 주인이 나무옷걸이로 그녀의 등을 찌르고 있었다. "어서 가, 어서 움직여." 손님한테 그랬으면 뺨이라도 맞았을 말투로 가게 주인이 말했다.

애니는 아무 말도 하지 않았다. 그녀는 길거리에서는 아무한테도 말하지 않았다. 거리에서는 침묵했다. '우린 나갈 거야, 앨런. 우리 둘만 있으면 괜찮아. 울지 마, 내 아기.'

그녀는 조용히 움직이려 애쓰며 문간에서 나갔다. 날카로운, 찌르는 듯한 휘파람 소리가 들렸다. 캐시미어 외투를 입은 남자가 그녀를 본 것이다. 놈이 휘파람을 불어 51번가 위쪽에 있는 누군가에게 신호를 보냈다. 애니가 뒤를 돌아보며 서둘러 자리를 뜨려는데 앞쪽에 이중주차됐던 진청색 자동차가 움직이는 게 보였다. 캐시미어 외투를 입은 남자가 불도저라도 되는 양 거침없이 행인들을 밀어제치며 그녀에게 다가왔다.

애니는 생각할 겨를도 없이 재빨리 움직였다. 등을 찔리고, 누군가가 자기한테 하는 말을 듣는 일은… 두려웠다. 그건 다른 인간에게 반응해야 한다는 의미였다. 하지만 자기 구역의 길거리를 재빨리 걸어가면서 흘러가는 군중의 일부로 스며드는 일은, 편안했다. 그녀는 어떻게 해야 하는지 안다. 그것이야말로 그녀가 사는 방식이었으니까.

애니는 본능적으로 몸집이 더 크게 팽창돼 보이도록 누더기를 걸친 팔을 펼치고 더러운 코트 자락을 펄럭이며 더 산만하게 걸었다. 달아날 길을 여는 방법이었다. 까다로운 쇼핑객들과 양복을 차려입은 회사원들이 달려드는 더러운 늙은 흑인 노숙 여성을 보고는 깜짝 놀라 뒷걸음질을 치면서 최근에 드라이클리닝 한 옷이 닿지 않도록 옆으로 돌아섰다. 기적적으로 홍해가 갈라지며 도망길이 열렸다가 그녀가 지나가는 즉시 닫히면서 쫓아오는 진청색 캐시미어를 방해했다. 하지만 진청색 차는 재빨리 다가왔다.

애니는 왼쪽 메디슨 가로 방향을 틀어 도심으로 향했다. 48번가는 공사를 한다. 46번가에는 괜찮은 골목들이 있다. 메디슨 가에서 47번가 쪽으로 세 집 떨어진 지점에 어느 지하실로 통하는 입구가 있다는 걸 그녀는 알고 있었다. 하지만 진청색 차는 재빨리 다가왔다.

등 뒤에서 신호등이 바뀌었다. 진청색 차가 교차로를 밀고 나오려고 했지만 여긴 메디슨 가다. 사람들이 이미 길을 건너는 중이었다. 진청색 차가 멈췄고, 운전자가 창문을 내리고 얼굴을 내밀었다. 시선이 애니가 가는 길을 쫓았다.

그때 비가 내리기 시작했다.

콘크리트 바닥에 일시에 검은 버섯들이 돋아나는 것처럼 인도에 우산들이 피어났다. 흘러가는 행인들의 강이 속도를 높였다. 그리고 그 순간 애니는 사라졌다. 모퉁이를 돈 캐시미어 외투가 진청색 차를 보더니 미친 듯이 왼쪽을 가리켰다. 그리고 그는 옷깃을 세우고 팔꿈치를 휘둘러 사람들을 헤치며 메디슨 가를 따라 달렸다.

인도가 꺼진 곳마다 이미 빗물이 찼다. 그의 가죽구두가 금세 젖었다.

그는 그 여자가 저가할인점(모든 상품 1.10달러 이하!) 뒤쪽 골목으로 접어드는 걸 보았다. 그는 그 여자를 보았다. 오른쪽으로 방향을 틀어 재빨리 사라지는 여자를. 비와 행인들과 거의 반 블록이나 떨어진 거리에도 불구하고, 그 여자를 보았다. 보았다고!

그럼 그 여자는 어디로 갔지?

거긴 좁은 공간이었다. 사방이 벽돌로 둘러싸이고, 그리 길지 않은 골목에는 대형 철제 쓰레기통 하나와 스무 개가 넘는 작은 쓰레기통만 놓였다. 구석에는 언제나 그렇듯이 쓰레기 더미가 쌓였다. 늙은 노숙 여성이 잡고 올라갈 만큼 낮게 드리운 화재용 비상계단 따위는 없었다. 어떻게든 사람이 지나갈 수 있을 것 같은 짐받이 대나 문간도 없었다. 모든 것이 시멘트로 덮이거나 강판으로 덮였다. 아래로 내려가는 콘크리트 계단이 있는 지하실 입구도 없었다. 길 중간에는 맨홀도 없었다. 뛰어넘을 수 있는 높이에 열린 창은 고사하고 부서진 창문도 하나 없었다. 숨을 만한 상자 더미도 없었다.

골목은 텅 비었다.

그 여자가 여기로 오는 걸 봤는데! 그 여자가 여기로 왔다는 걸, 여기서 나갈 수 없다는 걸 아는데! 그는 골목 안으로 달려 들어가며 빈틈없이 살펴보았다. 그 여자가 여기 어딘가에 있다. 어딘지 알아내기는 그리 어렵지 않을 것이다. 그는 늘 가지고 다니는 경찰용 38구경 권총을 꺼내 들었다. 그는 그 총을 늘 지니고 다녔다. 행여 어느 중범죄 현장에 총을 버려야 할 일이 생기더라도 자신이 추적당하지는 않으리라는 망상 때문이었다. 총의 출처를 추적하면 뉴저지 주 티넥에 사는 어느 경찰이 나올 거라고 그는 믿었다. 그는 3년 전에 어느 폴란드 이민자 사교클럽의 뒷방에 누운 취객한테서 그 총을 훔쳤다.

그는 찬찬히 그 여자를, 그 더러운 늙은 깜둥이를 찾아내리라 다짐했다. 진청색 캐시미어가 벌써 물에 젖은 개 냄새를 풍겼다. 비가 그칠 것 같지 않았다. 비는 이제 퍼붓듯이 쏟아져 골목 안을 걷는 것이 커튼을 헤집고 걷는 것 같았다.

그는 쓰레기 더미를 발로 차고 쓰레기통들이 가득 찼는지 확인하며 어둠 속으로 더 깊숙이 들어갔다. 그 여자가 여기 어딘가에 있다. 어딘지 알아내기는 그리 어렵지 않을 것이다.

✳

따뜻해. 애니는 따스함을 느꼈다. 망가진 아기인형을 품에 꼭 안고 눈을 감으니 거의 101번가와 1번대로가 만나는 곳에 있던 아파트에 살 때 같았다. 인력자원관리국에서 나온 여자가 앨런에 대해서 이상한 것들을 물어보던 때였다. 계속해서 푹신한 원숭이, 푹신한 원숭이라고, 과학자라면 다 안다는 뭔가에 관해서 얘기하는 그 여자의 말을 애니는 이해하지 못했다. 애니한테는 아무 의미도 없는 말이라서 그저 계속해서 아기를 흔들고 있었을 뿐이었다.

애니는 아주 조용히 숨어 있었다. 따스함을 느끼면서. '좋지, 앨런? 우리 따뜻하지? 그래, 따뜻해. 우리가 아주 조용히 있으면 시청에서 나온 그 여자가 가버릴까? 그래, 그럴 거야.' 위에서 쓰레기통이 쾅쾅거리는 소리가 들렸다. '아무도 우리를 찾지 못할 거야. 쉿, 내 아기.'

벽에 기대 세워진 나무판자 더미가 있었다. 총을 들고 접근하던 그는 판자 더미 뒤에 가린 문간이 있다는 걸 알아챘다. 그 여자가 저 뒤에 있다. 그는 확신했다. 그래야 했다. 찾아내기가 그리 어렵지는 않을 테니까. 그 여자가 숨을 수 있는 곳은 거기뿐이었다.

그는 재빨리 나무판자들을 옆으로 밀치며 그 캄캄한 공간을 총으로 겨누었다. 비었다. 철판 문은 잠겼다.

비가 얼굴을 타고 내려 머리카락이 앞이마에 찰싹 붙었다. 외투와 구두에서 냄새가 났다. 아, 세상에, 모르겠다. 그는 돌아서서 주위를 둘러보았다. 남은 건 거대한 쓰레기통 하나뿐이었다.

조심스럽게 다가가던 그는 문득 보았다. 벽에 딱 붙은 뚜껑 뒤쪽 끝부분이 아직 마른 것을. 뚜껑이 조금 전까지 열려 있었던 것이다. 누군가가 이 안으로 들어갔다.

그는 총을 주머니에 넣고 쓰레기통 옆에 버려진 나무상자 두 개를 끌고 와 쌓고는 딛고 올라섰다. 그는 쓰레기통 가장자리에 무릎을 대고 균형을 잡고 서서 뚜껑을 내려다보았다. 그는 몸을 숙여 두 팔을 몸통에 딱 붙인 채 손가락 끝을 무거운 뚜껑 밑에 밀어 넣었다. 뚜껑을 홱 열어젖힌 그는 총을 꺼내 들고 몸을 숙였다. 쓰레기통은 거의 꽉 찼다. 빗물이 들어차서 오물과 쓰레기가 넘쳐 흐르는 죽이 되었다. 그는 거기 오물 속에 무엇이 떠 있는지 보려고 불안정하게 몸을 기울였다. 그는 몸을 숙였다. 빌어먹을 깜둥이….

오물 속에서 팔 두 개가 쑥 튀어나와 물을 뚝뚝 흘리며, 역한 냄새를 풍기며 그의 진청색 캐시미어 옷깃을 부여잡아 쓰레기통 안으로 끌어당겼다. 그는 오물 속으로 거꾸로 떨어졌다. 그 바람에 발사된 총알이 들린 금속 뚜껑에 맞아 튕겨 나갔다. 캐시미어 외투에 쓰레기와 빗물이 가득 찼다.

놈이 밑에서 발버둥 치는 게 느껴졌다. 애니는 대형 쓰레기통을 채운 끈적한 오물 속으로 놈을 끌어당겨서는 엎어놓고 목과 등을 밟아 눌렀다. 놈이 쓰레기와 냄새 고약한 물을 빨아들이는 소리가 들렸다. 놈이, 그 덩치 큰 남자가 발밑에서 벗어나려고 필사적으로 발버둥을 쳤다. 그녀는 미끄러지다 쓰레기통 옆면에 몸을 받치고는 다시 자리를 잡고 그를 더 꽉 짓밟아 눌렀다. 갈퀴처럼 손톱을 세운 손 하나가 양상추 조각과 검은 오니를 흘리며 쓰레기들 속에서 튀어나왔다. 손에는 아무것도 없었다. 총은 쓰레기통 바닥으로 떨어졌다. 몸부림이 더 심해지면서 놈의 다리가 철제 쓰레기통의 옆면을 찼다. 애니는 똑바로 서서 그의 목덜미에 발을 대고 꾸욱 눌렀다. 납작하게 눌린 그는 벗어나려고 팔을 허우적거렸지만 붙잡을 데를 찾지 못했다.

놈이 애니의 발을 움켜잡는 순간 아래에서 내뿜은 숨이 공기 방울이 되어 수면에서 터졌다. 애니는 온 힘을 다해 놈을 짓밟았다. 뭔가가 신발 밑에서 부러졌지만, 그녀는 아무 소리도 듣지 못했다.

오랜 시간이 걸렸다. 애니가 생각했던 것보다 긴 시간이었다. 빗물이 쓰레기통을 채우고 넘쳐흘렀다. 발밑의 움직임이 느슨해지더니 잠깐 신경질적으로 꿈틀거리고는 잠잠해졌다. 그녀는 떨면서, 뭔가 다른, 더 따뜻했던 시절을 떠올리려 애쓰면서 한참을 더 서 있었다.

마침내, 그녀는 발을 떼고 입을 꾹 다문 채 물을 뚝뚝 흘리며 쓰레기통에서 나갔다. 그녀는 앨런을 생각하며, 이 일 이

후를, 움직이지 않고, 꼼짝 않고, 허리 아래를 더러운 오물에
담근 채 서 있었던 그 긴 시간 이후를 생각하며 그곳에서 멀어
졌다. 그녀는 뚜껑을 닫지 않았다.

그늘에 숨어서 주위를 살피던 그녀가 골목에서 나왔을 때
는 어디에도 그 진청색 차가 보이지 않았다. 행인들이 그녀에
게 길을 열어주었다. 냄새에, 뚝뚝 떨어지는 오물에, 겁에 질
린 표정에, 품에 꼭 안은 망가진 무언가에 사람들이 길을 열
어주었다.

그녀는 비틀거리며 인도로 나가 잠시 멍하니 어찌해야 하나
망설이다가 이내 오른쪽으로 방향을 틀어 발을 끌며 사라졌다.

도시 전역에 비가 계속됐다.

51번가에서 자기 물건들을 챙기는 그녀를 아무도 말리지 않
았다. 경찰은 그녀가 쓰레기를 뒤지는 노숙자라고 생각했고,
멍청한 구경꾼들은 그녀와 스치는 걸 피하는 데만 급급했으며,
복사전문점 주인은 쓰레기들이 치워지는 걸 보고 한시름을 놓
았다. 애니는 챙길 수 있는 건 뭐든 다시 챙겼다. 그러고는 알
루미늄 캔을 판 돈으로 어딘가 몸을 말릴 데를 구할 수 있기를
바라며 절뚝절뚝 그곳을 떠났다. 그녀가 더럽다는 건 사실이
아니었다. 그녀는 여기 거리에서조차 언제나 까다로웠다. 어
느 정도 단정치 못한 건 봐줄 만하다지만, 이건 더러운 거였다.

그리고 망가진 아기인형을 말리고 깨끗하게 손질해야 한다.
2번대로에 가까운 이스트 가 60번지에 사는 여자가 있다. 억

양 있는 말투를 쓰는 백인 채식주의자로 가끔 애니를 지하실에 재워주었다. 그 여자한테 부탁하자.

그리 큰 부탁은 아니었지만 백인 여자가 집에 없었다. 그래서 그날 밤 애니는 14번가와 브로드웨이 교차로에 있던 백화점 자리에 새로 들어서는 제켄도르프 타워 공사장에서 잤다.

기다란 리무진에 탄 남자들이 그녀를 다시 발견한 건 그로부터 거의 일주일이 지나서였다.

44번가에 가까운 메디슨 대로에서 철망 쓰레기통에 담긴 신문지를 줍는 그녀를 누가 뒤에서 붙잡았다. 비디에게 술을 들이붓고는 세정제를 먹였던 그 남자였다. 그가 한쪽 팔을 그녀에게 두르고 몸을 홱 돌려 얼굴을 보려 했다. 그녀는 꼬맹이들이 똑딱이 지갑을 슬쩍하려 할 때마다 했던 식대로 즉각 반응했다.

그녀는 정수리로 있는 힘껏 놈의 얼굴을 박고는 더러운 두 손으로 놈을 밀었다. 비틀거리며 차도로 밀려난 그를 택시 한 대가 간발의 차로 피해갔다. 그가 고개를 흔들며 차도에 선 사이 애니는 숨을 곳을 찾아 44번가를 달려 내려갔다. 카트를 또 놓고 가야 한다는 게 유감이었다. 이번에는 자기 물건들이 제자리에 있을 것 같지 않았다.

그날은 추수감사절 전날이었다.

그새 도심의 이런저런 출입구에서 네 명의 흑인 여성이 더 죽은 채로 발견되었다.

애니는 자신이 아는 유일한 방법대로 다른 거리로 통하는 별도의 출입구가 있는 가게들로 뛰어들었다. 어딘가 뒤쪽에서, 제대로 확인할 수는 없지만 자신과 아기를 향해 재앙이 다가왔다. 아파트 안은 너무 추었다. 언제나 그렇게 추웠다. 집주인이 난방을 끊어버렸기 때문이었다. 11월 초부터 눈이 올 때까지 늘 그랬다. 그래서 그녀는 아이를 달래기 위해, 아이를 따뜻하게 해주기 위해 아이를 안고 흔들었다. 그녀를 퇴거시키려고 시에서, 인력관리국에서 사람들이 나왔을 때도 그녀는 여전히 아이를 안고 있었다. 사람들이 아무 움직임도 없는 파란 아기를 빼앗았을 때, 애니는 달아나 거리로 향했다. 그리고 그녀는 지금도 달아나는 중이다. 그녀는 어떻게 달아나는지, 어떻게 하면 계속 달아나서 아무도 자신과 앨런을 건드리지 못하는 이 거리에서 살 수 있는지 알고 있었다. 하지만 등 뒤에서 재앙이 다가왔다.

그녀는 이제 어느 공터에 이르렀다. 그녀는 여기가 어딘지 알았다. 이곳은 쓸 만한 물건들을 깡통째로, 때로는 상자째로 버리던 가게들이 있던 곳이었다. 지금은 새 건물이, 새 마천루가 세워졌다. 그녀는 시티그룹 센터라는 그 빌딩으로 달려들어 갔다. 추수감사절 전날이라 사방이 화려하게 장식됐다. 애니는 중앙 홀로 달려들어 주위를 두리번거렸다. 에스컬레이터가 보이기에 그녀는 달려가 2층으로 올라갔고, 이어 3층으로 올라갔다. 그녀는 계속 움직였다. 속도를 늦추면 사람들이 달려와 그녀를 잡아가거나 내쫓을 것이다.

난간에 서서 내려다보니 아래 홀에 그 남자가 보였다. 아직 그녀를 보지 못했다. 놈이 선 채로 주위를 둘러보았다.

아이를 덮친 사고 차량을 아이의 어머니가 맨손으로 들어 올렸다는 얘기가 종종 들린다.

경찰이 도착했을 때 목격자들은 뚱뚱한 늙은 흑인 여성이 었다고, 그 여자가 나무가 심긴 무거운 테라코타 화분을 들어 난간 위에 올렸다고, 그 여자가 불쌍한 죽은 남자의 머리 바로 위까지 화분을 밀고 가서는 3층 높이에서 떨어뜨렸다고, 그 여자가 그 남자의 머리를 박살 냈다고 증언했다. 목격자들은 자신들이 본 것이 사실이라고 맹세했지만, 범인이 늙고, 흑인 이었고, 타락한 인상이었다는 모호한 인상착의 외에는 수사에 별다른 도움을 주지 못했다. 애니는 사라졌다.

오른쪽 신발에 안창 대용으로 넣은 신문 1면에는 지난 몇 달에 걸쳐 열두 명 이상의 노숙 여성을 비정하게 살해한 혐의 로 기소된 남자 네 명의 얼굴이 실렸다. 애니는 그 기사를 읽 지 않았다.

크리스마스가 가까워지자 날씨가 믿을 수 없을 만큼 가혹 하게 바뀌었다. 그녀는 43번가와 렉싱턴 대로 교차로에 있는 우체국 입구 구석에 버티고 누웠다. 바닥 깔개로 몸을 꼭 감 싸고 털모자를 콧잔등까지 내려쓰고 끈 주머니에 든 물건들은 조심스럽게 감췄다. 막 눈이 내리기 시작했다.

저녁 식사를 하러 가는 바바리코트를 입은 남자와 밍크 모피를 두른 우아한 여자가 42번가 쪽에서 걸어왔다. 둘은 헴슬리 호텔에 묵었다. 열한 번째 결혼기념일을 축하할 겸 뮤지컬을 보러 사흘 예정으로 코네티컷에서 왔다.

둘이 그녀를 지나칠 때쯤 남자가 걸음을 멈추더니 우체국 문간을 내려다보았다. "아, 세상에, 끔찍하군." 그가 아내에게 말했다. "오늘 같은 밤에, 세상에, 진짜 끔찍해."

"데니스, 그냥 가자!" 여자가 말했다.

"저 여자를 그냥 지나칠 수는 없잖아." 그가 말했다. 그가 새끼염소 가죽으로 만든 장갑을 벗고 주머니에서 지갑을 꺼냈다.

"데니스, 저 사람들은 누가 건드리는 거 좋아하지 않아." 여자가 그를 끌어당기며 말했다. "저 사람들은 아주 자립적이라고. 타임스 지에서 본 그 기사 생각 안 나?"

"크리스마스가 다 됐잖아, 로리." 그가 반지갑에서 20달러 지폐 한 장을 꺼내며 말했다. "이거면 적어도 잘 곳을 구할 수 있을 거야. 이런 데에 그냥 있으면 큰일 나. 분명 이런 사소한 일 정도는 해도 돼." 그가 아내의 손을 놓고 우체국 입구 구석으로 걸어왔다.

바닥 깔개를 감싼 여자를 내려다보았지만, 얼굴은 보이지 않았다. 그녀가 살아 있는 증거라고는 희미한 입김뿐이었다. "이봐요." 그가 몸을 숙이고 말했다. "이봐요, 이거 받으세요." 그가 20달러 지폐를 내밀었다.

애니는 움직이지 않았다. 그녀는 길거리에서는 절대 말을 하지 않는다.

"이봐요, 어서, 받아요. 어딘가 잘 만한 따뜻한 곳으로 가요, 그렇게 해요, 예?"

그는 그녀가 깨기를, 적어도 마음의 부담을 덜어줄 '꺼져'라는 말 한마디라도 해주기를 기다리며 잠시 더 서 있었지만, 늙은 여자는 움직이지 않았다. 마침내 그는 형체를 알 수 없는 덩어리 같은 것이 놓인 여자의 무릎이라 짐작되는 곳에다 20달러짜리 지폐를 놓고 아내가 이끄는 대로 발걸음을 옮겼다.

세 시간 후, 훌륭한 저녁 식사를 마친 둘은 15센티미터쯤 쌓인 눈을 뚫고 호텔까지 걸어가는 게 낭만적일 거라 생각했다. 둘은 20달러 지폐를 받지 않았던 늙은 여자가 꼼짝하지 않고 누웠던 우체국을 지나쳤다. 그는 차마 그 여자가 얼어 죽었는지 확인하기 위해 누더기 밑을 들여다볼 엄두가 나지 않았고, 그 돈을 다시 가져올 생각도 없었다. 둘은 계속 걸었다.

자기만의 따뜻한 곳에서 애니는 앨런을 꼭 끌어안고 다독이며 목과 뺨에 닿은 그 작고 따뜻한 손가락들을 느꼈다. '괜찮아, 아가야, 괜찮아. 우리는 안전해. 쉿, 내 아기. 아무도 널 해치지 못해.'

비교행동학을 전문으로 하는 심리학자라면 푹신한 원숭이 실험을 알 것이다. 새끼를 잃은 어미 오랑우탄에게 푹신한 장난감 인형을 주면 마치 살아 있는 자기 새끼인 양 양육한다. 양육하고, 보호하고, 그 대용물을 위협하는 생물을 공격한다. 어미에게 철사로 만든 인형이나 도자기 인형을 주면 무시한다. 어미에겐 꼭 푹신한 원숭이여야만 한다. 그것이 어미를 지탱한다.

꿈수면의 기능

The Function of Dream Sleep

1989년 로커스상 수상

1989년 휴고상 노미네이트

1989년 브람스토커상 노미네이트

맥그래스는 갑자기 잠이 깨는 바람에 작고 날카로운 이빨이 빽빽하게 들어찬 거대한 입이 옆구리에서 닫히는 걸 요행히 보았다. 잠을 떨치려고 머리를 흔드는 사이에 입은 순식간에 사라졌다.

그가 잠에서 깨는 순간 눈이 자기 몸을 향하고 있지 않았더라면, 아주 잠깐 머물렀다가 입이 있었다는 흔적조차 남기지 않고 흐릿해져 사라진 그 옅은 분홍색 선조차 보지 못했을 것이다. 그러니까, 그의 몸에는 또 하나의 비밀스러운 입이 숨어 있었다.

처음에 그는 특히나 불쾌한 악몽을 꾸다가 깬 거라고 확신했다. 하지만 그 입을 통해 도망친, 자기 안에 있던 무언가의 기억은 희미해지는 악몽의 조각이 아니라 진짜 기억이었다.

그는 뭔가가 자신에게서 튀어 나가던 그 서늘한 감각을 느꼈다. 구멍 난 풍선에서 새는 차가운 공기 같은 그 느낌. 먼 방에 열어놓은 창문에서부터 복도까지 타고 오는 서늘한 기운 같은 그 느낌. 그리고 그는 그 입을 보았다. 입은 왼쪽 젖꼭지 바로 아래에서부터 갈비뼈를 세로로 가로지르며 배꼽 옆 불룩한 지방 덩어리까지 죽 이어졌다. 그의 왼쪽 몸통 아래쪽에 이빨이 가득 찬 입술 없는 입이 있었다. 그리고 그 입이 그의 몸에서 나가려는 뭔가를 내보내기 위해 열렸었다.

맥그래스는 침대에서 몸을 일으켜 앉았다. 덜덜 떨렸다. 독서등이 켜진 채였고, 문고본 소설이 옆에 펼쳐진 채 엎어져 있었다. 그는 발가벗었고, 8월의 열기에 땀을 흘렸다. 그가 불현듯 눈을 떴을 때 독서등이 똑바로 그의 몸뚱이를 겨냥하여 빛으로 적셨다. 그리고 그가 잠이 깨는 그 순간에 막 비밀 입을 여는 중이던 그의 몸이 놀랐던 것이다.

떨리는 몸을 어쩌지 못하고 있는데 전화벨이 울렸다. 그는 전화를 받기로 마음먹었다.

"여보세요." 자기 목소리가 아닌 듯한 소리였다.

"로니." 죽은 빅터 케일리의 아내가 말했다. "이런 시간에 전화해서 미안해…."

"괜찮아." 그가 말했다. 빅터는 그제 죽었다. 샐리는 뒷수습을 맥그래스에게 맡겼고, 그도 위로의 시간을 아끼지 않았다. 예전에 샐리와 그는 특별한 관계였다. 그러다 그녀가 그의 가장 오랜 친구이자 가장 가까운 친구였던 빅터에게 이끌렸다. 둘은 갈수록 더욱더 달콤하게 서로에게 이끌렸다. 그러다, 마침내 맥그래스가 웨스트 47번가에 있는 오래된 주점에서 저녁을 먹자고 둘을 초대했다. 검은 나무 칸막이와 당시 선풍적인 인기를 끈 송아지커틀릿 메뉴가 있던, 갈가리 찢기고 사라진 다른 많은 것들과 마찬가지로 지금은 사라진 오래된 주점이었다. 그는 둘을 탁자 맞은편에 나란히 앉히고는 둘의 손을 잡았다. 난 너희 둘을 정말 좋아해. 그는 말했다. 난 너희 둘이 같이 있을 때 어떤 분위기인지 알아. 너희 둘은 내가 정말 좋아하는 친구들이야. 너희들은 내 세계에 불을 밝혀줬어…. 그리고 그는 둘의 손을 포갠 다음 그 위에 손을 얹었다. 그러고는 초조해하는 둘을 보고 싱긋 웃었다.

"괜찮아? 왠지 목소리가 아주 피곤하게 들리는데?" 그녀의 목소리는 또렷했다. 하지만 걱정이 어렸다.

"음, 난 괜찮아. 그냥 괴상한 꿈을 꿨어. 졸았거든. 책을 읽다가 잠이 들었어. 그러다 좀 이상한…." 그가 말을 흐렸다. 그러고는 다시 입을 열어 조금 더 확고하게 말했다. "난 괜찮아. 그냥 무서운 꿈을 꿨어."

그러자 둘 사이에 긴 침묵이 흘렀다. 그저 연결된 전화선과 이온이 붕괴하는 소리만 들릴 뿐이었다.

"넌 괜찮아?" 모레 있을 장례식을 생각하며 맥그래스가 말했다. 그녀는 그에게 관을 골라달라고 부탁했다. 판매업자들이 온갖 유인술을 펴면서 사라고 종용했던 그 피막 처리를 한 분홍색 알루미늄 '장치'를 생각하면 구역질이 났다. 맥그래스는 "고인을 생각하는 사려 깊은 분이라면 양극처리를 한 금속 재질에 바다안개 광택 마감을 하고 안에는 화려하게 주름을 잡아 누빈 600번 아쿠아 수프림 체니 벨벳을 풍성하게 대고 초대형 덧베개와 덮개로 장식한 '장치'인 '모나코' 모델이 마음에 드실 겁니다"라는 관 전시실 장례상담사의 제안을 물리치고 단순한 구리 관으로 마음을 정했다.

"잠이 안 와서." 그녀가 말했다. "TV를 보는데, 오스트레일리아 개미핥기라고 부르는 바늘두더지가 나왔어, 바늘두더지 알아…?" 그가 안다는 의미의 소리를 냈다. "빅터는 1982년에 오스트레일리아 플린더스 산맥으로 갔던 여행 얘기를 자주 했어. 오스트레일리아 동물들을 정말로 좋아했거든. 바늘두더지가 나오기에 그가 웃는 걸 보려고 고개를 돌렸는데…."

그녀가 울기 시작했다.

그도 목이 메었다. 그는 알았다. 같이 본 걸 얘기하려고, 공감을, 의견을 구하려고, 얼굴에 떠오르는 표정을 보려고 가장 친한 친구한테로 고개를 돌리는 일 말이다. 그 공간에 빈자리가 생겼다. 그는 알았다. 그도 지난 이틀 동안 마흔 번도 넘게 빅터를 찾았다. 찾았지만, 이내 공허와 맞닥뜨렸다. 아, 그는 알았다. 너무나도 잘 알았다.

"샐리." 그가 중얼거렸다. "샐리, 그래, 나도 알아."

그녀가 눈물을 수습하더니 흥흥 코를 풀고 목소리를 가다듬었다. "괜찮아. 난 멀쩡해. 아주 잠깐 그랬다는…."

"힘들더라도 잠을 좀 자. 우린 내일도 할 일이 있으니까."

"그래." 그녀가 정말로 아주 멀쩡하다는 듯이 말했다. "자러 갈게. 미안해." 그는 그런 소리 말라고, 이 시간에 바늘두더지 얘기를 친구한테 못하면 누구한테 하겠냐고 말했다.

"심야 종교채널 목사." 그녀가 말했다. "새벽 세 시에 누군가를 귀찮게 해야 한다면, 그런 더러운 놈이 낫겠지." 둘은 잠시 공허하게 웃었다. 그녀가 작별인사를 하고는 둘 다 그를 많이 사랑했다고 말했다. 그는 '맞아'라고 답했고, 둘은 전화를 끊었다.

로니 맥그래스는 옆에 엎어진 문고본 소설책과 여전히 자신의 몸을 데우고 있는 독서등과 습기로 축축해진 침대보를 두고 가만히 누워 지금 자신의 피부처럼 이빨이 가득 찬 비밀스러운 입 같은 건 흔적조차 없는 맞은편 침실 벽을 골똘히 쳐다보았다.

"머릿속에서 지워버릴 수가 없어."

의사인 제스 박사가 그의 옆구리를 손으로 쓸어내리며 자세히 살펴보았다. "음, 빨강군. 하지만 스티븐 킹스러운 뭔가보다는 그냥 쏠린 거 같은데."

"내가 계속 문질러서 그래. 갈수록 강박적이 돼. 그리고 놀리지 마, 제스. 아무리 해도 그게 머릿속에서 떠나질 않으니까."

그녀가 한숨을 쉬고는 한 손으로 무성한 적갈색 머리카락을 쓸어넘겼다. "미안해." 그녀가 몸을 일으키고는 진료실 창가로 걸어갔다. 그러고는, 잠시 생각한 후에 말했다. "옷을 입어도 돼." 그녀가 창밖을 내다보는 동안 맥그래스는 접이식 계단에 발이 걸릴 뻔하면서 진료대에서 훌쩍 내려왔다. 그는 무릎까지 내려오는 빳빳한 종이 가운을 대충 접어서 속을 채운 의자에 내려놓았다. 그가 팬티를 끌어올리는데 제스 박사가 고개를 돌리고 그를 쳐다보았다. 그는 오래전에 여성 의사에게 검진을 받는 걸 두렵게 여겼던 자신이 얼마나 어리석었는지 다시 한 번 생각했다. 그의 친구는 걱정스럽게 쳐다봤지만, 남자와 여자 사이에 오가는 표정은 전혀 없었다. "빅터가 죽은 지 얼마나 됐지?"

"얼추 삼 개월."

"에밀리는?"

"육 개월."

"스티브와 멜라니의 아들은?"

"아, 제기랄, 제스!"

의사가 입을 꾹 다물었다. "이봐, 로니, 내가 심리치료사는 아니지만, 나한테도 네가 그런 친구들의 죽음에 영향을 받았다는 게 보여. 너한텐 보이지 않을지도 모르겠지만, 그래도 말은 똑바로 했지. 강박적이 된다고 말이야. 그렇게 짧은 기간에 그렇게 많은 고통을 견딜 수 있는 사람은 없어. 사랑하는 사람들을 그렇게나 많이 잃다니, 개미지옥에 빠진 것도 아니고."

"엑스레이 결과는 어때?"

"이미 말했잖아."

"하지만 뭔가가 있었을 거야. 무슨 상처라거나 염증이라거나 피부에 난 이상 소견이라거나… 뭔가 말이야!"

"로니, 진정해. 난 너한테 거짓말한 적 없어. 나랑 엑스레이 사진들을 같이 봤잖아. 뭔가 보였어?" 그는 깊은 한숨을 쉬고는 고개를 저었다. 그녀가 '음, 그거 봐, 아픈 데가 없다는데 내가 아픈 데를 만들어 줄 수는 없잖아'라고 말하듯이 손을 펼쳐 보였다. "전립선 치료는 해줄 수 있어. 그리고 그 경찰한테 맞은 관절에 코르티손 주사도 놓아줄 수 있어. 하지만 아무런 흔적도 남기지 않은 그 싸구려 공포소설에 나올 만한 뭔가를 치료해줄 순 없어."

"정신과에 가봐야 할까?"

그녀가 창문 쪽으로 돌아섰다. "네가 날 찾아온 게 이번이 세 번째야, 로니. 넌 내 친구지만, 내가 보기에 넌 다른 상담을 받아볼 필요가 있어."

맥그래스가 넥타이 매듭을 짓고는 두 새끼손가락으로 셔츠 칼라 끝을 벌리며 길이를 조정했다. 그녀는 돌아보지 않았다. "로니, 난 네가 걱정돼. 넌 결혼해야 해."

"난 결혼했어. 게다가, 네가 말하는 게 아내는 아니잖아. 보살펴줄 사람을 말하는 거지." 그녀는 돌아서지 않았다. 그는 윗옷을 걸치고는 기다렸다. 마침내 그가 문 손잡이를 잡고 말했다. "네 말이 맞을지도 몰라. 난 우울해 하는 타입은 절대 아니지만, 이런… 이렇게 많은, 이렇게 잠시 사이에… 어쩌면 네 말이 맞을 거야."

그가 문을 열었다. 그녀가 창밖을 내다보았다. "다음에 보자." 그가 발걸음을 떼자 그녀가 돌아선 채 말했다. "오늘 진료비는 안 내도 돼."

그가 희미하게 미소를 지었지만, 전혀 행복한 미소는 아니었다. 하지만 그녀는 그걸 보지 못했다. 어떤 식으로든, 대가는 늘 치르게 마련이다.

그는 토미에게 전화해서 일을 좀 빼달라고 부탁했다. 토미가 흥분했다. "로니, 나 꽁지에 불붙었어." 그가 즐겨 쓰는 비운의 황후 같은 어조였다. "오늘은 빌어먹을 마의 금요일이야! 딴 딴 딴 딴! 있잖아, 패런하이트인가 패런스톡인가 하는⋯."

"패네스톡이야." 로니가 며칠 만에 처음으로 웃으며 말했다. "그 여자가 문둥이와 잘 기회를 노린다고 네가 말했을 때가 그 여자를 본 마지막인 거 같은데."

토미가 한숨을 쉬었다. "그 괴상한 쌍년은 그냥 아무거나 주워 먹는 거야. 분명 결박당하는 걸 좋아할걸. 내가 심하게 대하면 대할수록 더 자주 오는 거 봐."

"이번에는 뭘 가져왔어?"

"그 볼품없는 자수 여섯 점을 또 가져왔어. 차마 쳐다보지도 못하겠어. 피 흘리는 순교자들과, 문화적으로 뒤떨어진 지역들 있잖아, 그러니까 아이오와나 인디애나 같은, 아니 일리노이던가, 아이다호였나, 모르겠네, 하여튼 이응으로 시작하

246

는, 볼링 치는 사람들이 많은 그런 지역의 풍경이야." 패네스톡 부인의 꼴사나운 작품을 액자로 만드는 사람은 늘 로니였다. 토미는 항상 힐끗 보기만 하고 잠시 누워야겠다며 가게 뒤로 가서 위층으로 올라가 버렸다. 맥그래스는 그 부인에게 액자들로 무얼 하시느냐고 물어본 적이 있었다. 그녀는 선물로 준다고 대답했다. 그 말을 들은 토미는 무릎을 꿇고 그 여자가 선물을 줘야겠다고 판단할 만큼 자신을 좋게 보는 일이 없도록 믿지도 않는 신에게 빌었다. 하지만 그 여자는 돈이 됐다. 세상에나, 얼마나 펑펑 써 대는지.

"내가 맞춰볼게." 맥그래스가 말했다. "그 여자가 천으로 테두리를 두르고 단순한 진줏빛 바탕을 깐 다음 채핀 몰딩 사에서 만든 검은 래커 틀로 동전이 튕겨 나올 정도로 아주 짱짱하게 액자를 짜달라고 했겠지. 맞아?"

"그래, 당연히 그랬지. 그것 말고도 네 게으름뱅이 짓이 특히 더 괴로운 이유가 또 있어. 채핀 트럭이 막 30미터짜리 타원형 호두나무 상판 틀을 내려주고 갔어. 이걸 포장을 풀어서 길이를 잰 다음 정리해야 돼. 이런데, 너 쉬겠다고?"

"토미, 나한테 죄책감 심어주려 하지 마. 난 이교도잖아, 기억해?"

"죄책감만 아니었다면 이교가 벌써 삼천 년 전에 우리를 싹 제거했을 텐데. 스타워즈 방어체계보다 더 효율적이야." 조수가 없으면 실제로 얼마나 불편할지 재면서 토미가 잠시 입으로 숨을 내뿜었다. "월요일 아침? 일찍?"

맥그래스가 말했다. "8시까지 갈게. 그 자수 액자부터 처리하지."

"좋아. 그건 그렇고, 목소리가 안 좋아. 무신론자로 살 때 제일 안 좋은 점이 뭔지 알아?"

로니는 웃었다. 토미가 끔찍한 농담을 건넨다는 건 협상이 끝났다는 의미다. "아니, 무신론자로 살 때 제일 안 좋은 점이 뭐야?"

"떡칠 때 달리 애기할 사람이 없다는 거야."

로니는 폭소를 터뜨렸다. 속으로만. 토미에게 만족감을 안겨 줄 필요는 없었으니까. 하지만 토미는 잘 안다. 보이지는 않지만, 수화기 너머에서 토미가 만면에 웃음을 띠고 있는 걸 로니도 알았다. "그럼 가볼게, 토미. 월요일에 봐."

그는 공중전화 수화기를 내려놓고 피코 대로 건너편에 있는 사무용 건물을 쳐다보았다. 그는 빅터와 샐리와 함께 뉴욕을 떠난 뒤로 11년째 로스앤젤레스에 살지만, 낮이 되면 황금빛 광채가 뒤덮는 이곳에 여전히 익숙해지지 못했다. 비가 올 때만 제외하고 말이다. 비가 올 때면 어찌나 혹심하게 오는지, 그 낯선 풍경 탓에 그는 보도에서 거대한 버섯들이 솟아나는 상상을 하곤 했다. 벽돌로 지은 그 3층짜리 사무용 건물은 평범했지만 늦은 오후의 그늘이 건물 앞면에 드리운 모습은 1892년 겨울에 모네가 그린 루앙 성당 그림을 연상시켰다. 모네는 이른 아침부터 해질녘까지 다른 각도로 햇빛을 받는 성당 정면 그림을 열여덟 장이나 그렸다. 그는 뉴욕 현대 미술관에서 모네전을 봤었다. 그러자 그 전시를 누구와 봤는지 떠올랐고, 그는 그 비밀스러운 입을 통해 자신의 몸에서 빠져나가던 한기를 다시금 느꼈다. 그는 그냥 공중전화 부스가 아닌 어딘가로 가서 울고 싶었다. '그만!' 그는 속으로 말했다. '그만해.' 그는 눈가를 훔친 다음 길을 건너 보도를 가로지른 그늘을 통과했다.

그는 비좁은 로비에서 유리로 마감해 벽에 붙여놓은 입주사 안내판을 살폈다. 그가 보기에 그 건물에 입주한 사람들은 대체로 치과의사이거나 우표수집가인 듯했다. 하지만 그는 골이 진 검은 판에 붙은 작고 하얀 플라스틱 글자들 가운데에서 '렘(REM) 그룹 306호'를 찾아냈다. 그는 계단을 걸어 올라갔다.

306호를 찾으려면 왼쪽과 오른쪽 중에서 선택해야 했다. 벽에 사무실 방향을 표시해주는 화살표가 붙어 있지 않았다. 그는 오른쪽을 선택했고, 곧 자신의 선택에 기뻐했다. 306호에 가까워지면서 누군가가 다소 시끄럽게 얘기하는 소리가 들리기 시작했다. "수면에는 몇 가지 종류가 있어요. 꿈수면 또는 우리가 렘수면이라고 부르는 게 있는데, 저희 그룹의 이름이 거기서 온 거죠. 꿈수면은 주로 알보다는 새끼를 낳는 포유동물에게서 발견됩니다. 일부 조류와 파충류도 그렇고요."

맥그래스는 306호 유리문 밖에 서서 그 말을 들었다. '태생(胎生) 포유류 말이군.' 그는 생각했다. 지금은 말하는 사람이 여성이라는 걸 알 수 있었다. 그리고 그녀가 '태생'이라는 단어

대신에 "알보다는 새끼를 낳는"이라는 말을 사용하는 것으로 봐서 얘기를 듣는 사람은 아무래도 일반인인 것 같았다. 그는 바늘두더지를 생각했다. '익숙한 태생 포유동물.'

"요즘은 꿈이 뇌의 신피질에서 비롯된다고 여겨요. 꿈은 미래를 예측하는 수단으로 이용됐습니다. 프로이트는 무의식을 탐험하는 데 꿈을 이용했고요. 융은 꿈이 의식과 무의식이 소통하는 가교를 형성한다고 생각했어요." 그건 꿈이 아니었어, 맥그래스는 생각했다. '나는 깨어 있었어. 난 둘의 차이를 알아.'

여자가 계속 말했다. "…그런 사람들은 시를 짓거나 문제를 해결하는 데 꿈을 이용하는 방법을 찾으려 합니다. 그리고 꿈이 기억 강화에 도움이 된다는 건 일반적으로 알려진 사실이에요. 여러분 중에 잠에서 깼을 때 꿈을 기억할 수 있다면 아주 중요한 뭔가를 이해하거나 잃어버린 특별한 기억 같은 걸다시 찾을 수 있다고 믿는 분 계시나요?"

'여러분 중에.' 그제야 맥그래스는 그게 집단 꿈치료 과정이라는 사실을 깨달았다. 늦은 금요일 오후에? 분명 삼사십대 여자들일 터였다.

그는 자기 생각이 맞는지 보려고 문을 열었다.

사무실 안에 있던, 잠에서 깼을 때 꿈을 기억하면 옛 기억을 되살릴 수 있다고 믿는다는 신호로 모두 손을 치켜든, 누구 하나 마흔을 넘지 않아 보이는 여섯 명의 여성이 고개를 돌려 안으로 들어서는 맥그래스를 쳐다보았다. 그는 등 뒤로 문을 닫고 말했다. "전 동의하지 않아요. 전 우리가 꿈을 꾸는 건 잊기 위해서라고 생각합니다. 그리고 때로는 그게 작동하지 않지요."

그는 단체로 손을 든 여섯 명의 여성들 앞에 선 사람을 보며 얘기했다. 그녀는 오랫동안 그를 마주 응시했고, 앉은 여섯 명이 모두 고개를 돌려 그녀를 쳐다보았다. 그들의 손이 공중에서 얼어붙었다. 얘기하던 여자는 등을 펴고 책상 모서리에 걸터앉았다.

"맥그래스 씨?"

"예. 늦어서 죄송합니다. 일이 좀 많아서요."

여자가 재빨리, 완전히 감정이 억제된 미소를 지으며 그를 안심시켰다. "전 애나 피킷이라고 해요. 오늘 참석하실지도 모른다는 얘기를 트리샤한테서 들었어요. 앉으세요."

맥그래스는 고개를 끄덕이고는 벽에 기대 세워진 남은 접의자 세 개 중 하나를 집었다. 그는 의자를 펴서 반원의 제일 왼쪽 끝에 놓았다. 세심하게 관리하고 비싸게 손질한 여섯 개의 머리가 그를 향한 사이에, 하나씩 하나씩 손이 내려갔다.

그는 트리샤가 자신을 이 치료 모임에 등록하도록 그냥 둔 것이 잘한 일이었는지 모르겠다고 생각했다. 애나 피킷이라는 이 여자에게 전화를 넣은 건 전처였다. 둘은 이혼 후에도 친구로 남았고, 그는 그녀의 판단을 신뢰했다. 헤어진 후 그녀가 학위를 받으러 UCLA에 간 이후로 그녀한테 상담 도움을 받은 적은 없지만, 그는 트리샤가 남부 캘리포니아에서 가장 뛰어난 가족문제 상담사라고 확신했다. 그런 그녀가 집단 꿈치료를 제안했을 때는 충격을 받았다. 하지만 그는 왔다. 그는 일찍 그 근처로 왔다. 그러고는 하루 대부분을 자신이 정말 이일을 하고 싶은지, 자신의 경험을 완전히 낯선 사람들과 나누고 싶은지 판단하려 애쓰며 돌아다녔다. 그는 아이스크림을 먹으며 그 일대가 어떻게 '고급화됐는지', 어떻게 그렇게 빠르게 변했는지, 이곳에 번창했던 멋진 작은 가게들이 급등하는 임대료 때문에 어떻게 쫓겨났는지 살펴보았고, 고개를 절레절레 흔들며 이 가게와 저 상점을 기웃거리고 쇼핑을 하며 그 일대를 돌아다녔다. 그는 아무것도 지속되지 않는다는 사실에, 기쁨이 말라간다는 사실에 갈수록 낙담했다. 기쁨이 말라갔다. 가게마다, 거리마다, 사람마다…….

그러다 누군가는 홀로 남는다.

텅 빈 평원에 서게 된다. 지평선에서 검은 바람이 불어온다. 춥고 공허한 어둠. 영원한 고독의 구덩이가 바로 저 지평선 너머에 있고, 그 구덩이에서 불어나오는 소름 끼치는 바람이 절대 그치지 않을 것도 안다. 사랑하는 이들은 별안간에 하나씩 지워지고, 그 누군가는 거기, 텅 빈 평원에 홀로 설 것이다.

그는 종일 그 일대를 돌아다니다 마침내 토미에게 전화를 걸었다. 그는 전처 트리샤의 지혜를 한번 따라보자고 마침내 결심했고, 그래서 여기, 이 등받이를 똑바로 세운 접의자에 앉아 전혀 모르는 낯선 이에게 방금 한 말을 다시 말해달라고 요청하는 중이었다.

"꿈을 기억하는 것이 좋은 일이라는 다른 분들의 생각에 왜 동의하지 않는지 물었어요." 그녀가 한쪽 눈썹을 치켜들면서 고개를 옆으로 기울였다.

맥그래스는 잠시 불편한 기분이 들었다. 얼굴이 붉어졌다. 이런 때마다 매번 당황하는 그였다. "음." 그가 천천히 말했다. "대중과학서 한 권 읽고 전문가인 체하는 그런 똑똑한 멍청이로 보이고 싶지는 않….."

그녀가 질겁하는 그에게, 그의 붉어진 뺨에 미소를 보냈다. "괜찮아요, 맥그래스 씨. 정말 괜찮습니다. 꿈에 관한 한 우리는 모두 여행자입니다. 어떤 책을 읽었어요?"

"크릭-미치슨 이론요. '잊기'에 관한 논문이었어요. 뭐랄까, 저한테는 그 이론이, 음, 그냥 그럴듯해 보였어요."

여자 하나가 그게 뭐냐고 물었다.

애나 피킷이 말했다. "프랜시스 크릭 경은 DNA 연구로 노벨상을 받으셨으니 여러분들도 알 겁니다. 그레임 미치슨은 케임브리지에서 일하는 아주 존경받는 뇌 연구자고요. 둘은 1980년대 초에 공동으로 연구를 진행하면서 우리가 기억하기 위해서가 아니라 잊기 위해서 꿈을 꾼다는 가설을 세웠어요."

"제가 그 가설을 이해하는 데 제일 도움이 된 방법은." 맥그래스가 말했다. "밤에 사람들이 다 퇴근한 뒤에 하는 사무실 청소에 비유하는 것이었어요. 철 지난 보고서는 버리고, 중요 자료는 분쇄하고, 기한이 지난 메모들은 쓰레기통에 던지지요. 매일 밤 우리 뇌는 한두 시간의 꿈수면 동안 청소를 하는 겁니다. 매일 꿈이 우리가 어지른 걸 치우고, 중요한 기억들을 저장하는 데 방해가 되거나 우리가 깨어 있는 동안 이성적인 사고를 하는 데 방해될 것 같은 불필요하거나 부정확한 기억, 또는 그냥 단순하고 의미 없는 기억들을 쓸어내는 거지요. 뇌는 우리가 더 잘 기능할 수 있도록 온갖 쓰레기를 잊으려고 해요. 그래서 꿈을 기억하는 건 오히려 비생산적일 수 있어요."

애나 피킷이 빙긋 웃었다. "뭔가 통했나 봐요, 맥그래스 씨. 제가 막 그 이론을 설명할 참에 들어오셨거든요. 덕분에 설명할 게 많이 줄었네요."

여섯 여자 중 한 명이 말했다. "그럼 각자 꾼 꿈을 적어내고 같이 토론하는 거 안 해요? 전 심지어 침대 옆에 녹음기를 갖다 놨거든요. 예를 들어, 전 어젯밤에 자전거 꿈을 꿨는데…."

그는 치료가 끝날 때까지 가만히 앉아서 분노를 금할 수 없는 얘기들을 꾹 참고 들었다. 그 사람들은 너무 제멋대로라 살면서 겪는 조그만 불편들이 마치 정복할 수 없는 태산이라도 되는 양 굴었다. 그가 알던 여자들과는 너무 달랐다. 어디 원시시대에서 온 사람들인 양 시대의 변화와 자기 존재를 궁극적으로 책임지라는 시대의 요구에 혼란스러워하는 것 같았다. 그들은 구원자를 원하는 듯했고, 그들 세계를 움직이는 더욱 위대한 힘이 있다는, 뭔가 힘과 압력과 심지어 음모들이 있어서 그들을 불안하고 초조하고 무기력한 상태로 내몬다는 얘기를 듣고 싶어 하는 것 같았다. 여섯 명 중에 다섯 명이 이혼했고, 그중에 딱 한 명만 전업으로 일했다. 부동산중개업자였다. 여섯 번째 여성은 마피아 두목의 딸이었다. 맥그래스는 그들과 아무 유대감도 느끼지 못했다. 그에게는 집단 치료 과정이 필요하지 않았다. 그의 삶은 충분히 충만했다. 다만 지금 그가 늘 겁에 질려 어쩔할 바를 모르고, 끊임없이 의기소침해 있다는 점만 빼면. 어쩌면 제스 박사의 말이 정답일지도 모른다. 그에겐 정신과 의사가 필요했을 것이다.

그는 진짜 고민이라 봐야 잔디밭에 물 줄 시간에 맞춰 집에 들어갈 수 있느냐 정도가 다인 잘 차려입은 숙녀 환자들과 애나 피킷이 자기한테는 필요 없다고 확신했다.

과정이 끝나자 그는 애나 뭐라는 여자한테 아무 말도 않고 문 쪽으로 발걸음을 뗐다. 여섯 여성에게 둘러싸인 그녀가 살짝 그들을 밀치고는 그를 불렀다. "맥그래스 씨, 잠시 기다려 주시겠어요? 할 얘기가 좀 있어요." 그는 잡았던 문 손잡이를 놓고 자기 의자로 돌아갔다. 맥그래스는 짜증이 나서 뺨 안쪽을 깨물었다.

그녀는 민들레 홀씨를 훅 불 듯이 가볍게, 게다가 사람들에게 거부당한 느낌을 주지 않으면서 예상보다 훨씬 빨리 사람들을 털어 보냈다. 5분도 안 돼서 그는 꿈치료사와 단둘이 사무실에 남았다.

그녀는 마지막으로 마피아 공주가 나간 뒤에 문을 닫고 잠갔다. 찰나의 순간 산란해진 그의 마음에 어떤 생각이 떠올랐지만… 그 순간은 지나갔다. 그녀의 얼굴에 떠오른 표정은 욕망이 아니라 걱정이었다. 그가 일어서려 하자 여자가 손바닥을 내보이며 말렸다. 그는 다시 접의자에 털썩 앉았다.

그러자 애나 피킷이 그에게 와서 말했다. "그리하여 맥그래스가 잠을 살해했다."* 그가 올려다보는 사이에 그녀는 왼손을 그의 머리 뒤로 집어넣어 머리카락 밑 두개골 곡선을 따라 손가락을 펼치며 목덜미를 감쌌다. "긴장 푸세요, 괜찮을 거예요." 그녀가 오른손을 그의 왼쪽 뺨에 대며 깜빡이지 않으려고 무던히 애쓰는 그의 눈 하나를 사이에 두고 엄지와 검지를 쫙 펼치며 말했다. 그녀의 엄지가 그의 코와 나란히 놓여 손가락 끝이 콧등에 닿았다. 검지는 뼈가 불거진 눈두덩을 가로질렀다.

그녀가 입을 꾹 다물더니 깊은 한숨을 쉬었다. 잠시 후, 그녀가 무의식중에 놀란 듯이 몸을 움찔거리더니 숨이 다 빠져나가 버린 것처럼 헐떡거렸다. 맥그래스는 움직일 수 없었다. 자기 머리를 감싼 두 손의 힘과 그녀를 강타하듯 관통하는 열정의 떨림이 느껴졌다. 그는 그걸 열정이라 말하고 싶었다. 강한 성적인 느낌으로서의 열정이 아니라 뭔가 자신의 본성과는 다른 외적인 어떤 것, 낯선 어떤 것을 쫓아 움직인다는 의미에서의 열정 말이다.

그녀 내부의 떨림이 점점 더 분명해졌다. 맥그래스는 그 힘이 자기한테서 빠져나가 그녀에게로 쏟아져 들어간다는 걸,

---

* 셰익스피어 《맥베스》에 나오는 '맥베스가 잠을 살해했다'는 문장의 패러디

그 힘이 포화 상태에 도달했고, 나름의 체계에 따라 자신에게로 다시 새어 들어온다는 걸 감지했다. 하지만 힘은 바뀌었다. 훨씬 위험해졌다. 하지만, 왜 위험하지? 이제 과부하가 걸린 인간 고압 송전탑이 된 그녀는 눈을 감은 채 고개를 앞뒤로, 옆으로 뒤챘고, 고개가 움찔움찔할 때마다 무성한 머리채가 이리저리 흔들리며 경련을 일으켰다.

그녀가 무의식적 쾌락이라고는 흔적도 찾아볼 수 없는 고통에 찬 신음을 나직이 토했고, 아랫입술을 너무 꽉 무는 바람에 피가 입술을 물들이기 시작하는 것이 보였다. 그녀의 얼굴에 드러나는 고통이 더는 견딜 수 없는 지경까지 이르자 그는 재빨리 팔을 뻗어 그녀의 손을 억지로 떼어냈다. 회로를 끊은 것이다.

다리가 풀린 애나 피킷이 풀썩 무릎을 꿇었다. 그가 몸으로 받치려 했지만, 그녀의 체중이 고스란히 부딪혀오는 바람에 둘은 금속 접의자와 함께 바닥으로 나뒹굴었다.

'누가 들어와서 이런 장면을 보면 내가 여자를 강간한다고 생각할지도 몰라.' 겁이 질린 그는 잠시 말도 안 되는 생각을 했다가 여자가 문을 잠갔다는 사실을 떠올리고는 안도했다. 그의 공포는 그녀에 대한 걱정으로 변했다. 그는 발목에 걸린 의자를 끌면서 덜덜 떠는 여자의 몸 밑에서 굴러 나왔다. 그는 발을 흔들어 의자를 떨쳐내고는 무릎을 꿇었다. 그녀는 눈을 반쯤 감고 있었는데, 계속해서 터지는 플래시 불빛이라도 받는 것처럼 눈꺼풀이 빠르게 깜빡거렸다.

그는 그녀의 상체를 안아 반쯤 일으킨 다음 머리를 자신의 무릎에 내려놓았다. 물도 물수건도 없어서 그는 여자의 얼굴을 가린 머리카락을 쓸어내고는 아주 가볍게 몸을 흔들어보았다. 그녀의 호흡이 느려지더니 경련하듯 오르락거리던 가슴도 좀 잠잠해지고, 제멋대로 널브러졌던 손에도 힘이 들어가는지 손가락이 꿈틀거리기 시작했다.

"피킷 씨." 그가 속삭였다. "말할 수 있겠어요? 괜찮아요? 이럴 때 먹는 약이 있나요… 저기 책상에?"

여자가 눈을 뜨고 그를 올려다보았다. 그러고는 입술에 묻은 피를 핥았고, 엄청난 거리를 뛰어온 것처럼 계속해서 헐떡거렸다. 그리고 마침내 그녀가 말했다. "당신이 들어왔을 때, 난 당신 안에 있는 그것을 느꼈어요."

그는 그녀가 느낀 그것이 무엇인지, 그녀를 그처럼 불안정하게 만든 자기 안의 그것이 무엇인지 물어보려 했지만 그녀가 굽은 손을 뻗어 그의 팔뚝을 건드렸다.

"당신은 나와 같이 가야 해요."

"어디로요?"

"진짜 렘 그룹을 만나러요."

그리고 그녀는 울기 시작했다. 그녀가 자기 때문에 우는 거라고 곧바로 깨달은 그는 같이 가겠다고 중얼거렸다. 그녀는 미소를 지어 그를 안심시키려 했지만, 그러기에는 여전히 고통이 너무 컸다. 둘은 그 상태로 잠시 가만히 있다가 같이 사무용 빌딩을 떠났다.

＊

그들은 장애가 있었다. 히든힐스에 있는 농가풍 집에 사는 사람들 모두가. 한 사람은 눈이 멀었고, 다른 사람은 팔이 하나밖에 없었다. 세 번째 사람은 끔찍한 화상을 입어 얼굴 반쪽을 잃은 것처럼 보였으며, 또 다른 사람은 쓰러지지 않도록 지지대가 달린 작은 수레를 타고 집 안을 누볐다.

둘은 샌디에이고 고속도로를 타고 벤투라까지 가서 101번 고속도로로 갈아타고 서쪽으로 차를 몰아 캘러배서스 나들목으로 향했다. 수없이 언덕을 올랐다 내리는 사이에 둘이 선택한 샛길은 비포장도로가 되고, 비포장도로는 말이 다니는 길이 되었다. 애나 피킷의 1985년형 르세이버를 맥그래스가 몰았다.

그 집은 완전히 사방이 막힌 움푹 팬 구덩이 같은 곳에 있어서 아래쪽 흙길에서도 보이지 않았다. 낮은 언덕들 뒤로 이어진 말 다니는 길은 메스키트 나무와 서해안 떡갈나무에 덮여 있다가 별안간 완벽하게 포장이 된 아스팔트 길이 되었다. 언론 재벌 허스트가 허스트 성으로 통하는 입구를 가리려고 언덕들 사이에 숨겨놓은 길처럼, 그 아스팔트 포장길도 소용돌이를 그리며 아래로 흘러내려 갔다.

하늘에서 보지 않는 이상, 모험심이 넘쳐 흐르는 캠핑족들도 그 거대한 농장풍 집과 부속 건물들과 부지를 찾아내지 못할 것 같았다. "부지가 얼마나 넓어요?" 맥그래스가 빙빙 돌아 그 구덩이 속으로 내려가며 물었다. "여기 다요." 여자가 한쪽 팔로 인적 없는 주변 언덕들을 쓱 훑으며 말했다. "거의 벤투라 카운티 경계까지예요."

그녀는 완전히 기운을 차렸지만 한 시간 반 동안, 심지어 최악의 주말 정체로 차들이 로스앤젤레스에서 기어 나와 산페르난도 계곡을 통과하는 백만 개의 바퀴가 달린 벌레처럼 101번 고속도로를 기어가는 동안에도 거의 말을 하지 않았다. "들르는 사람이 많지는 않을 것 같네요." 그가 말했다. 옆자리에 앉은 여자가 산타모니카를 떠난 뒤 처음으로 똑바로 그를 쳐다보았다. "당신이 날 믿었으면 좋겠어요. 잠시만 더 날 믿어요." 그녀가 말했다.

그는 운전하는 데에만 신경을 집중했다.

그는 좁은 차 안에 갇힌 채 기묘하게도 어릴 때 크리스마스이브마다 침대에서 느꼈던 기분을 떠올리게 하는 일종의 무딘 공포에 질렸다. 그는 산타클로스를 보고 싶었지만 잠이 들어야 산타클로스가 온다는 걸 알았기 때문에 잠이 오는 게 안타까운 동시에 반가웠다.

밑에 있는 저 집에 비밀스러운 입과 몸에서 나오는 오래된 바람에 대해서 아는 누군가가 있다. 그녀를 믿지 않았더라면 그는 브레이크를 밟고 차에서 뛰쳐나가 고속도로에 닿을 때까지 내처 달렸을 것이다.

그러나 일단 집 안에 들어가서 하나같이 망가지고 비참한 사람들을 보고 나니, 그는 여자가 이끄는 대로 넓은 응접실로 들어가는 것 말고는 아무 일도 할 수 없을 정도로 무기력해졌다. 그 응접실에 과하다 싶게 속을 채운 편안한 의자들이 둥그렇게 놓인 걸 본 그는 더욱 공포에 사로잡혔다.

삼삼오오 사람들이 들어왔다. 구르는 수레를 탄 다리 없는 여성이 원 중앙으로 밀고 들어왔다. 거기 앉아서 사람들이 들어오는 것을 보던 그는 심장이 터질 것 같았다. 맥그래스가 젊을 때 뉴욕 탈리아 극장에서 열린 주디 갈랜드 영화제에 간 적이 있었다. 재상영된 영화 중에 〈아이는 기다린다〉라는 작품이 있었는데, 지적장애 아동들에 관한 그 영화는 뮤지컬 영화가 아니었다. 그는 고작 중간까지 보고서 샐리의 부축을 받아 극장에서 나와야 했다. 흐르는 눈물 때문에 앞이 보이지 않았기 때문이었다. 그는 다른 사람에 비해 장애를 가진 이들, 특히 장애를 가진 아동들의 고통을 그냥 보고 견디는 능력이 떨어졌다. 그는 문득 생각을 멈췄다. 왜 지금 탈리아 극장에서 있었던 일을 생각하는 거지? 저 사람들은 아이가 아니야. 다들 어른이야. 이 집에 있는 여성들은 다들 못해도 나만큼은 나이가 들었다. 분명 더 많이 들었을 것이다. 왜 나는 저들을 아이라 생각하지?

애나 피킷이 옆 의자를 차지하고는 둥그렇게 앉은 사람들을 둘러보았다. 의자 하나가 비었다. "캐서린은요?" 그녀가 물었다.

시각장애인인 여자가 말했다. "캐서린은 일요일에 죽었어."

애나가 눈을 감고는 등받이에 등을 기댔다. "신이 함께하시

길, 그리고 그녀의 고통이 끝나기를."

그들은 잠시 조용히 앉아 있었다. 그러다 수레를 탄 여자가 맥그래스를 올려다보며 아주 상냥한 미소를 짓고는 물었다. "젊은이, 이름이 어떻게 되우?"

"로니라고 합니다." 맥그래스가 말했다. 그는 그녀가 수레를 굴려 자기 다리 쪽으로 다가와 무릎에 한 손을 올리는 걸 지켜보았다. 그는 따스함이 흘러들어오는 걸, 두려움이 녹아 사라지는 걸 느꼈다. 하지만 잠깐뿐이었다. 애나 피킷이 사무실에서 그랬던 것처럼 수레를 탄 여자도 몸을 떨면서 나직이 신음했다. 애나가 재빨리 일어나 여자를 맥그래스에게서 떼어냈다. 수레에 탄 여자의 눈에 눈물이 어렸다.

발작적으로 하얗게 센 머리를 떠는 파킨슨병 증상을 보이는 여자가 몸을 기울이며 말했다. "로니, 우리한테 말해 봐요."

그가 '뭐를요?'라고 말하려고 입을 여는데, 그녀가 손가락 하나를 들어 올리고는 똑같은 말을 되풀이했다.

그래서 그는 그들에게 말했다. 최대한 친절하게. 감정을 말로 드러낼 때는 언제나 통속극 같은 느낌이 난다. 그를 깜깜한 어둠 속에 처박아 버린 슬픔의 물결을 표현하기에 말은 전혀 적당한 수단이 아니었다. "그들이 보고 싶어요. 아 세상에, 정말로 보고 싶어요." 그가 두 손을 비비 꼬면서 말했다. "전 이런 사람이 아니었어요. 어머니가 돌아가시고 나서 전 어찌할 바를 모르게 됐어요. 끔찍했지요. 그래요, 가슴이 무너진 것 같은 기분이었어요. 어머니를 사랑했으니까요. 하지만 전 어떻게든 견딜 수 있었어요. 아버지와 누이를 위로할 수도 있었죠. 그런 소질이 있었어요. 하지만 지난 2년 동안은… 차례차례로… 저와 가까웠던 그 많은 사람이… 제 과거와 제 삶의 일부였던… 저와 같이 시간을 보냈던 친구들이, 그리고 지금은 그 시간들도 사라졌어요. 기억하려고 할수록 희미해져요. 저는, 전 어떻게 해야 할지 전혀 모르겠어요."

그리고 그는 그 입에 대해서 말했다. 그 이빨 얘기를. 닫힌 입 얘기를. 밖으로 달아난 바람 얘기를.

"어릴 때 몽유병을 앓은 적 있어요?" 발이 기형인 여자가 물었다. 그가 말했다. 예. 하지만 딱 한 번이었어요. 얘기해봐요, 그들이 말했다.

"별일 아니었어요. 제가 어린아이였을 때, 아마 열 살 아니면 열한 살이었을 거예요. 제가 침실 바깥 복도에 서 있는 걸 아버지가 발견하셨죠. 계단 꼭대기였어요. 잠이 든 채로 벽을 쳐다보더래요. 그러더니 '여기 아무 데서도 그게 보이지 않아'라고 말하더래요. 아버지 말씀이, 제가 그랬다네요. 다음 날 아침에 아버지가 알려주셨어요. 아버지가 절 침대로 데려가서 다시 재웠어요. 제가 알기로는 그때 딱 한 번이었어요."

둥글게 앉은 여자들이 서로 뭔가를 중얼거렸다. 그러다 파킨슨병을 앓는 여자가 말했다. "아니요. 전 그게 별일이 아니라고 생각하지 않아요." 그러고는 일어서서 그에게 다가왔다. 여자가 한 손을 그의 이마에 대고 말했다. "잠을 자요, 로니."

그래서 그는 눈을 한 번 깜박였고, 그리고는 갑자기 화들짝 몸을 일으켜 앉았다. 잠깐이 아니었다. 훨씬 길었다. 그는 졸았다. 상당히 오랫동안. 바깥이 어두워진 걸 보고 그는 금방 그런 상황을 알아챘다. 여자들은 마치 살아 있는 정글에 물어뜯긴 것처럼 보였다. 눈먼 여자가 눈과 귀에서 피를 흘리고 있었다. 수레를 탄 여자는 엎어져서 그의 발치에 정신을 잃고 누웠다. 화재 피해자가 앉았던 의자에는 이제 검게 타버린 인간의 윤곽만이 남아 여전히 희미한 연기를 피워올렸다.

맥그래스는 펄쩍 뛰듯이 일어섰다. 그는 다급하게 주위를 둘러보았다. 어떻게 해야 그들을 도울 수 있는지, 아무 생각이 나지 않았다. 옆자리 애나 피킷은 덧베개를 받친 의자 팔걸이에 축 늘어졌다. 몸은 뒤틀렸고, 입술에는 또다시 피가 점점이 찍혔다.

그제야 그는 깨달았다. 그를 만졌던 여자, 파킨슨병을 앓는 여자가 사라졌다는 사실을.

사람들이 신음하기 시작했고, 몇몇 손이 헛되이 허공을 짚으며 꿈틀거렸다. 코가 없는 여자가 일어서려다가 미끄러져 쓰러졌다. 그는 달려가 여자를 도와 다시 의자에 앉혔다. 여자의 양손에는 손가락이 없었다. 문둥병… 아니! 한센병이지, 그렇게 불러야 해. 여자가 몸을 기울이며 그에게 속삭였다. "저기… 테레사… 그녀를 도와줘…." 그는 여자가 가리키는 백지장처럼 창백한 여자를 쳐다보았다. 머리카락은 발열하는 듯한 흰색이고, 눈에는 색깔이 없었다. "테레사는… 낭창을 앓아…." 코 없는 여자가 속삭였다.

맥그래스는 테레사에게 갔다. 여자가 공포에 질린 표정으로 그를 올려다보았다. 거의 말도 하지 못하는 지경이었다. "어두운 데로… 데려가 줘요…."

그가 여자를 안아 들었다. 무게가 느껴지지 않았다. 그는 여자가 가리키는 대로 계단을 올라 2층 세 번째 침실로 갔다. 문을 열었다. 안에서 케케묵은 냄새가 났고, 어두웠다. 어렴풋이 침대의 형체가 보였다. 그는 여자를 안고 가서 푹신한 오리털 이불 위에 조심스레 눕혔다. 여자가 팔을 뻗어 그의 손을 만졌다. "고마워요." 여자가 가까스로 숨을 쉬면서 더듬더듬 말했다. "우리, 우리는… 그런 건… 생각도 못 했어요…."

맥그래스는 미칠 것 같았다. 무슨 일이 일어난 건지, 자신이 그들에게 무슨 짓을 한 건지, 아무 기억이 없었다. 기분이 끔찍하고, 뭔가 책임감이 느껴지는데, 자신이 무얼 했는지 아무 생각이 나지 않다니!

"돌아가요." 여자가 속삭였다. "가서 사람들을 도와줘요."

"절 만지던 분은 어디에…?"

여자가 훌쩍이는 소리가 들렸다. "그 사람은 갔어요. 루린은 갔어요. 당신 잘못이 아니에요. 우리는… 그런… 건… 생각도 못 했어요."

그는 아래층으로 달려 내려갔다.

사람들이 서로를 도와 사태를 수습하는 중이었다. 애나 피킷이 물과 약병들과 물수건을 가져왔다. 사람들이 서로를 도왔다. 좀 더 건강한 이들이 절뚝거리거나 기면서 여전히 의식을 잃고 누웠거나 고통스럽게 신음하는 이들에게 갔다. 그리고 그는 실내에서 기름에 튀긴 금속 같은 오존 냄새를 맡았다. 불에 탄 여자가 앉았던 의자 위쪽의 천장에는 검게 탄 자국이 있었다.

그가 애나 피킷을 도우려고 했지만, 맥그래스라는 걸 알아차린 순간 여자가 그의 손을 쳐냈다. 그러더니 깜짝 놀라 손으로 입을 막고는 다시 울기 시작했고, 사과하기 위해 팔을 뻗었다. "아, 세상에, 정말 미안해요! 당신 잘못이 아니었어요. 당신은 몰랐어요…. 루린조차도요." 여자가 눈물을 닦으며 한 손을 그의 가슴에 가져다 댔다. "밖으로 나가요. 제발요. 나도 잠시 후에 나갈게요."

여자의 헝클어진 머리에 흰 머리 다발이 드문드문 섞였다. 그가 잠들던 순간에는 없었던 것이었다.

그는 밖으로 나가 별을 이고 섰다. 밤이었다. 루린이 그를 만지기 전에는 밤이 아니었다. 그는 차갑게 빛나는 점들을 올려다보았고, 다시는 되돌려 받을 수 없다는 상실감에 휩쓸렸다. 그는 주저앉아 자신의 생명이 땅속으로 흘러들도록, 스스로가 숨도 쉴 수 없는 이 비참함으로부터 풀려나도록 놔두고 싶었다. 그는 빅터를 생각했고, 땅속으로 서서히 내려가던 관과 이해할 수 없는 말을 중얼거리며 그의 가슴을 때리고 또 때리던, 그에게 매달리던 샐리를 생각했다. 힘도 없고, 대책도 없고, 의미도 없는, 그저 인간의 비참함 말고는 아무것도 없는 주먹질이었다.

맥그래스는 할리우드 아파트에서 에이즈로 죽어가는 앨런을 생각했다. 평소에도 신경질적인 데다 자기들을 도와달라고 끊임없이 예수에게 기도하는 어머니와 누이가 그를 간호한다. 월세를 분담하는 룸메이트가 두 명이나 있는 아파트에서 죽어가는 앨런. 두 룸메이트는 질병이 옮을까 두려워 둘이서만 어울리고 종이 접시로 밥을 먹으며, 변호사를 고용하면 앨런을 쫓아낼 수 있는지 알아보려 한다. 카이저 병원이 보험 보장 범위를 회피할 방법을 찾아내 '홈 케어'를 받으라고 강요했기 때문에 그 끔찍한 아파트에서 죽어가는 앨런. 맥그래스는 딸과 저녁을 먹기 위해 막 옷을 차려입은 직후에 대발작 간질과 심장발작으로 침대 옆에 쓰러져 죽은, 결국 먹지 못할 저녁 식사를 위해, 다시는 보지 못할 딸과의 저녁 식사를 위해 차려입은 채 낮 동안 거기 누워 있었던 에밀리를 생각했다. 맥그래스는 병원 침대에 누워 웃어 보이려 애쓰던, 그리고 뇌를 좀먹는 종양이 진행되면서 순간순간 맥그래스가 누구인지 잊어버리곤 했던 마이크를 생각했다. 맥그래스는 주술사와 동종요법치료사들을 찾던, 완전히 기울었어도 쓰러질 때까지는 계속 달리려 했던 테드를 생각했다. 맥그래스는 로이를, 디디가 가버린 지금 완전히 홀로 남은 로이를 생각했다. 반 쪼가리, 잘린 꿈, 미완의 대화를 생각했다. 맥그래스는 손으로 머리를 감싼 채 고통을 달래려고 앞뒤로 몸을 흔들며 거기 서 있었다.

애나 피킷이 그를 건드렸을 때 그는 화들짝 놀랐다. 작고 쓸쓸한 비명소리가 어둠을 찢었다.

"저기서 무슨 일이 일어났어요?" 그가 따지듯 물었다. "저 사람들은 누구예요? 내가 당신들에게 뭘 한 거죠? 아, 제발, 묻잖아요. 뭐가 어떻게 된 건지 말해줘요!"

"우리는 흡수해요."

"무슨 말…."

"우린 질병을 가져요. 우리 같은 사람은 늘 있었어요. 우리가 아는 한에서는요. 우리한테는 언제나 그런 능력이 있었어요. 질병을 떠맡는 능력 말이에요. 우리 같은 사람이 많지는 않지만, 어디에나 있어요. 우린 흡수해요. 우린 도우려는 거예요. 예수가 문둥이의 옷가지를 몸에 걸친 것처럼, 예수가 앉은뱅이와 소경을 건드려 낫게 만든 것처럼요. 그 능력이 어디서 나오는지는 모르겠어요. 일종의 강렬한 공감 능력이 아닐까 싶어요. 하지만… 우리는 그런 일을 하죠…. 우리는 흡수해요."

"그러면 나한테…저기서 있었던 일은 뭐죠…?"

"우리는 몰랐어요. 우리는 그게 그저 마음의 고통이라고만 생각했어요. 전에도 본 적이 있었거든요. 트리샤가 이 그룹에 당신을 보낸 것도 그래서예요."

"제 아내… 트리샤도 당신들 같은 사람이에요? 트리샤도… 그걸… 트리샤도 흡수해요? 전 그녀와 살았지만 한 번도….."

애나가 고개를 흔들었다. "아니요. 트리샤는 우리가 어떤 사람들인지 전혀 몰라요. 여기에 온 적도 없고요. 여기로 데려올 정도로 절박한 사람은 극히 적어요. 하지만 그녀는 훌륭한 치료전문가이고, 그녀의 환자 일부를 우리가 도왔어요. 그녀는 당신이….” 그녀가 말을 잠시 멈추었다. “그녀는 여전히 당신을 걱정해요. 그녀는 당신의 고통을 느끼고 그 그룹이 도움될지도 모른다고 생각했어요. 그녀는 진짜 렘 그룹은 알지도 못해요.”

그가 여자의 어깨를 꽉 움켜잡았다.

“저기서 무슨 일이 일어난 거죠?”

그녀가 기억을 떠올리며 입술을 깨문 채 눈을 꼭 감았다. “당신이 말한 대로였어요. 입 말이에요. 우린 그런 걸 본 적이 없어요. 그게, 그게 열렸죠. 그리고…그리고는….”

그가 여자를 쥐고 흔들었다. “뭐죠!?!”

여자가 기억을 떠올리며 울부짖었다. 그 소리가 그와 언덕들과 차가운 별빛에 부딪혔다. “입이었어요. 우리 각자에게 있던 입이! 열렸어요. 그리고 바람이, 그게, 막, 그게 막 우리한테서, 모두한테서 쉿쉿거리며 나왔어요. 그리고 우리가, 아니, 난 그저 저분들을 대신해 세상과 접촉하는 사람일 뿐이니까, 저분들이 아무 데도 가지 못하니 제가 가서 장을 봐오고 그런 것뿐이니까, 저분들이 흡수해서 지녔던 고통이, 그 고통이 몇 명을 데려갔어요. 루린과 마지드… 테레사도 소생하지 못할 거예요. 난 알아요….”

맥그래스는 미친 듯이 소리를 질렀다. 머리가 깨질 것 같았다. 그는 울부짖고 한탄하는 그녀를 흔들며 대답을 요구했다. “우리한테 무슨 일이 생긴 겁니까, 어떻게 내가 그런 끔찍한 짓을 당신들에게 할 수 있었단 말인가요, 왜 이 존재는 제게, 우리에게 이런 짓을 하는 겁니까, 왜 지금이죠, 뭐가 잘못된 거예요, 제발, 당신은 말해줘야 해요, 날 도와줘야 해요, 우린 어떻게든 뭔가를 해야⋯."

그리고 둘은 든든한 지지대가 돼줄 만한 유일한 존재인 서로를 끌어안고 필사적으로 매달렸다. 하늘이 머리 위에서 빙빙 돌고, 땅이 푹 꺼지는 것 같았다. 하지만 둘은 넘어지지 않았다. 마침내 그녀가 그를 밀어내고는 그의 얼굴을 뚫어지게 쳐다보면서 말했다. "모르겠어요. 난 모르겠어요. 우리는 이런 일을 한 번도 겪은 적이 없어요. 앨버레즈나 에어리즈도 이런 일은 몰라요. 바람이, 끔찍한 바람이, 살아 있는 뭔가처럼 몸에서 나가는 건요."

"도와줘요!"

"전 당신을 도울 수 없어요! 아무도 당신을 도울 수 없어요. 누구도 당신을 도울 수 있을 것 같지 않아요. 르브래즈라 해도⋯."

그가 그 이름을 낚아챘다. "르브래즈! 르브래즈는 뭘 하는 사람이죠?"

"아니요. 르브래즈를 만나선 안 돼요. 제발, 내 말을 들어요. 조용하고 외진 곳으로 가서 그걸 한번 스스로 다스려 보세요. 그게 유일한 길이에요!"

"르브래즈가 누군지 말해요!"

여자가 그의 뺨을 갈겼다. "내 말을 안 듣는군요. 우리가 당신한테 소용이 없었다면, 다른 누구도 마찬가지예요. 르브래즈는 우리 인식의 한계 밖에 있는 인물이에요. 그는 믿을 수 없는 사람이에요. 그가 저지르는 틀을 벗어난 일들은, 제가 보기에는 끔찍해요. 난 정말로 모르겠어요. 몇 년 전에 한 번 그를 만나러 간 적이 있는데, 당신이 원하는 그런 게…"

"난 상관없어요." 그가 말했다. "이젠 아무것도 상관없어요. 난 나한테서 이걸 떼어내야 해요. 이건 같이 살기에는 너무 끔찍해요. 사람들의 얼굴이 보여요. 사람들이 계속 날 부르는데 나는 대답할 수가 없어요. 사람들이 뭔가 얘기 좀 해보라고 나한테 사정해요. 난 무슨 말을 해야 할지 모르겠어요. 잠을 잘 수가 없어요. 그리고 잠이 들면 사람들의 꿈을 꿔요. 이렇게 살 수는 없어요. 왜냐하면 이건 사는 게 아니니까요. 그러니 어떻게 하면 르브래즈를 찾을 수 있는지 알려줘요. 난 상관없어요, 이 빌어먹을 모든 상황이, 난 신경 안 써요. 그러니 말해줘요!"

여자가 다시 그의 뺨을 때렸다. 훨씬 세게. 그리고 또 한 번. 그는 묵묵히 받아들였다. 마침내 그녀가 말했다.

그는 낙태 의사였다. 낙태가 합법화되기 전에 그는 수백 명의 여성에게 마지막 남은 희망이었다. 오래전 한때, 그는 외과 의사였다. 하지만 자격을 빼앗겼다. 그래서 그는 자신이 할 수 있는 일을 했다. 여성들이 긴 탁자가 있는 작은 방이나 옷걸이를 찾을 때, 그는 그들을 도왔다. 그는 실비를 충당하기 위한 용도로 200달러만 받았다. 옷장 안에 수천 달러씩이 든 갈색 종이가방이 가득하던 시절에 200달러는 거의 공짜로 해주는 거나 다름없었다. 그리고 그는 감옥에 갇혔다. 하지만 그는 감옥에서 나와 다시 그 일로 돌아갔다.

애나 피킷은 맥그래스에게 다른… 다른 일이 있었다고 말했다. 다른 실험들이. 그녀가 '실험'이라는 단어를 말할 때의 어떤 어조 때문에 맥그래스는 몸서리를 쳤다. 그리고 그녀가 다시 말했다. "그리하여 맥그래스가 잠을 살해했다." 그는 차를 가져가도 되는지 물었다. 그녀가 괜찮다고 답하자 그는 차를 몰고 101번 고속도로로 돌아가 북쪽으로 방향을 틀었다. 애나 피킷이 알려준, 르브래즈가 지난 몇 년간 완벽한 은둔 상태로 살고 있다는 샌타바버라로 향했다.

그의 집은 찾기가 쉽지 않았다. 그 시간까지 샌타바버라에 열려 있던 유일한 주유소에는 지도가 없었다. 주유소마다 호의의 표시로 의례적으로 공짜 지도를 제공하던 시대는 벌써 지났다. 미처 불만을 제기하기도 전에 맥그래스의 세계에서 사라진 수많은 다른 소소한 호의들과 마찬가지였다. 하지만 어쨌거나, 불만을 접수할 데도 없었다.

그래서 그는 미라마르 호텔로 갔다. 야간 객실 배당 직원은 샌타바버라의 거리를 속속들이 아는 육십 대 여성으로, 르브래즈가 있는 '거기'의 위치를 아주 잘 알았다. 그녀는 맥그래스가 마치 지역 도살장 위치를 물어보기라도 한 듯이 그를 쳐다보았지만 확실하게 방향을 가르쳐주었다. 그의 감사 인사에 그녀는 '천만에요'라고 답하지 않았고, 그는 떠났다. 새벽이 가까워져 동쪽 하늘이 막 밝아지는 참이었다.

그가 무성한 숲을 뚫고 높다란 울타리가 처진 사유지로 올라가는 사설 도로를 발견했을 때쯤에는 날이 완전히 밝았다. 해협 너머에서 쏟아지는 햇빛 덕분에 숲이 열대우림처럼 울창해 보였다. 그가 차에서 내리면서 흘끗 뒤돌아본 산타모니카 해협은 밤이 남긴 그림자들을 완전히 망각한 채 은색으로 잔잔하게 물결쳤다.

그는 대문으로 가서 인터컴 장치의 단추를 눌렀다. 그는 기다렸다 다시 한 번 단추를 눌렀다. 그러자 찌지직거리며 남자인지 여자인지, 젊은 사람인지 나이 든 사람인지 분간할 수 없는 목소리가 들렸다. "누구세요?"

"애나 피킷과 렘 그룹에서 보낸 사람입니다." 그는 잠시 기다렸고, 침묵이 길어지자 덧붙였다. "진짜 렘 그룹요. 히든힐스 집에 있는 여자들 말입니다."

그 목소리가 말했다. "당신은 누구세요? 이름이 뭐죠?"

"그건 중요하지 않아요. 절 모르실 거예요. 맥그래스, 제 이름은 맥그래스라고 합니다. 르브래즈 씨를 만나러 먼 길을 왔어요."

"무슨 일로요?"

"문을 여시면 알게 될 겁니다."

"저흰 방문객을 받지 않아요."

"그렇군요… 그렇다면… 어느 날 제가 갑자기 자다 깼는

데, 그러니까, 일, 일종의 입이 제 몸에 있었어요. 바람이 빠져나가고….”

뭔가 후다닥거리는 소리가 들리고, 철문이 벽돌담 쪽으로 물러나기 시작했다. 맥그래스는 황급히 차로 돌아가 시동을 걸었다. 문이 완전히 열리자 그는 가속 페달을 밟아 벌써 서두르는 기색 없이 닫히기 시작하는 문을 획 통과했다.

그는 열대우림을 통과하는 꼬불꼬불한 길을 따라가다가 숲 꼭대기로 나와서는 사방이 키 큰 나무와 무성한 잎사귀로 가린 자연석으로 지은 커다란 저택에 도착했다. 그는 파쇄석을 깐 진입로에 차를 세우고 멍하니 밑을 내려다보는 납선이 들어간 장식 창문들을 쳐다보며 잠시 그대로 앉아 있었다. 낮이 한창 기세를 펴기 시작하는 때였는데도 거긴 서늘하고 어스레했다. 그는 차에서 내려 문양이 조각된 떡갈나무 문으로 다가갔다. 문을 두드리려고 고리쇠로 손을 뻗는데 문이 열렸다. 망가진 뭔가가 문을 열었다.

맥그래스로서는 어쩔 수 없었다. 기겁하며 뒤로 넘어진 그는 입구에 선 인간 같지 않은 뭔가가 다가오지 못하게 막으려 두 손을 앞으로 뻗었다.

불에 타지 않은 곳은 끔찍스러운 분홍색이었다. 처음에는 여자라고 생각했다. 첫인상은 그랬지만 그는 곧 성별을 확신할 수 없게 되었고, 남자일 수도 있겠다고 생각했다. 그 생명체가 불꽃에 휩싸이는 고통을 당한 것은 분명했다. 머리엔 머리카락이 없었고, 몸에서는 검게 그을리지 않은 부분을 거의 찾아볼 수 없었다. 팔에는 관절과 굽는 부분이 너무 많은 것 같았다. 그 생명체가 여성이라는 인상을 받은 건 바닥까지 닿는 치렁치렁한 치마를 입었기 때문이었다. 하체를 볼 수는 없었지만, 둥글게 감싼 천 안에 인간의 몸통도 인간의 다리도 아닌 듯이 흐물흐물 움직이는, 하지만 상당한 크기인 덩어리가 있다는 건 알 수 있었다.

그리고 그 생명체가 어찌나 순수하고 푸른지 가슴이 에일 정도로 아름다운 한쪽 눈과 젖빛으로 흐려진 다른 쪽 눈으로 그를 응시했다. 눈과 턱 사이에 있어야 할 이목구비는 검게 탄 뭉치와 튀어나온 혹이 된 채 가슴과 이어졌고, 입술 없는 입은 그저 주변 피부보다 조금 더 검게 보일 뿐이었다. "들어와요." 그 문지기가 말했다.

맥그래스가 멈칫거렸다.

"아니면 가시든지." 그것이 말했다.

로니 맥그래스는 깊이 숨을 들이쉬고는 내뱉었다. 문지기가 아주 약간 옆으로 비켜섰다. 둘의 몸이 닿았다. 까맣게 그을린 엉덩이와 정상적인 손등이.

문이 닫히고 이중으로 빗장이 잠겨서 맥그래스는 이제 나갈 수 없게 되었다. 그는 그 무성 생물을 따라 길고 천장이 높은 현관 로비를 지나 위층으로 올라가는 나선형 계단 오른쪽에 있는 육중하게 나무판을 댄 닫힌 문으로 다가갔다. 남자인지 여자인지 알 수 없는 그것이 들어가라는 몸짓을 하고는 비틀거리며 저택 뒤편으로 사라졌다.

맥그래스는 잠시 서 있다가 화려하게 장식된 가로형 문 손잡이를 돌리고 안으로 들어갔다. 무거운 커튼이 아침 햇살을 막긴 했지만, 마구잡이로 새어 들어온 빛줄기가 방 이곳저곳을 수놓았다. 무릎 덮개로 다리를 가린 노인이 등받이가 높은 의자에 앉아 있는 게 보였다. 그는 서재 안으로 발걸음을 뗐다. 서재가 틀림없었다. 천장까지 닿는 책장들이 내용물을 온통 바닥에 쏟아놓았다. 음악이 방 안을 휘몰아쳤다. 클래식 음악이지만 무슨 곡인지는 알 수 없었다.

"르브래즈 박사님?" 그가 말했다. 노인은 움직이지 않았다. 고개를 푹 숙이고 눈을 감은 채였다. 맥그래스는 가까이 다가갔다. 뭔가 교향곡 같은 느낌의 음악이 점점 고조됐다. 이제 세 발짝 정도를 남기고 그는 다시 르브래즈의 이름을 불렀다.

사자를 닮은 머리가 눈을 뜨고 고개를 들었다. 그가 눈도 깜박이지 않고 맥그래스를 쳐다보았다. 음악이 끝났다. 침묵이 서재를 채웠다.

노인이 서글픈 미소를 지었다. 그러자 둘 사이를 채웠던 모든 불길함들이 일시에 사라졌다. 다정한 미소였다. 그가 육중한 팔걸이의자 옆에 놓인 등받이 없는 의자를 고갯짓으로 가리켰다. 맥그래스는 옅은 미소를 지으려 애쓰면서 그 자리에 앉았다.

"자네가 뭔가 새로운 의약품 보증을 해달라고 온 게 아니길 바라네." 노인이 말했다.

"르브래즈 박사님이십니까?"

"한때 그런 이름으로 알려졌었지, 그렇네."

"절 도와주셔야 합니다."

르브래즈가 그를 쳐다보았다. 맥그래스가 내뱉은 말에는 바다와도 같은 깊이가, 모든 일상성이 일거에 거부되는, 암석 동굴 속으로 떨어지는 듯한 깊이가 있었다. "도와달라고?"

"예. 간청합니다. 전 제가 느끼는 것을 견딜 수 없습니다. 전 지난 몇 달 동안 너무 많은 일을 겪었고, 너무 많은 일을 보았어요, 저는⋯."

"도와달라고?" 노인이 뭔가 잃어버린 언어라도 되는 양 그 말을 다시 읊조렸다. "난 나 자신도 어쩌지 못하는데⋯, 내가 어떻게 자네를 도울 수 있다는 건가, 젊은이?"

맥그래스는 말했다. 모든 것을 낱낱이.

어느 시점엔가 그 검게 탄 생명체가 방에 들어왔지만 맥그래스는 자기 얘기를 다 마칠 때까지 그 존재를 알아차리지 못했다. 말을 마치자 뒤에서 그것이 말했다. "당신은 비범한 사람입니다. 살아 있는 사람 중에 타나토스의 입을 본 사람은 백만 명 중 한 명도 안 돼요. 영혼이 빠져나가는 것을 느낀 사람은 일억 명 중 한 명도 안 되고요. 그것이 꿈이 아니라 현실이라고 생각할 만큼 고통스러워한 사람은 인류의 기억에는 한 명도 없습니다."

맥그래스는 그 생명체를 뚫어지게 쳐다보았다. 그것이 쿵쿵거리며 방을 가로질러 와 노인이 앉은 의자 뒤에 섰다. 노인을 건드리진 않았다. 노인이 한숨을 쉬며 눈을 감았다.

그 생명체가 말했다. "이분은 같은 인간들을 위해 살고 일하고 돌보는 조지프 르브래즈 씨입니다. 이분은 여러 생명을 살렸고, 사랑하여 결혼했고, 조금은 더 나은 세상을 남기고 죽겠다고 맹세하셨습니다. 그리고 아내가 죽고, 이분은 그 어떤 사람도 겪어보지 못한 지독한 우울의 늪에 빠졌습니다. 그러던 어느 날 오한을 느끼며 잠에서 깼지만, 타나토스의 입을 보지는 못했습니다. 이분은 그저 아내가 너무 끔찍하게 그리워서 그만 생을 끝내고 싶다고만 생각했지요."

맥그래스는 조용히 앉았다. 그로서는 그 말이 무슨 의미인지, 무릎 덮개를 덮은 이 쓸쓸한 인물의 역사가 무슨 의미가 있는지 전혀 감을 잡을 수 없었다. 하지만 그는 기다렸다. 세상에 존재하는 닫히고 열린 숱한 집들 중에서, 지금 이 집에서 도움을 얻을 수 없다면 그에게 남은 다음 단계는 총을 사서 삶을 뒤덮은 회색 안개를 걷어내는 일뿐이라는 걸 그는 알았다.

르브래즈가 시선을 들었다. 그는 깊이 숨을 들이마시고는 맥그래스를 외면했다. "나는 기계에 의지했네." 그가 말했다. "나는 회로와 전자칩에서 도움을 구했지. 난 추웠고, 눈물을 그칠 수 없었다네. 난 아내가 너무 그리워서 견딜 수가 없었어."

그 생명체가 육중한 팔걸이의자를 돌아 나와서 맥그래스를 굽어보며 섰다. "그는 아내를 저편에서 데리고 왔습니다."

맥그래스의 눈이 화등잔만 해졌다. 그는 이해했다.

방 안의 침묵이 점점 고조됐다. 그는 낮은 의자에서 일어날까 했지만 움직일 수 없었다. 그 생명체가 그 멋진 푸른 한쪽 눈과 보이지 않는 우윳빛 구슬로 그를 내려다보았다. "그는 아내의 평화를 뺏었어요. 이제 그녀는 이 반쪽짜리 삶을 계속 살아야만 합니다."

"이분이 조지프 르브래즈 씨이고, 자신의 죄를 감당할 수 없어요."

노인이 울었다. 맥그래스는 이 세상에 한 방울의 눈물만 더 떨어지면 엿이나 먹으라고 하고 총을 사러 가야겠다고 생각했다. "알겠소?" 노인이 부드럽게 말했다.

"요점이 뭔지 알겠어요?" 그 생명체가 물었다.

맥그래스가 두 손을 펼쳐 보였다. "그 입은… 그 바람은…."

"꿈수면의 기능은." 그 생명체가 말했다. "우리를 살게 하는 겁니다. 우리를 실망케 하는 것들을 우리 마음에서 벗겨내는 거지요. 그러지 않으면 우리가 어떻게 그 비애를 감당할 수 있겠습니까? 기억은 사람들이 남긴 결과이자 그들이 떠날 때 우리에게 남은 그 사람들의 일부입니다. 하지만 그것들은 온전하지 않아요. 그것들은 한때 자신이 속했던 것과 다시 결합하고자 울부짖으며 날뛰지요. 당신은 타나토스의 입을 봤고, 당신은 사랑하는 이가 떠나는 걸 느꼈어요. 당신은 자유로워졌어야 해요."

맥그래스는 천천히, 천천히 고개를 저었다. 아니요, 전 자유로워지지 않았어요. 전 노예가 됐어요. 그게 절 괴롭혀요. 아니요. 아니에요. 전 그걸 견딜 수 없어요.

"그렇다면 당신은 아직 요점이 뭔지 모르는군요, 그렇지 않아요?"

그 생명체가 노인의 움푹한 뺨에 한때는 손이었던 검게 탄 나뭇가지를 댔다. 노인이 사랑스럽게 그 생명체를 올려다보려 했지만 고개가 돌아가지 않았다. "당신이 그걸 놓아줘야 해, 그것 모두를." 르브래즈가 말했다. "그 외에 다른 답은 없다오. 놓아줘요… 그 사람들을 놓아줘요. 그들이 저편에서 온전해지는 데 필요한 부분들을 돌려주고, 부디 친절한 마음으로 그들이 얻은 평화의 권리를 누릴 수 있게 해주시오."

"입이 열리도록 둬요." 그 생명체가 말했다. "우리는 이곳에서 살 수 없어요. 영혼의 바람이 통과하도록 열어주고, 그 빈 공허를 해방이라 받아들여요." 그리고 그녀는 말했다. "저쪽이 어떤지 얘기해드려도 될까요? 어쩌면 도움이 될 거예요."

맥그래스는 한 손으로 옆구리를 만졌다. 안에서 일개 군단이 닫힌 문으로 나가려고 두드리기라도 하는 듯이 끔찍하게 아팠다.

그는 왔던 길을 되짚었다. 그는 지난 며칠간 왔던 길을 거슬러 올랐다. 몽유병을 앓는 듯했다. '여기 아무 데서도 그게 보이지 않아.'

그는 히든힐스의 농가풍 집에 머무르며 성심성의껏 애나 피 킷을 도왔다. 그녀가 그를 태워 도시로 돌아갔고, 그는 피코 가 사무용 빌딩 앞에서 자신의 차를 찾았다. 그는 보조석 사물

함에 주차표 세 장을 넣었다. 일상의 일이었다. 그는 아파트로 돌아가 옷을 벗고 목욕을 했다. 그는 그 모든 일이 시작된 침대에 발가벗은 채 누워 잠을 청했다. 꿈을 꾸었다. 미소 짓는 얼굴들이 나오는 꿈. 그리고 예전에 알던 아이들이 나오는 꿈. 다정한 꿈, 그를 안은 손들의 꿈.

그리고 그 긴 밤에 가끔 산들바람이 불었다.

그는 알아채지 못했다.

그리고 그가 깼을 때는 세상이 아주 오랜만에 조금 서늘해졌다. 그리고 그들이 사무치게 그리울 때, 그는 마침내 안녕이라고 말할 수 있었다.

사람을 알려면 그가 무엇에 주의를 기울이는지 보라

— 존 치아디

콜럼버스를
뭍에 데려다준 남자

The Man Who Rowed Christopher Columbus Ashore

1993년 《미국 베스트 단편소설집》 수록

1994년 네뷸러상 노미네이트

레벤디스: 10월 1일 화요일, 반바지 밑으로 털이 북실북실 난 다리를 내놓고 무겁게 장식한 훈장 띠를 비스듬하게 가슴에 걸친 어설픈 보이스카우트 복장으로 그는 윌셔 가와 웨스턴 가가 만나는 붐비는 거리 모퉁이에서 관절염에 걸린 흑인 여성이 길을 건너는 걸 도와주었다. 사실 그 여성은 길을 건너고 싶지 않았지만, 그가 반은 잡아당기고 반은 끌다시피 해서 길을 건넜다. 늙은 여성은 걸음을 옮길 때마다 그를 '황갈색 쌍 놈 새끼'라고 부르며 고래고래 소리를 질렀다.

레벤디스: 10월 2일 수요일, 전통적인 모닝코트와 외교관풍의 줄무늬 바지를 입은 그는 보스턴 정신과의원 진료실에 앉아서 바지 주름이 빳빳한지 확인해가며 조심스럽게 다리를 꼬

고는 '조지 애스펀 대븐포트, 의학박사, 미국정신과협회 회원 (에른스트 크리스, 안나 프로이트와 함께 수학)'에게 말했다. "예, 그거예요, 이제야 이해하시네요." 그러자 대븐포트 박사가 진료카드에 뭔가를 적더니 가볍게 목청을 가다듬고는 바꾸어 말했다. "입이… 사라진다고요? 그러니까, 입이, 코 밑에 있는 얼굴 부분이, 그게, 음, 사라진다고요?" 환자가 될 가능성이 커 보이는 남자가 환한 미소를 지으며 재빨리 고개를 끄덕였다. "맞아요." 대븐포트 박사는 뺨 안쪽에 생긴 궤양을 혀로 자꾸 괴롭히면서 또 뭔가를 적고는 세 번째로 다시 물었다. "그러니까 지금 우리가 얘기하는 게, 허허, 용어를 정확하게 하자면, 우리가 얘기하는 게 입술인가요, 아니면 혀, 아니면 구강, 아니면 잇몸, 아니면 이, 아니면…." 다른 남자가 아주 심각한 표정으로 몸을 앞으로 숙이더니 대답했다. "다입니다, 의사 선생님. 전체, 전부, 구멍 전체와 주변의 모든 것들, 위와 아래, 안의 모든 것요. 제 입, 제 입의 모든 것 말입니다. 그게 사라지는 중이에요. 이 중의 어느 부분이 이해가 안 됩니까?" 대븐포트가 잠시 콧노래를 흥흥거리더니 말했다. "뭣좀 확인해봅시다." 그리고는 일어서서 저쪽 벽, 사람들로 북적거리는 활기찬 보스턴 광장이 내다보이는 창문 옆에 선 유리와 티크로 만든 책장으로 가서 거대한 책 한 권을 꺼냈다. 그는 몇 분간 책을 뒤적거리다가 어딘가에서 멈추더니 손가락을 대고 읽었다. 그는 상담 의자에 앉은 우아한 회색 머리 신사를 돌아보며 말했다. "리포스토미." 환자가 될 가능성이 큰 남자가 무슨 소린지 가늠하려는 개처럼 고개를 한쪽으로 기울이고는 '예, 그런데 리포스토미가 뭐죠?'라고 묻기라도 하는 것처럼 기대에 찬 표정으로 눈썹을 치켜올렸다. 정신과 의사가 책을 그에게 가져가 몸을 숙이고는 그 정의 부분을 손가락으로 짚었다. "입의 위축증." 60대 초반으로 보이지만 놀라울 정도로 잘 가꾸고 근사하게 잘 차려입은 회색 머리 신사는 대븐포트 박사가 제자리에 앉으려고 책상을 돌아가는 사이에 천천히 고개를 저었다. "아니요, 전 그렇게 생각하지 않아요. 입이 위축되는 것 같지 않아요. 입은 그냥, 그러니까, 다른 방법으로는 표현할 수가 없네요, 입은 정말로 그냥 사라지고 있어요. 체셔 고양이의 웃음처럼요. 희미해지다 사라지는 거죠." 대븐포트가 책을 덮어 책상에 놓고는 그 위에 손을 겹쳐놓고 짐짓 겸손한 척 미소를 지었다. "그게 망상일 수도 있다는 생각은 안 드십니까? 지금 제가 그 입을 보고 있는데요, 제자리에 있어요. 진료실에 들어오셨을 때와 전혀 다르지 않게요." 환자가 될 가능성이 큰 남자가 일어서더니 소파에 놓은 자기 중절모를 집어 들고 문 쪽으로 향하기 시작했다. "제가 독순술을 할 줄 알아서 다행이군요." 그가 머리에 모자를 얹으며 말했다. "분명 조롱을 받으면서 당신이 말하는 그런 터무니없는 비용을 낼 필요는 없을 테니까요." 그리고 그는 진료실 문으로 다가가 문을 열고는 잠시 중절모를 고쳐 쓰느라 걸음을 멈췄다가 밖으로 나갔다. 그의 머리에는 귀가 달리지 않았다.

레벤디스: 10월 3일 목요일, 그는 매장용 카트에 오크라와 가지와 커다란 개 사료 몇 포대와 대형 치수 기저귀 상자들을 쌓아 올렸다. 그러고는 위스콘신 주 라크로스 시에 있는 센트리 마켓의 진열대 사이를 난폭하게 누비면서 의도적으로 꾀를 부려 13년 전에 아버지가 돌아가신 후 혼자 사는 47살 먹은 동성애자 케네스 쿨윈과 고교 졸업파티에 같이 가줄 사람을 찾지 못해 희망을 잃은 이후로 몇십 년이 지나도록 사교생활 면에서 전혀 나아지지 않은 35살 먹은 법률회사 비서 앤 길런의 카트에 부딪혔다. 그는 마치 충돌이 둘의 잘못인 양 고래고래 소리를 질러서 두 사람을 같은 편에 서게 만들었다. 그는 둘에게 백포도주 냄새를 풍기며 눈 뜨고 못 봐줄 정도로 무례하게 굴다가 마침내 둘이 난장판이 된 식료품들을 정리하도록, 자신의 행동에 대해 둘이 험담을 하도록, 둘이 서로를 눈여겨보도록 놔둔 채 법석을 떨며 그 자리를 떠났다. 그는 밖으로 나와 미시시피 강의 냄새를 맡으며 앤 길런의 차 바퀴에서 공기를 빼놓았다. 주유소까지 가려면 누군가가 태워줘야 할 것이다. 케네스 쿨윈은 그녀에게 자신을 '케니'라고 부르라고 말할 것이고, 둘은 서로가 도로시 맥과이어와 로버트 영이 주연한 1945년 로맨스 영화인 〈마법에 걸린 오두막〉을 제일 좋아한다는 걸 알게 될 것이다.

레벤디스: 10월 4일 금요일, 그는 캔자스 주 필리스버그 시 근교에 있는 어느 외딴 피크닉장에 웬 장거리 트럭운전사가 뚜껑

을 제대로 닫지 않은 페나진 통들을 투기하는 걸 발견했다. 그래서 그는 트럭운전사의 머리를 세 번 쏘았다. 그리고 시체를 야외용 벤치 주변에 있던 거의 빈 쓰레기통 안에 쑤셔 넣었다.

레벤디스: 10월 5일 토요일, 그는 내슈빌에 있는 오프리랜드 호텔의 테네시 연회장 바로 옆에 붙은 채터누가실에서 244명의 컨트리/웨스턴 음악계 대표자들을 앞에 놓고 연설을 했다. 그는 말했다. "세상에 그렇게나 많은 어리석음과 난잡함과 평범함과 적나라한 나쁜 취향이 있다는 것이 놀라운 게 아닙니다…. 믿을 수 없는 건 세상에 이처럼 좋은 예술이 많다는 것입니다." 참석자 한 명이 손을 들고 물었다. "당신은 선한가요, 아니면 악한가요?" 그는 20초도 안 되는 시간 동안 그 질문에 대해 생각하고는 미소를 지으며 대답했다. "물론, 선하지요! 세상에 진정한 악은 하나밖에 없습니다. 바로 평범함 말입니다." 사람들이 드문드문, 하지만 정중하게 박수를 쳤다. 그런데도, 행사 뒤풀이에서 스웨덴풍 미트볼이나 하와이식 전채요리 루마키에 손을 대는 사람은 아무도 없었다.

레벤디스: 10월 6일 일요일, 그는 쿠르디스탄 어느 이름 없는 산정 동쪽 사면 인근에 땅에서 파낸 노아의 방주 잔해를 놓아두었다. 근접 비행하는 인공위성이 있다면 다음번 적외선 탐사에서 발견해낼 터였다. 그는 알아볼 만한 배의 선체 내부뿐만 아니라 주변 여기저기에도 다량의 뼛조각을 심어놓는 치밀

함을 보였다. 그는 뼈가 둘씩 짝이 지어지도록 주의를 기울였다. 모든 짐승은 같은 종류끼리, 모든 가축도 같은 종류끼리, 그리고 땅을 기어 다니는 모든 기는 것들도 같은 종류끼리, 그리고 모든 가금도 같은 종류끼리, 그리고 온갖 종류의 새들도, 둘씩. 거기다 짝을 맞춘 그리핀과 유니콘, 스테고사우루스, 텐구, 용, 치열교정 의사, 그리고 탄소측정연대로 5만 년이 나오는 보스턴 레드삭스 소속 구원투수의 뼈까지 둘씩.

레벤디스: 10월 7일 월요일, 그가 고양이를 찼다. 그는 고양이를 꽤 멀리 차버렸다. 거기 콜로라도 주 오로라 시 걸러너 가에서 그 광경을 본 행인들에게 그는 말했다. "나는 불행하게도 유한한 세상에 살게 된 무한한 사람이야." 경찰을 불러야겠다고 마음먹은 어느 주부가 자기 집 주방 창문에서 그에게 소리쳤다. "당신 누구야? 이름이 뭐야?!" 그는 소리가 잘 들리도록 손을 입가에 모으고 마주 소리쳤다. "레벤디스! 그리스어야." 사람들이 나무에 반쯤 박힌 고양이를 발견했다. 나무를 베고, 고양이가 박힌 부분은 둘로 쪼갰다. 어느 재능있는 박제사가 그 고양이를 손봤는데, 그 불쌍한 짐승이 내는 겁에 질린 가냘픈 울음소리와 구토를 가라앉히느라 애를 먹었다. 나중에 그 고양이는 책 버팀대로 팔렸다.

레벤디스: 10월 8일 화요일, 그는 미시간 주 캐딜락 시에 있는 지방검사실에 전화를 걸어 전날 일몰 직후에 햄트램크 시 주

택가 도로에서 놀던 두 아이를 치어 죽인 1988년형 푸른색 메르세데스가 어느 시칠리아계 마피아 거물의 전속 페이스트리 제빵사 소유라고 제보했다. 그는 그 메르세데스를 가져다 찌그러진 데를 펴고 외형복원제를 바르고 새로 도색한 장물 차량 처리장이 어디에 있는지까지 자세한 정보를 주었다. 그는 차량번호를 넘겼다. 그는 희생된 두 여자아이 중 더 어린 쪽의 두개골 조각 위치를, 그게 차량의 왼쪽 앞바퀴 안쪽에 있다는 걸 알려주었다. 그 조각은 빠진 나뭇조각 퍼즐처럼 사건 정황에 딱 들어맞을 뿐만 아니라 병리학자들의 엄정한 시험을 거치면 법정에서 어떤 주장이 나오더라도 대응할 수 있는 반박할 수 없는 증거가 될 터였다. 의학검사관은 기본적인 ABO식 혈액형 검사를 했고, 다섯 가지 RH 테스트와 MNSs 테스트와 루이스 더피 검사와 Kidd 유형 검사를 A형과 B형 모두 실시하여 신원의 범위를 좁혔다. 그리고 마침내 특이하게도 대부분의 혈액형 그룹에 존재하지만 일부 일본계 하와이인들과 사모아인들에게서는 볼 수 없는 주니어 a형 단백질이 없다는 사실을 입증할 수 있었다. 그 어린 소녀의 이름은 셰리 투알라울렐레이였다. 강력계 수사관들이 그 페이스트리 제빵사가 뺑소니 사건이 있기 나흘 전에 아내와 세 아이와 함께 뉴욕으로 휴가를 갔다는 사실을 밝혀내고, 메르세데스 자동차가 아이들을 친 바로 그 시각에 뉴욕의 마틴 벡 극장 7번째 줄 중앙 좌석에 앉아 재상연된 〈아가씨와 건달들〉 뮤지컬을 즐겼음을 증명하는 입장권 쪼가리를 입수하자 조직범죄팀이 투입되었다. 수사 범위가 더 확대되었다. 셰리 투알라올렐레이는 몰래 정부를 찾아가려고 그 메르세데스를 '빌렸던' 페이스트리 제빵사의 보스 '위안자 샐리' 시니오 콘포르테가 33년 징역형을 받는 데 큰 역할을 하였다.

레벤디스: 10월 9일 수요일, 그는 큰애가 자살할 때 썼던 총을 형을 잘 따랐던 동생에게 준 코네티컷 주 노워크 시에 사는 중년 부부 패트리샤와 포스티노 에반젤리스타에게 과일바구니를 보냈다. 동봉된 쪽지에는 이렇게 적혀 있었다. "이 섬세하기 짝이 없는 엄마, 아빠 같으니라고, 잘했어!"

레벤디스: 10월 10일 목요일, 그는 골수암 치료제를 만들었다. 누구든 만들 수 있었다. 재료는 신선한 레몬주스와 거미줄, 생당근 부스러기, 발톱에서 초승달 부분이라고 불리는 불투명한 흰색 부분, 탄산수였다. 제약업계 카르텔이 재빨리 일류 광고업체인 필라델피아 PR사를 고용해 그 치료제의 효과에 의문을 던졌지만, 미국의학협회와 연방식품의약국은 실험을 가속하여 치료제가 효과가 있고 부작용이 없다는 사실을 확인하고는 즉각적인 사용을 권장했다. 그러나 에이즈에는 효과가 없었다. 보통의 감기에도 듣지 않았다. 희한하게도, 의사들은 업무량이 감소했다며 치하했다.

레벤디스: 10월 11일 금요일, 그는 동냥 바가지를 들고 미얀마 양곤에 있는 영국 대사관 바깥 보도에 자기가 싼 똥오줌을 뭉개며 누워 있었다. 그가 있는 곳은 정문 바로 왼쪽, 높이 쌓아 올린 담의 각도 때문에 보초를 서는 초병들에게 반쯤 가린 곳이었다. 도로 바로 위쪽에서 요금과 함께 운전사로부터 기분 나쁜 지청구를 듣지 않을 정도의 얼마 안 되는 루피를 팁으로 건넨 한 50대 여성이 겨우 소형버스에서 내리고는 엉덩이를 가린 비단 재킷 가장자리의 매무새를 다듬은 다음 대사관 정문을 향해 당당하게 행진했다. 여자가 부랑자 옆으로 오자 그가 팔을 괴어 머리를 받치고는 그녀의 발목에다 대고 소리를 질렀다. "어이, 이봐! 내가 이런 시를 써서 거리에서 파는데 말이야, 덕분에 청소년 부랑자들이 거리에서 사라져서 당신이 침을 맞을 일도 없어졌지! 그래, 어떻게 생각해, 하나 사야지?" 기혼부인은 걸음을 멈추지 않고 정문을 향해 성큼성큼 걸어가면서 딱딱거리며 한마디 내뱉었다. "당신은 장사치야. 예술을 입에 올리지 마."

이상의 이야기 제목은 '오디세우스의 여정'이다.

*

바람이 든 자루를 꿰매 준 구두수선공을 찾으면
오디세우스의 방랑 경로를 찾을 수 있을 것이다.

— 에라토스테네스, 기원전 3세기 후반.

레벤디스: 10월 12일 토요일, 그는 옆길로 새서 독일 남서부
바이마르 근처에 있는 어떤 장소에 갔다. 그 광경을 찍는 사
진작가는 보지 못했다. 그는 장작 다발처럼 놓인 시체 더미들
가운데 섰다. 봄날치고는 추웠다. 옷을 두껍게 껴입었는데도
몸이 떨렸다. 그는 눈이었던 검은 구멍들을 들여다보고, 깨끗
하게 갉아먹은 뼈가 무더기로 쌓인 끝없이 이어지는 닭고기
만찬 자리를 쳐다보며, 줄지어 늘어선 뼈만 남은 시체들 사이
를 걸었다. 팽팽하게 벌어진 남녀의 살들. 한때는 잠에서 깨
어나는 시간을 부드럽게 만들어주었을 열정이 있던 타르를 칠
한 방수천 같은 살결들. 어찌나 마구잡이로 뒤얽혔는지 여기
여자는 팔이 세 개고, 저기 아이는 나이에 비해 세 배쯤 긴 단
거리 선수의 다리가 달렸다. 그을음이 가득한 눈으로 그를 올
려다보는 어느 여자의 얼굴에서 높고 사랑스러운 광대뼈가 눈
에 띄었다. 어쩌면 여배우였을지도 모른다. 가슴과 몸통이었
을 실로폰들, 작별인사를 하고 손주들을 포옹하고 전통이 이
어지는 것에 기뻐하며 건배를 들었을 바이올린 활들, 눈과 입
사이에 난 조롱박 모양의 호각들. 그는 장작더미 같은 시체들

294

가운데 섰고, 스스로 그저 하나의 도구로만 존재할 수는 없었다. 그는 주저앉아 손으로 머리를 감싸고 웅크린 채 울었다. 사진작가가 한 장 또 한 장 사진을 찍었다. 편집자가 준 선물과도 같은 기회였다. 그러다 그는 애써 울음을 그치고 일어섰다. 추위가 살을 에었다. 그는 무거운 외투를 벗어 여자 두 명과 남자 한 명의 시체를 상냥하게 덮어주었다. 그들은 너무 가까이 엉킨 채 누워서 외투 하나로도 덮을 만했다. 그는 1945년 4월 24일에 부헨발트에서 장작더미 같은 시체들 가운데 서 있었고, 46년이 지난 10월 12일 토요일에 발간된 어느 책에는 그 사진작가의 얼굴이 나올 터였다. 외투를 입지 않은 호리호리한 젊은 남자가 다시 옆길로 새려는 순간 바로 직전에 사진작가의 필름이 다 떨어졌다. 그 사진작가는 눈물이 그렁그렁한 젊은 남자가 '세르챠'라고 말하는 소리도 듣지 못했다. 세르챠는 러시아어로 '심장'이라는 뜻이다.

레벤디스: 10월 13일 일요일, 그는 아무 일도 하지 않았다. 쉬었다. 그걸 생각하자 짜증이 났다. "우리가 살아내지 않으면 시간은 신성해지지 않는다." 그는 말했다. 그러면서 또 생각했다. 알게 뭐야, 신조차도 하루는 뺐는데.

레벤디스: 10월 14일 월요일, 그는 수첩을 움켜쥐고서, 곰팡이와 쓰레기와 오줌 냄새 때문에 입으로 숨을 쉬면서, 찾는 아파트 호수에 마음을 집중하면서, 볼티모어 시 어느 공동주택

의 냄새 나는 계단통을, 높은 곳에 달린 파리한 전구 빛이 간신히 비추는 수직 터널의 저녁 어스름 속을 긴장한 채 올랐다. 그는 오르고 또 오르면서 몸을 뻗어 문마다 달린 숫자를 찾아봤지만, 세입자들이 호수를 표시하는 숫자들을 떼어내 버리니 자기 같은 복지과 조사원들은 좌절할 수밖에 없다는 걸 알았고, 마지막 계단 구석에 처박힌 뭔가 번들번들하고 물기가 새어 나오는 것에 발이 걸리는 바람에 잡고 있던 썩어가는 난간을 놓쳤다가 간신히 제때 다시 잡았고, 위에서 떨어지는 절망적인 바랜 빛줄기를 맞으며 순간적으로 넘어질 뻔하다가 다시 난간을 움켜잡는 그 순간, 그는 집중관찰 중인 그 생활보장 대상자가 집에 없기를, 그래서 오늘 일은 이만 마치고 서둘러 시내로 돌아가 도시 반대쪽에 있는 집에 가서 샤워했으면 하고 바라면서도, 꼭대기 층까지 올라가 문틀에 긁어 놓은 숫자를 찾았고, 노크했지만 아무 대답도 듣지 못했고, 다시 노크하고는 처음에는 비명을, 다음에 또 비명을, 그러고는 첫 번째 비명에 계속 이어지는 거로 봐서는 어쩌면 한 번의 비명일지도 모르는 비명을 들었고, 그가 문에 몸을 던지자 오래된 데다 제대로 만들었을 리가 없는 썩은 문이 쩍하고 갈라지며 경첩이 빠져 떨어졌고, 안으로 들어선 그는 세상에 다시 없을 것처럼 아름다운 젊은 흑인 여성이 아기에게 달려든 쥐 떼를 뜯어내는 걸 보았다. 그는 수표를 식탁에 놓아두었고, 그 여자와 바람을 피우지 않았고, 그 여자가 6층 아파트 창문에서 안뜰로 떨어지는 걸 보지 못했고, 그 여자가 싸구려 나무관을 갉아대는 쥐 떼를 피해 무덤에서 뛰쳐나온 걸 전혀 알지 못했다. 그는 그 여자를 전혀 사랑하지 않았고, 그래서 그가 속죄의 의미로 그 불결한 꼭대기 아파트 바닥에서 자는 사이 그녀가 그를 흡수하고, 그와 섞이고, 마침내 그와 하나가 되려고 공동주택의 벽을 타고 흘러들어왔을 때 그는 거기에 없었다. 그는 수표를 남겼고, 어떤 일도 일어나지 않았다.

레벤디스: 10월 15일 화요일, 그는 터키 아스펜도스에 있는 옛 그리스 극장에 서 있었다. 2천 년 전에 세워진 건축물이지만 음향 면에서 어찌나 완벽한지 무대 위에서 내뱉는 모든 말이 1만3천 석에 이르는 관객석 어디에서나 선명하게 들렸다. 그는 저 위쪽에 앉은 어린 소년을 향해 말했다. 그는 바이런의 시이자 슈만의 '만프레드 서곡'으로 유명한 폰 만프레드 백작의 유언을 읊조렸다. "노인이여, 죽기란 그리 어렵지 않다네." 아이가 미소를 지으며 손을 흔들었다. 그도 마주 손을 흔들고는 어깨를 으쓱거렸다. 둘은 멀리서 친구가 되었다. 죽은 어머니가 아닌 다른 사람이 아이에게 상냥하게 대한 건 그때가 처음이었다. 그 뒤로도 오랫동안 그 사건은 바람을 타고 오는 미소가 있었음을 일깨워주는 추억이 되었다. 그 어린 소년은 동심원을 그리며 층층이 늘어선 좌석을 내려다보았다. 저 아래쪽에 있는 남자가 자기한테 오라는 손짓을 했다. 이름이 오르혼인 아이는 깡충깡충 뛰어서 최대한 빨리 원의 중심으로 내려갔다. 중심부에 닿은 아이는 둥그렇게 무대를 둘러싼 오케

스트라 자리를 건너며 남자를 살펴보았다. 그 사람은 아주 키가 컸고, 면도를 좀 해야 할 듯 보였으며, 머리에 쓴 모자에는 매주 앙카라에 다녀오는 사람인 쿨의 모자처럼 엄청나게 넓은 챙이 달렸고, 이런 날씨에는 너무 지나치게 더운 긴 오버코트를 입었다. 남자가 하늘을 반사하는 검은 안경을 써서 눈은 볼 수 없었다. 오르혼은 그 남자가 좀 튀는 옷을 입은 산적 같다고 생각했다. 오늘처럼 후텁지근한 날에는 현명치 못한 선택이지만 농촌 마을들을 습격한 빌제 일당보다는 훨씬 인상적이었다. 아이가 그 키 큰 남자한테 갔을 때 둘은 서로에게 미소를 지었고, 그 사람이 오르혼에게 말했다. "난 유한한 세계에 사는 무한한 사람이야." 아이는 그 말에 어떻게 답해야 할지 몰랐다. 하지만 아이는 그 남자가 마음에 들었다. "왜 오늘 그렇게 무거운 털실옷을 입었어요? 전 맨발이에요." 아이가 먼지 묻은 발을 들어 남자에게 보여주고는 엄지에 감은 더러운 천 조각 때문에 부끄러워졌다. 남자가 말했다. "유한한 세계를 보호할 안전한 장소가 필요해서지." 그리고 그는 오버코트의 단추를 풀고 한쪽을 열어 전제군주가 되지 않도록 아주 열심히 노력한다면 언젠가는 오르혼이 상속받게 될 무언가를 보여주었다. 지구 행성의 얼굴을 한, 각자가 다른 순간의 지구 얼굴을 한, 수백만 개를 넘는 시간 조각들이 하나하나 천에 꿰매졌다. 그것들 전부가 꾸벅꾸벅 조는 스핑크스들처럼 산만하게 그르렁거렸다. 그리고 오르혼은 거기 열기 속에 아주 오랫동안 서서 유한한 세계가 똑딱거리는 소리를 들었다.

레벤디스: 10월 16일 수요일, 그는 시카고 라셀 극장에서 늦은 공연을 보고 나온 흑백 커플을 두들겨 패는 군화풍 부츠와 검은 싸구려 인조가죽을 걸친 세 명의 스킨헤드들과 마주쳤다. 그는 가만히 서서 지켜보았다. 아주 오랫동안.

레벤디스: 10월 17일 목요일, 그는 펜실베이니아 고속도로가 관통하는 킹오브프러시아 근처 어느 음식점에서 가볍게 요기를 하러 들른 흑백 커플을 두들겨 패는 군화풍 부츠와 검은 싸구려 인조가죽을 걸친 세 명의 스킨헤드들과 마주쳤다. 그는 운전석 옆에 상비하고 다니는 4센티미터 두께의 경질 나무못을 끝에 박은 75센티미터 길이의 막대기를 꺼내 어둑어둑한 주차장에서 잘 보이지 않도록 한쪽 다리와 나란하게 들고는 주차된 차들 사이에 누운 흑인 여성과 백인 남성을 발로 차는 세 명 뒤로 다가갔다. 그가 셋 중에서 제일 키가 큰 놈의 어깨를 톡톡 쳤다. 열일곱을 넘지 않는 게 확실한 놈이 돌아보자 그는 한 발짝 뒤로 물러서며 오른손으로 막대기를 들어 올려 왼손으로 단단히 잡고는 그 끝을 그 스킨헤드 놈의 눈에 쑤셔 넣었다. 못이 눈구멍 안쪽을 찢고 뇌를 뭉개버렸다. 이미 죽은 소년이 버둥거리며 뒤로 넘어지다 동료들과 부딪쳤다. 둘이 돌아보자 그는 지휘봉처럼 갈수록 빠르게 막대기를 빙빙 돌렸고, 둘 중에서 더 뚱뚱한 녀석이 달려들자 막대기를 머리 위로 휙 돌리더니 곧바로 소년의 목을 깊숙이 찔렀다. 뭔가 부러지는 소리가 음식점 뒤편 어두운 산등성이로 퍼져나갔다.

그는 세 번째 소년의 사타구니를 걷어찼다. 소년이 푹 주저앉으며 뒤로 넘어지자 그는 발로 그 스킨헤드의 턱밑을 차서 입을 열었다. 그는 양손으로 막대기를 꽉 잡고서 아이를 내려다보며 그 입에 막대기를 박아넣었다. 이가 박살 나고 두개골 뒤쪽이 산산조각이 났다. 망가진 얼굴을 관통한 나무못이 콘크리트를 긁었다. 그리고 그는 폭행당하던 남자와 그 아내를 도와 일으켜 세우고 음식점 지배인을 다그쳐 지방경찰이 도착할 때까지 부부가 그의 사무실에 잠시 누울 수 있도록 조치했다. 그는 튀긴 조개 한 접시를 주문하고는 거기 앉아서 경찰이 그의 진술을 받을 때까지 기분 좋게 먹었다.

레벤디스: 10월 18일 금요일, 그는 모르몬교도 학생들을 버스에 가득 태우고 유타 주 그레이트 솔트레이크의 얕은 물가로 향했다. 예술에 문외한인 아이들에게 위대한 조각가인 스미슨의 작품을 보여주기 위해서였다. 흙과 돌을 쌓은 선인 '스파이럴 제티'는 물결 속으로 사라지는 생각인 양 굽이굽이 흐르며 뻗어갔다. 영 엉뚱한 듯하면서도 멋진 작품이었다. "그걸 만든 사람이, 그걸 구상하고 만든 사람이 옛날에 뭐라고 했는지 알아?" 아이들이 선뜻 아니요, 그 스미슨이라는 조각가가 뭐라고 했는지 모른다는 답을 내놓자 버스를 몰던 남자는 극적인 효과를 위해 잠시 숨을 멈췄다가 스미슨의 말을 읊었다. "설명이 아니라 수수께끼를 구축하라." 아이들이 그를 쳐다보았다. "가보면 알 거야." 그는 어깨를 치켜올리며 말했다.

"아이스크림 먹을 사람?" 그리고 그들은 배스킨라빈스로 갔다.

레벤디스: 10월 19일 토요일, 그는 시속 155킬로미터가 넘는 훅 슬라이딩 패스트볼을 던지고, 병살타를 유도할 수 있는 까다로운 슬라이더를 던지고, 평균 자책점이 2.10, 평균 타격률이 3할 6푼에다 플레이트 양쪽에서 공을 칠 수 있고, 자신이 직접 설계한 글러브를 끼고 작고 매운 유격수로도 활동할 수 있지만, 사실상 대형 리그에서부터 보잘것없는 리그에 이르기까지 미국에 있는(또한 일본에 있는) 모든 프로팀으로부터 실력 검증시험 참가를 거부당한 19살짜리 왼손잡이 소녀 앨버다 저넷 챔버스를 대리하여 메이저리그를 상대로 한 3천만 달러짜리 소송을 제기했다. 그는 뉴욕 주 남부연방지방법원에 소를 제기하며 유명 뉴스 앵커 테드 코펠에게 앨버다 챔버스가 프로야구 명예의 전당에 오를 첫 여성 선수 또는 첫 물라토 선수가 될 것이라고 말했다.

레벤디스: 10월 20일 일요일, 그는 확성기가 설치된 밴을 빌려 노스캐롤라이나 주 롤리와 더럼 시내를 돌아다니며 잠이 덜 깬 몽유병자처럼 아침 식사를 파는 패밀리 레스토랑에 들어가는 행인과 가족들에게(이들 어른의 많은 수가 실제로 제시 헬름에게 투표하는 바람에 세르챠를 잃을 위험에 처했다) 오늘은 성경을 무시하고 집으로 돌아가 셜리 잭슨의 단편 〈땅콩과 보내는 평범한 하루〉나 다시 읽는 편이 나을 거라고 끊임없이 설득했다.

이상의 이야기 제목은 '환대하는 수선화'이다.

✳

레벤디스: 10월 21일 월요일. 그는 잠시 옆길로 새서 환락가라고 알려진 뉴욕 시의 어느 지구를 돌아다녔다. 1892년이었다. 24번가를 타고 5번대로부터 7번대로까지 시내를 가로지른 그는 고지대 쪽으로 방향을 틀어 천천히 7번대로를 걸어 40번가까지 갔다. 주택가와 상점가가 섞인 중간지대에는 매음굴이 번창해서 그 붉은 불빛들이 그늘을 뚫고 파리한 가스등 불빛을 위협했다. '에디슨&스완 유나이티드 전기조명 회사'는 고작 5년 전에 브로드웨이 서쪽 지구를 샅샅이 훑으며 조셉 윌슨 스완 씨와 토머스 앨바 에디슨 씨가 발명한 필라멘트 램프를 설치하라고 권유하고 다닌 어느 그리스풍 이름을 가진 판매원 덕분에 엄청나게 사업을 키웠다. 진홍색을 칠한 그 필라멘트 램프가 부도덕이 자행되는 그 지구 많은 집들의 불길하게 열린 문간 위에 고정되었다. 36번가로 난 어느 골목을 지나칠 때 그는 어둠 속에서 투덜거리는 여성의 목소리를 들었다. "당신 나한테 2달러 준다고 했잖아. 그걸 먼저 줘야지! 그만해! 안돼, 먼저 나한테 2달러를 줘!" 그는 그 골목으로 발을 들여놓고 불쾌한 냄새 때문에 숨을 참으며 눈이 어둠에 완전히 익숙해지도록 잠시 가만히 섰다. 그는 그들을 보았다. 사십 대 후반쯤 돼 보이는 남자는 중산모를 쓰고 곱슬곱슬한 양모 칼라

가 달린 종아리까지 내려오는 외투를 입었다. 말이 끄는 영업용 마차 소리가 골목 위쪽 벽돌담에 부딪혀 시끄럽게 따가닥거렸고, 양모 외투를 입은 남자가 위를 쳐다보더니 골목 입구쪽을 돌아보았다. 그 여자의 패거리 아니면 노상강도 아니면 깡패 아니면 기둥서방이 여자를 도우려 달려들 걸 예상했는지 그를 본 남자의 얼굴이 긴장했다. 남자의 바지 앞섶 단추가 풀려서 가늘고 허여멀건한 성기가 튀어나왔다. 남자의 왼손이 골목 벽에 기댄 여자의 목을 눌렀다. 여자의 앞치마와 치마와 속치마를 걷어 올리고 오른손을 여자의 속바지 안에 막 넣으려던 참이었다. 여자가 남자를 밀어냈지만 헛수고였다. 남자는 덩치가 크고 강했다. 하지만 다른 남자가 골목 입구 쪽에 서 있는 걸 보자 남자는 여자의 옷가지들에서 손을 떼고 자기 물건을 바지 안으로 집어넣었지만, 단추를 잠그는 시간 낭비는 하지 않았다. "어이 거기! 남이 작업하는 거 보고 싶어, 그래?" 옆길로 샌 남자가 조용히 말했다. "그 여자 놔줘. 여자한테 2달러를 주고, 보내." 중산모를 쓴 남자가 권투선수들이 취하는 표준 방어자세로 주먹을 쥐고는 골목 입구 쪽을 향해 한 걸음을 내디뎠다. 남자가 무례하고 비웃는 코웃음 같은 작은 소리를 내며 웃었다. "아, 그래, 자기가 무슨 권투 챔피언이라도 되는 줄 아시나 보지, 안 그래? 음, 네놈과 나와 이년이 어떻게 되는지 한번 보자고…." 그리고 그는 두꺼운 외투를 어지간히 거추장스러워하면서도 춤추듯이 앞으로 나섰다. 둘이 팔을 뻗으면 닿을 만한 거리까지 가까워지자 젊은 쪽 남자가 외투 주머니에서 테이저 권총을 꺼내 직사 각도로 발사했다. 미늘이 권투선수의 뺨과 목에 명중했고, 전류 때문에 붕 떠서 뒤로 날아간 남자가 어찌나 세게 벽돌담에 부딪혔는지 건물에 달린 램프의 필라멘트들이 비틀려 느슨해졌다. 그 잠재적 간음자는 눈알을 까뒤집은 채 앞으로 엎어졌다. 너무 세게 엎어지는 바람에 앞니 세 개가 이뿌리부터 부러졌다. 여자가 도망가려 했지만, 그 골목은 막다른 길이었다. 여자는 이상한 무기를 든 남자가 다가오는 걸 쳐다보았다. 남자의 얼굴은 거의 보이지 않았다. 몇 년 전에 잭더리퍼라는 살인마가 런던에서 온갖 살인을 저질렀는데, 그 잭이 사실은 양키이며 뉴욕으로 돌아왔다는 소문이 돌았었다. 여자는 공포에 질렸다. 여자의 이름은 포피 스커닉이었고, 고아였으며, 도심 쪽으로 더 가면 나오는 어느 블라우스 공장에서 삯일을 했다. 여자는 일주일에 6일을 아침 일곱 시부터 저녁 일곱 시까지 일하면서도 일주일에 1달러 65센트밖에 벌지 못했고, 그 액수는 배어스 셋집의 하숙비를 치르기에도 충분치 못했다. 그래서 여자는 앞으로도 여자를 올라탄 다음 불구로 만드는 걸 즐기는 흉악한 신사들에게 걸리지 않기를, 앞으로도 자기들을 위해 일해주길 바라는 뚜쟁이들과 남자친구들의 압력을 피할 수 있기를, 앞으로도 자신이 더는 '품위' 있지 않은 데다 결국에는 저 붉은 등을 켠 어느 매음굴로 쓸려 들어갈 수밖에 없다는 깨달음을 피할 수 있기를 기도하며 더도 말고 일주일에 딱 두 번 그 환락가를 어슬렁거리는 걸로 수입을 '보충'했다. 그는 상냥하게 여자의 손을 잡고는 의식을 잃고 쓰러진 강간범을 조심스럽게 타고 넘어 골목 밖으로 여자를 이끌기 시작했다. 둘이 거리에 닿았을 때 여자는 남자가 얼마나 잘생겼는지, 얼마나 젊은지, 얼마나 눈에 띄게 옷을 입었는지 보았고, 마주 웃음 지었다. 여자는 드물게 매력적이었다. 젊은 남자는 모자를 젖히고 상냥하게 여자에게 말을 걸어 이름이 무엇인지, 어디에 사는지, 같이 저녁이라도 먹으러 가겠는지 물었다. 여자가 그러겠다고 하자 남자는 소리쳐 마차를 부른 다음 델모니코로 데려가 그녀로서는 일찍이 먹어보지 못했던 최고급 식사를 즐기게 해주었다. 그리고 나중에, 아주 나중에, 그가 여자를 고급주택가인 어퍼 5번대로에 있는 빌라로 데려갔을 때, 여자는 그가 원하는 거라면 무엇이든 할 준비가 되었다. 하지만 그가 원한 건 백 달러를 줄 테니 아주 잠깐 따끔하게 아픈 걸 참아달라는 주문이었다. 여자는 공포를 느꼈다. 그런 대부호들이 어떤 놈들인지 알기 때문이었지만, 백 달러라니! 그래서 여자는 좋다고 대답했고, 그는 여자에게 왼쪽 엉덩이를 내밀라고 요구했으며, 여자는 부끄러움을 느끼며 그렇게 했고, 정확하게 일 초 동안 모기가 무는 정도의 아픔이 느껴지더니 남자는 벌써 페니실린을 주사한 자리를 차갑고 향기 나는 면솜으로 닦는 중이었다. "오늘 밤 여기서 자고 갈래요, 포피?" 젊은 남자가 물었다. "제 방이 복도 저쪽에 있긴 하지만, 여기도 아주 편안할 거예요." 여자는 그가 사악한 독약을 주사하지 않았는지, 뭔가 끔찍한 짓을 한 게 아닌지 걱정됐지만, 몸이 평소와 다르게 느껴지는 점이 전혀 없었고 그가 아주 친절해 보였으므로 좋다고, 그게 그 밤을 보내는 근사한 방법일 거라고 답했고, 남자는 여자에게 10달러짜리 지폐 10장을 주고는 잘 자라고 말하고 방을 나갔다. 남자는 여자의 목숨을 살렸다. 여자는 몰랐지만, 그녀는 지난주에 매독에 걸렸다. 여자는 1년 안에 용모만으로는 길거리에서 남자를 구할 수 없어질 터였고, 블라우스 공장에서도 쫓겨날 터였고, 어느 남자의 유혹에 빠졌다가 최악인 어느 매음굴에 팔렸을 터였고, 그 후 2년 안에 죽었을 터였다. 하지만 그날 밤 여자는 수제 레이스로 가장자리를 두른 시원한 이불 틈에서 잘 잤고, 다음 날 일어나 보니 남자는 이미 가고 없었고, 그 빌라에서 나가라고 하는 사람이 아무도 없어서 여자는 하루 또 하루 지내다가 수년을 거기에 머물렀고, 마침내는 결혼해서 세 아이를 낳았는데, 그중 한 아이가 자라 결혼해서 아이를 하나 낳았고, 그 아이는 어른이 되어 수백만 명의 무고한 남자와 여자, 아이들의 목숨을 구했다. 하지만 1892년의 그날 밤, 그녀는 깊고, 달콤하고, 치유하는, 꿈도 없는 잠을 잘 뿐이었다.

레벤디스: 10월 22일 화요일, 그는 핀란드의 작은 마을인 리살미를 덮친 천식 두꺼비 역병 현장을 방문했다. SS 부대들에 항복을 촉구하는 제2차 세계대전 때의 삐라가 한반도 남쪽 섬인 제주도 하늘을 뒤덮었다. 일제히 개화한 개나리가 스페인 리나레스 시 전역을 덮쳤다. 그리고 완전히 복원된 아렌스-폭

스사의 1926년산 RK 소방차가 아카소 주 클락스빌에 있는 어느 소형 쇼핑몰에 전시되었다.

레벤디스: 10월 23일 수요일, 그는 사람들이 '벙커 힐 전투'라고 부르는 1775년 6월 17일에 있었던 교전을 실제 전투가 벌어졌던 곳의 이름을 딴 '브리즈 힐 전투'라고 고쳐 부르도록 미국에 있는 모든 역사책을 고쳐 썼다. 그는 또 라디오와 텔레비전 시사해설가 전원에게 '반증'과 '방증'을 구분할 수 있는 능력을 주었다. 둘은 전혀 다른 것이고, 둘이 잘못 쓰일 때마다 그는 심하게 짜증이 났다. 둘을 구분하지 못하는 것은 그 시사해설가들이 멍청이라는 방증이며, 누구든 그 사실을 반증하기는 어려울 것이다.

레벤디스: 10월 24일 목요일, 그는 존 F. 케네디가 댈러스에서 총에 맞던 그날 울타리 너머 낮은 풀 둔덕에 서 있던 여자의 이름을 〈런던 타임스〉와 〈파리 마치〉에 밝혔다. 하지만 누구도 마릴린 먼로가 그런 짓을 하고도 들키지 않고 내뺄 수 있었다는 사실을 믿지 않았다. 심지어 그녀가 자살하기 전에 일의 전모를 자기 입으로 실토하며 작성한 유서를 공개해도 그랬다. 마릴린 먼로는 유서에서 자신이 사기꾼 리 하비 오스왈드와 더러운 협잡꾼 잭 푸비를 고용할 정도로 질투에 가득 찬 버림받은 여자였으며, 그 죄책감을 안고서 더는 살 수 없으니 이제 안녕을 고한다고 밝혔다. 어디에서도 그 사연을 실어주

지 않았다. 〈스타〉조차도. 〈인콰이어러〉조차도. 〈TV 가이드〉
조차도. 하지만 그는 노력했다.

레벤디스: 10월 25일 금요일, 그는 지구상에 존재하는 모든 인
간의 지능을 40점 높였다.

레벤디스: 10월 26일 토요일, 그는 지구상에 존재하는 모든 인
간의 지능을 40점 낮췄다.

이상의 이야기 제목은 '매일 착한 일 한 가지'이다.

*

레벤디스: 10월 27일 일요일, 그는 15년 전에 뉴저지 주 베이
온 시에 있는 집에서 납치된 5세 아동을 오스트레일리아 서
남부 칼굴리 시에 거주하는 가족에게 되돌려주었다. 아이는
그 가족이 이민 오기 전의 나이 그대로였지만, 아이는 이제 수
천 년간 지구상에서 들을 수 없었던 언어인 에트루리아어로
만 말했다. 어쨌거나, 거의 종일 쉬었던 그는 그제야 전투 중
에 실종되어 라오스 중심부 군부대에 잡혀 있던 남은 17명의
미군을 죽이는 일에 몰두했다. 낭비하지 않으면 부족함도 없
는 법이다.

레벤디스: 10월 28일 월요일, 전날 했던 일과 수고에 여전히 기분이 들뜬 상태였던 그는 북베트남의 고지대에서 28년 전에 총알을 맞고 쓰러진 미 공군 소속 유진 Y. 그래소 대위가 생존한다는 사실을 공개했다. 그는 그래소 대위를 알래스카 앵커리지에 있는 가족에게 돌려보냈고, 재혼한 그의 아내는 만나기를 거부했지만, 서로 한 번도 보지 못한 그의 딸은 아버지를 만났다. 둘은 사랑에 빠졌고, 앵커리지에서 같이 살았다. 둘의 사연은 일부 성직자들에게 끝없는 혼란의 소재가 되었다.

레벤디스: 10월 29일 화요일, 그는 수수께끼로 남은 어멜리어 이어하트와 앰브로즈 바이어스, 벤저민 배터스트, 지미 호퍼 실종 사건을 해결할 수 있는 마지막 증거를 없애버렸다. 그는 유골을 세척하여 전시된 선사시대 아메리카 공예품들 가운데에 놓아두었다.

레벤디스: 10월 30일 수요일, 그는 루이지애나 주 뉴올리언스 시 메티에르 호텔 식당으로 가서 당시 공직 선거운동 중이던 전 KKK 단장이 친구들을 만나러 오기를 기다렸다. 그 남자가 신중한 경호원을 양옆에 대동한 채 리무진에서 내리자 그 여행자가 식당 지붕에서 경량 대전차 로켓을 발사했다. 로켓은 전 KKK 단장과 경호원들과 완벽한 상태였던 캐딜락 엘도라도 한 대를 날려버렸다. 그럼으로써 그는 계몽된 루이지애나 유권자들을 위해 다른 후보들에게 선거판을 넘겨주었다. 아

우슈비츠 생체실험 담당자였던 멩겔레의 아이로 아버지의 의학 실험을 거들었던 남자가 선두였고, 아동을 불구로 만든 죄로 체포되는 것을 피하려고 이름을 바꾼 주자가 그 뒤를 이었으며, 멧돼지의 멱을 따 사체에서 뿜어져 나오는 피에 얼굴을 담그는 의식이 포함되는 정치철학을 가진 배턴루지 출신의 문맹 물시금치 재배 농부가 그다음이었다. 낭비하지 않으면 부족함도 없는 법이다.

레벤디스: 10월 31일 목요일, 그는 달라이 라마를 왕좌에 복귀시키고는 티베트로 이어지는 육로가 되는 산길을 폐쇄하고, 밑의 땅에는 아무 영향을 주지 않으면서도 하늘길로는 절대 접근할 수 없게 만드는 변화무쌍한 눈 폭풍이 끊임없이 불게 했다. 달라이 라마는 국민을 대상으로 국민투표를 했다. 안건은 '국명을 샹그릴라로 바꿔야 하는가'였다.

레벤디스: 10월 32일 금요일, 그는 싸구려 판타지소설 독자들이 모이는 대회에서 연설했다. "우리는 우리의 삶을 살면서 우리의 삶을 (그리고 다른 사람들의 삶을) 창조합니다. 우리가 '삶'이라 부르는 것은 그 자체가 픽션이기 때문입니다. 그러므로 우리는 오직 훌륭한 예술작품을, 절대적으로 재미있는 픽션을 생산해내기 위해 끊임없이 노력해야 합니다." (그는 그들에게 다음과 같이 말하지 않았다. "전 슬프게도 유한한 세계에서 사는 무한한 사람입니다.") 사람들은 예의 바르게 미소를 지었

지만, 그가 에트루리아어로만 말했기 때문에 한마디도 알아듣지 못했다.

레벤디스: 10월 33일 토요일, 그는 옆길로 새서 크리스토퍼 콜럼버스를 대형 보트에 태우고 노를 저어 신세계의 해안에 데려다주었다. 해안에 닿자 원주민 대표가 콜럼버스에게 다가와 위대한 항해가가 입은 우스꽝스러운 옷차림을 보고 웃었다. 그들은 모두 피자를 주문했고, 노 젓기를 마친 남자는 급속하게 성병이 퍼져 몇 세기 후에는 어느 아름다운 젊은 여자의 왼쪽 궁둥이에 페니실린 접종을 해줄 수 있을 거라고 확신했다.

레벤디스: 10월 34일 필틱요일, 그는 모든 개들에게 영어와 프랑스어, 북방 중국어, 우르두어, 에르페란토어를 말할 수 있는 능력을 주었다. 하지만 개들이 말한 거라곤 최악이라고 평할 만한 운율을 맞춘 시뿐이었고, 그는 그것을 견시(犬詩)라고 불렀다.

레벤디스: 10월 35일 스퀘이비요일, 그는 본부로부터 자신이 마스터 변수의 지출에 너무 많은 시간을 누려왔다는 의견을 들었다. 그는 해당 직위에서 해제됐으며, 단위조직은 폐쇄됐다. 임시 담당자로 어둠이 임명되었다. 그는 자신을 '삶의 기쁨으로 충만한 이'를 이르는 그리스어 '레벤디스'라 부른 일로 견책을 받았다. 그는 비난을 받으며 물러났지만, 그보다 높은

지위에 있던 누구도 그가 새로운 임무를 맡으면서 '세르챠'라
는 이름을 택했다는 사실은 눈치채지 못했다.

　　이상의 이야기 제목은 '보답 없는 일에 몰두하기'이다.

　　　　　　　　　　　　　　　　　　　　　　　·

용암과 메스를 갖춘 독설가

0. 신이시여, 할란 엘리슨이네

할란 엘리슨의 휘황찬란한 수상 이력에도 불구하고 국내에 작품집이 소개되지 않는 이유는 그의 성질머리 때문에 저작권 계약이 지나치게 까다로운 탓이라는 소문이 있었다. 진위는 알 수 없으나 그런 뜬소문에 신빙성을 더할 만큼 할란 엘리슨은 미국 장르소설가들 사이에서 매우 악명이 높다. 그는 40년 동안 SF, 호러, 판타지 장르에서 유력한 수상 후보로 늘 사람들 입에 오르내리면서도, 사석에서는 종종 "저 빌어먹을 할란", "신이시여, 할란 엘리슨이네", "너 그 말 할란 엘리슨이 못 듣게 해"라는 말이 따라다닌 인물이다. 그가 술집에서 당구를 치다가 프랭크 시나트라와 주먹을 주고받았다든가,

월트 디즈니에 출근한 첫날에 부적절한 농담으로 해고됐다든가, 자기 글을 폄하한 교수를 때려서 입학한 지 18개월 만에 대학에서 퇴출당했다든가(엘리슨은 이후 자신의 작품이 발표될 때마다 그 교수에게 복사본을 한 부씩 보냈다고도 한다), 영화 〈터미네이터〉를 비롯해 자기 아이디어를 베꼈다고 보이는 영화 제작사들을 상대로 지독한 저작권 소송을 벌였다는 일화도 유명하다.

하지만 할란 엘리슨의 악명이 드높은 이유는 무엇보다 그가 탁월한 작가이기 때문이다. 그는 1955년 데뷔한 이래 작품을 쏟아내며 1,700여 편의 글을 썼고, 114권의 책을 쓰거나 편집했고, 12편의 시나리오를 냈다. 그의 이력은 다양한 장르를 망라하는 중·단편과 함께 TV쇼 각본, 시나리오, 코믹북 스토리, 에세이, 미디어 비평을 두루 포함한다. 엘리슨의 휴고상, 네뷸러상, 에드거상, 브램스토커상, 로커스상 등의 수상 기록은 20세기를 통틀어 최고봉에 속한다. 젊은 엘리슨에게 명성을 가져다준 〈"회개하라, 할리퀸!" 째깍맨이 말했다〉는 오 헨리의 〈동방 박사의 선물〉이나 셜리 잭슨의 〈제비뽑기〉와 함께 영어에서 가장 많이 인쇄된 이야기 10위에 들어가고, 그가 각본을 쓴 〈스타 트렉〉 '영원의 경계에 선 도시(The City on the Edge of Forever)' 에피소드는 시리즈 79편 중 최고로 꼽힌다. 아이작 아시모프는 엘리슨을 두고 "그는 자기 키가 159 센티미터라고 하지만, 재능과 열정과 용기 면에서는 2미터가 넘는 거인"이라고 평한 바 있다. 이 책은 국내 최초로 소개되

는 엘리슨의 대표 걸작선으로, 2014년 출간된《화산의 꼭대기
(Top of the Volcano): 할란 엘리슨 수상집》을 주제에 따라 세
권으로 나누어 옮긴 것이다. 작품의 해설은 작가 소개에 맞추
어 연대기별로 정리했다.

1. 미국 뉴웨이브의 전성기를 이끌다

할란 엘리슨은 로저 젤라즈니, 새뮤얼 딜레이니와 더불어
가장 스타일리시한 뉴웨이브 작가로 평가된다. 뉴웨이브는
60, 70년대에 주류를 이룬 SF의 하위 사조로, 과학기술적인
측면보다 인간 내면의 심층 세계를 중시하고 전위적인 실험
으로 문학성을 추구하는 점이 특징이다. 이 중에서도 엘리슨
은 용암처럼 강렬하고 감각적인 표현으로 미국 뉴웨이브의
전성기를 견인했다. 엘리슨의 초기 대표작 〈"회개하라, 할리
퀸!" 째깍맨이 말했다〉(1965)는 문장을 완성하기보다 단발적
으로 끝맺으며 독자를 다음으로 이끄는데, 이는 시각 효과와
서스펜스를 극적으로 활용한 A. E. 밴 보트식 작법론의 모범
례라 할 만하다. 하지만 엘리슨의 현란한 서술과 심리 묘사는
뉴웨이브의 시초이자 "불꽃놀이" 같은 문체라고 일컬어졌던
앨프리드 베스터의 영향을 강하게 드러낸다. 특히 〈사이 영
역〉(1969)은 어지럽게 붕괴하는 활자 배치와 이미지로 시각적
인 충격을 시도하면서, 베스터의《파괴된 사나이》나《타이거!
타이거!》에서와 같은 문학적 실험을 엘리슨이 어떻게 계승했

는지 시사하는 작품이다. 실제로 엘리슨은 앨프리드 베스터의 《컴퓨터 커넥션》의 추천사를 통해 죽은 작가에게 바치는 경탄과 그를 알아보지 못하는 사람들을 향해 분노한 바 있다.

그런가 하면 〈세상의 중심에서 사랑을 외친 짐승〉(1968)은 지극히 암시적인 글이다. 엘리슨은 여기서 오래된 상징체계를 차용해 SF의 방식으로 신화를 구현한다. '머리 일곱 달린 용'은 물론 성경에 등장하는 짐승이고 '열자마자 내용물이 흩어지는 상자'는 판도라의 상자다. 엘리슨은 신화가 그렇듯 '배출'이 어떻게 이루어지고 '변천'이 무엇인지 전혀 설명하지 않고 독자가 알아서 이해할 영역으로 남겨둔다. 그러나 신화와 달리 작중의 주역은 기술과 인간이며, 우주의 이쪽과 저쪽을 인과적으로 연결해 아득하고 아연한 암시를 남기는 모습은 더없이 SF답다. 이는 엄밀한 과학적 서술에 치중하는 하드 SF가 각광받기 전에 "소프트"한 뉴웨이브가 어떻게 명성을 떨쳤는지를 증명한다.

국내에도 일찍이 소개된 적 있는 〈소년과 개〉(1969)는 디스토피아와 서부 활극을 합친 비뚜름한 중편으로, 예상을 뒤집는 결말은 인간의 증오와 사랑이 주된 테마라는 엘리슨의 작품 세계를 단적으로 보여준다. 이렇듯 인간이라는 내우주(內宇宙)에 치중하는 경향은 〈랑게르한스섬 표류기: 북위 38° 54′ 서경 77° 00′ 13″에서〉(1974)에 이르면 한층 추상적이고 상징적으로 발전한다. 이 단편은 문자 그대로 주인공 속으로 들어가며, 영화 〈울프맨〉의 비극을 괴물과의 싸움이 아니라 깨달음을 향한 내면세계 여행으로 마무리한다.

2. 메스와 소실점

한편 기괴한 이야기를 그릴 때 엘리슨은 문학의 메스를 들고 인간의 터부를 헤집곤 한다. 한 줌의 희망도 없는 닫힌 세계를 헤매는 사람들, 스멀스멀 고조되는 불안감, 이해하기 어려울 정도의 악행과 광기, 일이 크게 잘못되었다는 메슥거림은 엘리슨의 단편에서 흔히 그려지는 모습이다. 그리고 이런 재난은 무엇보다 인간 자신의 결함에 기인한다는 특징을 지닌다. 콘돔을 쓰는 대신 여자에게 낙태를 시키는 남자가 버려진 아이들의 지옥에 떨어지는 〈크로아토안〉(1975)은 그야말로 자업자득이라는 말이 어울린다. 이렇듯 엘리슨의 작품에서 인간은 악의에 찬 신들의 장기말이고 놀잇감으로 희생당하면서도 직접 산제물을 바치며 재앙을 초래하는 광신도라는 이중적 면모를 보인다.

전쟁, 죽음, 파멸은 현실 세계의 것이지만 엘리슨이 그리는 그림에는 이를 흠향하는 사악한 신이 전체 구도를 지배하는 소실점처럼 자리한다. 수록작 중에는 〈나는 입이 없다 그리고 나는 비명을 질러야 한다〉(1967)가 대표적이다. 인류가 만들어낸 컴퓨터 AM이 복수심을 충족하기 위해 등장인물들을 살아 있는 채로 영원히 고통받게 만든다는 이 이야기는 두고두고 회자되며 만화, 게임, 라디오 드라마로 만들어졌다. 1995년

작 게임에 수록된 AM의 목소리는 엘리슨이 직접 담당한 것으로도 유명하다.

〈매 맞는 개가 낑낑대는 소리〉(1973)는 1968년에 실제로 있었던 유명한 살인사건을 모델로 삼은 작품이다. 키티 제노비스라는 여성이 칼을 든 남성에게 강간 살해된 사건이었다. 작중에서처럼 살인자는 제노비스가 비명을 지르자 놀라 도망쳤지만 아무도 현장에 나타나지 않자 다시 돌아와 마저 그녀를 죽였다. 신문은 그녀의 비명을 들은 주변 아파트 거주민 중 누구도 신고하지 않았다며 노골적인 비난을 토했다(실제로는 신고가 있었다고 한다). 심리학자들은 이 현상을 설명하기 위해 '방관자 효과'를 제안했다. 엘리슨은 이 사건을 '신의 부재'와 '사악한 신의 탄생'으로 형상화한다. 현대 인간이 지닌 냉혹함, 둔감함, 자기 중심성이 결국 인간들 자신을 끔찍한 새 신이 지배하는 세상으로 초대하는 것이다. 마침 당시는 아이라 레빈의 소설 《로즈메리의 아기》(나중에 동명의 영화로 만들어졌다)에 나타나 있듯 우리 이웃의 평범한 주민들이 사탄숭배 집단이라는 의혹이 떠돌던 때이기도 하다.

베트남전 후유증을 드러낸 〈바실리스크〉(1972)는 전쟁과 민주화에 얽힌 70년대 미국의 부조리를 담고 있다. 베트남전 참전 경험과 들불처럼 일어난 반전 평화운동, 민주주의 운동은 미국 문화에 큰 영향을 끼쳤으며, 전쟁 후유증에 시달리는 퇴역군인들의 PTSD 연구 및 피해자 보상 문제도 함께 부상했다. 미국이 1964년 베트남전에 참전해 1973년 철수할 때까지 많은 작가가 군대에 징집되어 이러한 부조리와 마주했으며, 육군에서 대체복무로 종사한 엘리슨 역시 예외는 아니었다. 〈바실리스크〉 말미에 나오는 "민중에게 권력을(Power to the People)"은 유명한 반전 및 민주주의 운동 구호이자, 한창 평화운동가로 활동하던 존 레논이 1971년 발표한 노래 제목이다. 전쟁의 신 마르스가 이를 음미하는 대목은 인간의 나약함과 잔인함을 파헤치기를 서슴지 않았던 독설가 엘리슨다운 결정타라 하겠다.

이렇게 '사악한 신'과 인간의 관계를 밝히는 작업은 〈죽음새〉(1973)를 통해 기독교를 재해석하는 데 이른다. '불타는 덤불'로 나타나는 '미친 자'는 AM처럼 질투하고 분노하고 벌하는 하나님이다. 구약성경의 소재는 이후로도 종종 나타나는데, 〈아누비스와의 대화〉(1995)는 인간의 죄와 분노한 신이라는 테마를 변주한 단편이다.

3. 앙팡 테리블, 약간 녹은

50년에 걸쳐 풍부한 작품군을 보유한 엘리슨은 SF 작가보다는 그저 작가라고 불리길 선호한다고 말한 바 있다("SF 작가라고 불러봐, 너희 집에 나타나 네 애완동물을 테이블에 못 박아버릴 테니"). 밴 보트와 합작한 〈인간 오퍼레이터〉(1970)는 SF 팬이 기대할 법한 SF지만, 다른 스타일의 이야기도 만만찮은 비중을 차지하고 있다. 셰익스피어 소네트를 그대로 단편으로 이어간 〈괘종소리 세기〉(1978), 휴고상, 로커스상, 네뷸러상을 모두 수상하며 격찬을 받은 〈제프티는 다섯 살〉(1977), 죽음을 더없이 아름답고 경건하게 받아들이는 〈잃어버린 시간을 지키는 기사〉(1985), 상실의 아픔을 '타나토스의 입'으로 만든 〈꿈수면의 기능〉(1988) 네 편은 각기 다른 방식으로 시간의 비가역성을 애도한다.

특히 〈콜럼버스를 뭍에 데려다준 남자〉(1991)는 장르소설을 거의 뽑지 않는 〈미국 베스트 단편소설집〉에 수록되는 쾌거를 누렸다. 작중에 언급되는 셜리 잭슨의 단편은 이 중편의 전신이나 다름없으니 아직 읽지 못한 독자라면 작품의 주인공 레벤디스의 말대로 "성경을 무시하고 집으로 돌아가 셜리 잭슨의 단편 〈땅콩과 보내는 평범한 하루〉나 다시 읽는" 시도를 해봐도 좋겠다. 하루는 선행, 하루는 악행을 행하는 레벤디스의 모습을 훨씬 깊이 이해할 수 있을 것이다.

중견 작가가 되면서 인간의 증오와 사랑을 다루는 엘리슨의 관점은 장르에 매이지 않는 만큼이나 복합적이고 다면적으로 발전한다. 끔찍한 악동이라 부르기에 부족하지 않다는 점은 여전하지만, 그의 후기 작품은 나이를 먹으면서 부드러워졌다는 평을 듣는다. 아라비안나이트를 현대에 재현한 〈지니는 여자를 쫓지 않아〉(1982)는 이전 작품과 같은 작가라고 믿기 어려울 정도로 유쾌하고 행복한 우화다. 남편의 열등감을 숨김없이 지적하는 점이 여전히 심술궂긴 하지만 말이다.

〈허깨비〉(1988)의 화자인 비징치는 예의 '사악한 신'들과 다름없는 가공할 악인이지만, 인류를 지옥도에 빠뜨리는 대신 인류 스스로 바닥에서 벗어날 기회를 준다. 비징치가 두루마리에서 뽑아낸 이야기 조각들은 파멸과 선택을 앞둔 '잠 카레트', 즉 여분의 시간을 포착하고 있다. 장면 하나하나는 흔들 때마다 모습이 변하는 만화경처럼 다채로우면서 무의미하다. 그러나 이 안에는 본질을 관통하는 희미한 기회가 있다. 그 희미한 기회야말로 자신의 세계에서 납치당해 "영원한 고통에 사로잡힌 채 브라운 씨네 거실에 남겨진" 금속 군인을 어디에도 없는 억양으로 말하는 남자로 이어주는 미싱링크다.

　이러한 연장선상에서 보면 후기작 〈쪼그만 사람이라니, 정말 재미있군요〉(2009)의 두 가지 결말은 매우 흥미롭다. 엘리슨이 인간에게 제시하는 길은 둘 다 냉혹하기 그지없지만, 우리한테는 끝이 정해지기 전에 숙고할 시간이 주어진다. 절망과 통곡의 도돌이표만 남았던 이전 작품들에 비해서는 훨씬 풍성한 가능성이 생긴 셈이다.

4. 고통과 즐거움을 균형 있게

　할란 엘리슨은 책을 기획하고 작품을 발굴하는 데에도 뛰어난 역량을 보였다. 그의 특별 휴고상 둘은 편집자로서 받은 것이다. 《위험한 비전(Dangerous Visions)》(1967), 《다시, 위험한 비전(Again, Dangerous Visions)》(1972)은 할란 엘리슨의 이름 아래 뉴웨이브의 걸작을 모은 앤솔로지다. 《메데아: 할란의 세계(Medea: Harlan's world)》(1985)는 공동으로 허구의 세계를 창작한다는 '공유 세계'라는 발상을 초창기에 시도한 프로젝트로, 할란 엘리슨 외에도 폴 앤더슨, 할 클레멘트, 토머스 M. 디쉬, 프랭크 허버트, 래리 니븐, 프레데릭 폴, 로버트 실버버그, 시어도어 스터전, 케이트 윌헬름, 잭 윌리엄슨이 참여했다. 이는 '공유 세계' 작품 중에서도 성공적인 작품으로 꼽힌다.

잡지 중심이던 당시 SF 시장에서 앤솔로지는 상대적으로 주목을 덜 받았지만, 엘리슨의 《위험한 비전》과 《다시, 위험한 비전》은 뉴웨이브의 매력을 한눈에 보여주며 인상적인 위치를 점했다. 두 권의 작가 목록에는 폴 앤더슨, 레이 브래드버리, 새뮤얼 딜레이니, 필립 K. 딕, 필립 호세 파머, 딘 쿤츠, 어슐러 K. 르귄, 프리츠 라이버, 조애나 러스, 데이먼 나이트, 래리 니븐, 로버트 실버버그, 시어도어 스터전, 제임스 팁트리 주니어, 커트 보네거트, 케이트 윌헬름, 진 울프, 로저 젤라즈니 등 쟁쟁한 이름이 늘어서 있다. 수록 작가 상당수가 당시에는 신인이었다는 점을 고려하면 탁월한 안목이 아닐 수 없다.

세 번째 앤솔로지 《마지막 위험한 비전(The Last Dangerous Visions)》은 앞의 두 권과는 다른 이유로 특별한 책이 되었다. 조지 R. R. 마틴의 말을 빌리면 "그 책이야말로 같은 분야의 모든 경쟁자를 제치고 SF 역사에 길이 남을 작품집"이다. 발매 지연이라는 분야에서 전설적인 게임이라 할 만한 타이틀

'듀크 뉴켐 포에버'를 압도하는 이름이기 때문이다. 엘리슨은 이를 1973년에 출간하기로 했고, 책이 곧 나온다고 거듭 장담했고, 1979년에는 수록작 목록을 갱신했으나 결국 출간하지 못했다. 엘리슨에게 원고를 보낸 작가는 약 150명에 이르며 다수가 원고를 살리지 못한 채 사망했다. 엘리슨의 거듭된 호언장담으로 고통받은 작가 중 하나인 크리스토퍼 프리스트는 급기야 《마지막 위험한 비전》의 미출간 사태를 철저히 규탄하는 〈마지막 허황된 비전(The Last Deadloss Visions)〉을 썼다. 그리고 이를 책으로 확장한 《영원의 경계에 선 책(The Book on the Edge of Forever)》으로 휴고상 논픽션 부문 후보에까지 올랐다.

엘리슨에게 이를 가는 사람들이 한둘이 아니었다 보니 농담 반 진담 반의 단체 '엘리슨의 적들(EoE, Enemies of Ellison)'이 만들어지기도 했다. 가입비를 낸 회원들은 배지와 뉴스레터를 받을 수 있었다. 이 단체는 '적'이라는 단어가 적당하지 않다는 이유로 나중에 '엘리슨의 희생자들(Victims of Ellison)'로 이름을 바꾸었다. 한편, 만일 엘리슨의 친구이고자 하면 이에 대항하는 단체 '엘리슨의 친구들(FoE, Friends of Ellison)'에 지지를 보낼 수도 있었다. 우리의 마음 따뜻한 이웃 엘리슨에게 감동했던 사연을 보내면 배지와 뉴스레터를 받는 식이었다. 인크레더블 헐크, 아쿠아맨 등의 코믹스를 만든 피터 데이비드가 시작한 이 단체는 '적들'보다 10배의 편지를 받았다.

엘리슨이 비록 까다로운 기준과 무자비한 평가로 많은 이들에게 고통을 선사했더라도, 좋은 글은 솔직하게 칭찬했던 것도 사실이다. 그는 후배 작가 양성에도 결코 무관심하지 않았다. 엘리슨이 미국 극작가 협회에서 주최하는 오픈 도어 프로그램 강사로 있을 때 가난한 작가 지망생이었던 옥타비아 버틀러를 지도한 일은 그의 평생의 자랑거리였다. 인종 분리 정책의 잔재가 남아 있던 시기임에도 엘리슨은 흑인 여성인 버틀러가 작가가 될 수 있도록 전폭적으로 지원했으며, 그녀는 최초이자 가장 유명한 흑인 여성 SF 작가가 되었다.

"작가는 모든 것을 알아야 한다"는 말답게 엘리슨은 현장에 뛰어드는 일도 주저하지 않았다. 청소년 범죄에 관해 쓰기 위해 가짜 신분으로 브루클린 갱단에 들어갔고, 롤링 스톤즈 등과 함께 여행한 뒤 로큰롤을 묘사했다. 그에게 작가로서 활동하는 일과 사회 활동은 별개가 아니었다. 1978년 성별에 따른 차별을 금지하는 성평등 헌법 수정안(ERA, Equal Rights Amendment)을 지지하며 벌였던 독특한 시위가 그 예다. 엘리슨이 애리조나 피닉스에서 열리는 월드컨에 주빈으로 초대받았을 때인데, 당시 애리조나 주의회는 ERA를 비준하지 않으며 반대 측에 선 상태였다. 엘리슨은 이에 항의하는 뜻으로 애리조나에서는 단 한 푼도 쓰지 않겠다고 공표했다. 그는 컨벤션에서 제공하는 호텔을 거부하고 모든 생필품을 실은 자신의 RV에 머무르며 체류 기간 내내 정말로 한 푼도 쓰지 않았다. 그렇다고 그가 페미니스트냐 하면, 2006년 그랜드마스터 칭호를 받으면서는 진행자인 코니 윌리스에게 짜증을 내며 가슴

에 손을 댄 사건도 있으니 평가하기가 쉬운 노릇은 아니다. 엘
리슨은 자주 사람들이 이전 시대의 역사를 모르고 바보가 되
어 간다고 분노했고, 속어, 외설, 신조어를 능수능란하게 사
용하며 미디어 비평을 쏟아냈다. 그의 비평은 《유리 젖꼭지
(The Glass Teat)》, 《다른 유리 젖꼭지(The Other Glass Teat)》로
묶여 휴고상 논픽션 후보 부문에 올랐다. 그는 자유주의자이
고, 인권단체를 지지하고, 평생 검열 반대 활동을 했다. 국제
작가 연맹(PEN international)은 예술의 자유에 공헌한 엘리슨
의 노력을 기리는 의미로 그에게 실버 펜을 수여했다.

　할란 엘리슨에게 감탄하기는 쉽지만 그를 좋아하기는 쉽
지 않다. 하지만 엘리슨의 글을 좋아하기는 매우 쉽다. 그는
나폴레옹보다 작고 히틀러보다는 더 작은, 어릴 때부터 혼자
힘으로 생계를 꾸렸던, 아직도 수동 타자기로 글을 쓰는, 자
기 이름이 상표로 등록되어 있는 사람이다. 워싱턴 포스트는
엘리슨에게 "가장 위대한 미국 단편 작가 중 하나", 로스앤젤
레스 타임스는 "20세기의 루이스 캐롤"이라는 별명을 달아주
었다. 할란 엘리슨 전기 영화 〈날카로운 이빨의 꿈들(Dreams
with Sharp Teeth)〉(2008)은 그를 이렇게 칭한다. 천재, 괴물,
전설이라고.

　　　　　　　　　　　　　　　　― 심완선, SF 칼럼니스트

옮긴이 소개 (가나다 순)

신해경 〈크로아토안〉, 〈폭신한 원숭이 인형〉, 〈꿈수면의 기능〉,
〈콜럼버스를 뭍에 데려다준 남자〉

더 즐겁고 온전한 세계를 꿈꾸는 전문번역가. 대학에서 미학을 배우고 대학원에서 경영학과 공
공정책학을 공부했다. 생태와 환경, 사회, 예술, 노동 등 다방면에 관심을 가지고 있으며, 옮긴 책
으로는 《혁명하는 여자들》, 《사소한 정의》, 《내 플라넬 속옷》, 《마지막으로 할 만한 멋진 일》(공
역), 《아랍, 그곳에도 사람들이 살고 있다》, 《버블 차이나》, 《덫에 걸린 유럽》, 《침묵을 위한 시간》,
《북극을 꿈꾸다》, 《발전은 영원할 것이라는 환상》, 《제대로 된 시체답게 행동해》(공역) 등이 있다.

이수현 〈마노로 깎은 메피스토〉, 〈나는 입이 없다 그리고 나는
비명을 질러야 한다〉, 〈랑게르한스섬 표류기〉

SF작가이면서 번역가로, 인류학을 공부했다. 옮긴 책으로는 제임스 팁트리 주니어의 《체체파리의
비법》, 코니 윌리스의 《양 목에 방울 달기》, 옥타비아 버틀러의 《킨》과 《블러드차일드》, 어슐러 르
귄의 《빼앗긴 자들》과 《로캐넌의 세계》 등의 헤인 연대기와 서부해안 시리즈, 테리 프레챗과 닐 게
이먼의 《멋진 징조들》, 알렉산더 매컬 스미스의 《꿈꾸는 앵거스》와 《천국의 데이트》, A. M. 홈스의
《사물의 안전성》, 제프리 포드의 《유리 속의 소녀》와 《환상소설가의 조수》, 로저 젤라즈니의 《고독
한 시월의 밤》, 존 스칼지의 《작은 친구들의 행성》과 '노인의 전쟁' 3부작, 닐 게이먼의 그래픽노블
'샌드맨' 시리즈, 릭 라이어던의 '퍼시 잭슨과 올림포스의 신' 시리즈 등이 있다.

할란 엘리슨 걸작선 **2** 잃어버린 몸

나는 입이 없다 그리고 나는
비명을 질러야 한다

초판 1쇄 발행 2017년 7월 25일
초판 4쇄 발행 2024년 9월 15일

지은이   할란 엘리슨
옮긴이   신해경, 이수현
펴낸이   박은주
디자인   김선예, 이수정
마케팅   박동준

발행처   (주)아작
등록   2015년 9월 9일(제2023-000057호)
주소   07236 서울특별시 영등포구 의사당대로 38 102동 1309호
전화   02.324.3945-6   **팩스** 02.324.3947
이메일   arzaklivres@gmail.com
홈페이지   www.arzak.co.kr

ISBN   979-11-87206-60-6 04840
                979-11-87206-58-3 04840 (세트)